千寻文化
Qianxun-Culture
—图书·影视—

你哄我一下

PIU

岁见

SUI JIAN WORDS

著

长江出版社
CHANGJIANG PRESS

图书在版编目（C I P）数据

你哄我一下 / 岁见，著．
—武汉：长江出版社，2022.4
ISBN 978-7-5492-8215-9

Ⅰ．①你… Ⅱ．①岁… Ⅲ．①长篇小说—中国—当代 Ⅳ．①I247.5
中国版本图书馆 CIP 数据核字（2022）第 037399 号

你哄我一下 岁见 著

NI HONG WO YIXIA

出　　版　长江出版社
（武汉市解放大道 1863 号）
选题策划　阿　朱　靳　丽
市场发行　长江出版社发行部
网　　址　http://www.cjpress.com.cn
责任编辑　罗紫晨
特约编辑　晴　子
封面设计　柚子酒
印　　刷　长沙鸿发印务实业有限公司
版　　次　2022 年 4 月第 1 版
印　　次　2022 年 4 月第 1 次印刷
开　　本　880mm×1230mm　1/32
印　　张　9.5
字　　数　271 千字
书　　号　ISBN 978-7-5492-8215-9
定　　价　46.80 元

电话：027-82926557（总编室）　027-82926806（市场营销部）

目录
CONTENTS

目录
CONTENTS

第一章　原味十分甜

有人问我你究竟哪里好，这么多年我还忘不了，春风再美也比不上你的笑，没见过你的人不会明了……

——李宗盛《鬼迷心窍》

凛冬，大雪忽至。

平城的大街小巷被白皑皑的雪花覆盖，街角的一家小诊所门口积雪成堆，刚放学的少年顽皮地往雪堆里插了一脚，整个小腿没进去的时候，围在一旁的好友幸灾乐祸地哄笑着。少年尴尬地抽回脚，忍不住低骂了一句，低垂着头拍落腿上的积雪。

林疏星拎着药从诊所里出来的时候，一行人正好推推搡搡地走远，少年的笑闹声隐隐约约地传过来。

她站在台阶上，闻声看了一眼，随即收回视线，撑开手里的伞，神情淡漠地迈向了跟他们相反的方向。

鞋底踩在雪地上，发出嘎吱的沉闷声响，形状不一的雪花从黑漆漆的夜空落下，走在街头的人从头到脚都包裹得严丝合缝，除了林疏星。

明明是寒冬，她却穿着春秋之际的校服，蓝白相间的布料松松垮垮地垂在肩头，露在外面的纤细脖颈白皙光洁，让人看一眼就能陡然冒出寒意来。

林疏星低头看手机上的消息，班级群里公布了这次期末考试的考场座位安排表，她低垂着眼，一行行看过去，在底部找到自己的考场和座位号，丝毫没注意到周围人朝她看过来的目光。

街道尽头有一个左转路口，旁边是一条巷子，老旧失修的路灯投射下来的光线昏暗，照出里面模糊的人影。

林疏星慢吞吞地走到路口，巷子里迎面走出来五六个人，都穿着机车服，几个人站在路旁把风，站在人群后面的少年朝巷子里喊了一嗓子："老三你下手注意点，吓唬吓唬就得了！"

他话音刚落，从巷子里传出男人的应答声："知道了。"

她眼睫一抖，攥着伞柄将伞檐往下压了一点儿，不自觉地加快了脚步，从人群里走过去时，有人朝她吹了声口哨。

一旁较高点的少年倏地踢了一脚吹口哨的人，语气冷淡："你能不能把你的臭嘴给我闭上？"

"是是是，亦哥说得是。"

人群里有笑声传出，林疏星没敢多停留，抿着唇快步地往前走。拐过弯走了几步后，她又停了下来，捏着伞柄的手不自觉地摩挲着柄柱，脑海里冒出刚刚听见的对话，下意识地回头看了眼已经望不见的巷口，心猛地一沉。

她这样算不算见死不救？

林疏星蹲在拐弯的角落里，等路旁的人走远后，折身回了巷口，借着路灯黯淡的光线往里挪动。

巷子里垃圾成堆，各种酸臭味弥漫在空气里，地上坑坑洼洼的都是积水，林疏星深一脚浅一脚地往里走着，声音没敢放大："有人吗？"

没人回答。

刺鼻难闻的味道充斥着鼻子，林疏星捏着鼻子，踢开脚边的易拉罐，继续往里走，刚拐过一个弯，就看见角落的垃圾桶旁靠着一个人。

她捏着手机站在原地，声音清澈如水："你还好吧？"

少年坐在泥泞脏乱的地上，支着一条腿，手臂搭着膝盖，歪头吐了一口血水，似乎是因为被人窥见了落魄的现状，语气有些不耐烦："死不了。"

林疏星也没在意他说话的语气，高悬着的心慢悠悠地落回原地，心跳趋于平缓之后，道："打你的人都走了。"

不知是不是她说错了话，原先垂着头坐在地上的少年倏地抬头看了她一眼，在昏暗的光线里，他眼里的戾气令人难以忽视。

林疏星抿了抿唇角，伸手把揣在兜里的药袋拿了出来，走过去放在他脚边。

少年瞥了她一眼，在看见她身上的校服时顿了一下，但又立刻别过头看着别处，冷硬道："拿走，我不需要。"

林疏星蹲在他跟前看了一会儿，在他开口说话前站起身："药给你，不要就扔了。"

没等他接话，她拍拍手自顾自地往回走，在拐弯之前，回头看了他一眼，冷不丁地叫了声："喂，怪物。"

少年闻声看了过来，回过神之后目光狠厉地看着她。

林疏星不甚在意，无所谓地耸了耸肩，勾唇笑了笑，说："药很贵的，别扔了啊。"

少年："……"

她没再多停留，脚步声在巷子里慢慢变小，直至听不见，黯淡昏沉的巷子深处重新安静下来。

徐迟背抵着垃圾桶，仰头看着空中簌簌落下的雪花，浑身的骨头都在疼。

掉在一旁的手机嗡嗡地振动着，一遍又一遍，不厌其烦地响着。

他垂眸看了眼来电显示，抱着最后一丝希望接通电话。

手机那端传来男人压抑着怒气的声音："今天是你爷爷八十大寿，你再怎么闹也该有个度，快给我回来！徐迟你——"

"啪——"

男人的说话声被生生截断，以质量著称的某品牌手机此刻已经四分五裂，散落在地面上。

徐迟抬手擦了擦脸上的水珠，扶着垃圾桶站起身，踢开脚边的易拉罐，弓着身往外走，没走两步折身回来，将落在地上的药袋捡起来攥在手里。

徐迟没有想到，在这样寒冷的冬夜里，能给他些许温暖的竟会是个素未谋面的陌生人。

他蓦地哂笑一声，手扶着墙壁，深一脚浅一脚地走了出去。

在他身后，是看不清的黑暗和肮脏。

漫长寒冷的冬日在一场春雨后悄然离去，气温逐渐回暖，冰雪初融，春光乍现。

平城中学作为平城最大的私立中学，新学期开学之际，校门口拥挤不堪，蓝白色的校服扎堆，看上去如潮水一般。

“星星，老陈布置的作业你写完了吗？”人群里，扎着双马尾的女生哭丧着脸，和一旁低头看手机的女生说话，“好烦啊，就十几天的假期，布置那么多作业。”

林疏星闻言，轻笑一声，将手机揣在兜里，神情依旧冷漠：“就算给你一年的假，你也不会写作业。”

“谁说的！”许糯挽着林疏星的胳膊，大言不惭道，“实不相瞒，给我十年的假，我也不想写作业。”

林疏星：“……”

高一（5）班的教室依旧跟往常一样吵闹，男生扎堆坐在一起，聊着过年期间新推出的游戏、某某球星退役，话题跟女生新买的杂志、看哭的某本小说截然相反。

林疏星和许糯坐在第一组倒数第三排靠窗的位置，窗口正对着篮球场，平时上课无聊，许糯就爱和林疏星讨论穿着几号球服的男生怎么怎么帅，上篮扣球的动作有多酷。

两人刚到教室没多久，班主任陈儒文就拿着上学期的成绩表走了进来，他瞥见丝毫没安静下来的教室，拿黑板擦拍了拍讲桌，吼道：“过个年又不是几年没见，你们怎么话这么多？整个楼道就我们班最吵！”

“上学期期末你们成绩有多差心里没数吗？马上就是读高二

的人了，怎么一点儿自觉性都没有？”

坐在底下的许糯不以为意，撇了下嘴角，歪着头凑到林疏星耳边说话：“今天老陈怎么跟吃了枪药一样，这么大嗓门？”

林疏星背靠着后桌，把漫画书搁在抽屉，手指压在页端，随意说了一句：“你见他嗓门小过？”

说完，她抬头看了眼站在讲桌边上的中年男人，又道：“不过，今天他的心情好像是差了点。”顿了顿，她笑道，“可能是因为你的作业没写完。”

许糯说：“又不是只有我一个人没写完作业。”

“嗯，”林疏星重新翻着漫画，轻描淡写道，“所以他嗓门更大了啊，没毛病。”

许糯：“……”

陈儒文对着成绩单，把上学期期末考试退步的学生都教训了一顿，末了，眼睛往底下扫了一圈，沉声道：“班长，跟我来一趟办公室。”

被点名的林疏星愣了一秒才反应过来，把漫画书一合，起身跟了过去。

两人前脚刚走出门口，才安静下来的教室又倏地闹腾起来，陈儒文听着吵闹声，又看了眼一旁沉默不语的林疏星，心里只感叹这成绩好的学生就是不一样。

陈儒文的办公室在四楼，他资历高，带的班级大多是重点班，在学校有自己的独立办公室。进入办公室后，他从桌上拿了一份数学竞赛的报名表递给林疏星：“省里面举办的‘博学杯’竞赛，你看着准备准备，下个月一号初赛。”

林疏星站在桌边，窗外明亮的日光笼罩在她身上，宽大的校服松垮地套在身上，淡雅的蓝白色衬得她的皮肤更加白皙。

她闻言，没什么异议地接过报名表，应了句：“知道了。”

陈儒文端起茶杯凑到嘴边，镜片后的眼睛清亮：“小比赛，你就当练练手。等到了高三，我再推荐你去参加全国性的竞赛，要是能获奖，你保送京大的事情就稳了。”

林疏星抿着唇角，说：“谢谢老师。”

“嗯，你先回去吧。”陈儒文从桌上拿了一沓试卷递给她，“你带回去发了，等会儿考试。”

“哦。”

林疏星接过试卷，身后有不规律的敲门声响起，她下意识回头看了过去。

办公室门口，一个男生靠着门沿，背包斜挎着，穿着校服，拉链敞开，露出里面的黑色T恤，胸前有很夸张的画像，跟他白净的面孔形成鲜明的对比，衣袖撸起来，露出一截精瘦的手臂，腕上扣着一截红绳。

男生的目光对上她的，毫不收敛。

林疏星没怎么在意，收回视线，声音淡如水：“陈老师，我先回去了。”

“你等一下，”陈儒文原先舒展的眉头又蹙在一起，抬手指了下门口，“这是我们班新来的转校生，你先带他去班上，我等会儿过来。”

林疏星点点头，说：“好的。”

她抱着试卷，转过身。

原先靠着门沿的男生不知何时已经站直，双手插在兜里，懒洋洋地看着她，薄唇轻启。

“麻烦了，新同学。”

男生的话音稳稳落下，林疏星抬眸看了他一眼，道：“不客气。”

林疏星随即抱着试卷从他身侧走过，布料摩擦的声音微不可察，空气里弥漫着淡淡的薄荷味。

也不知道这味道是谁的。

徐迟在原地停了三秒，神情冷淡地看了眼已经低头看教案的陈儒文，在心里嗤笑一声，而后面不改色地收回视线，抬腿跟上已经走远的林疏星。

说是跟上，他也就是跟在她后面，低头看着她的影子，每走一步都踩在上面。

明亮的日光照在走廊上，在斑驳的光影里，映出他硬朗的轮廓。

徐迟双手插在兜里，抬眸看着眼前的人，长腿一跨，跟她并肩走在一起，唇角微不可察地勾了起来，慢悠悠地问了句："教室在哪儿？"

大抵是没想到男生会主动和自己说话，林疏星的思绪断了三秒才重新连接上，她回头看了他一眼，说："在二楼。"

徐迟点点头，瞥了眼她抱在怀里的试卷，继续没话找话："你是课代表？"

她垂着头，脑袋里想着之前看的漫画剧情，随口应道："不是。"

"那你为什么拿着试卷？"

林疏星觉得这个问题问得非常傻，没立刻回答，直到两人走到楼梯口，准备下楼的时候，她才懒洋洋地说了几个字："我是班长。"

徐迟抬手刮了下耳朵，还想说些什么，就瞥见女生默默加快步伐，他笑意浅浅，却也没再吭声。

五班教室的后门离楼梯口就两步远。

林疏星听到教室里闹腾的声音，停下脚步，回头看着站在台阶上的男生，说："你是要在这里等陈老师，还是跟我先进教室？"

"随便。"

徐迟不怎么在意这种先后问题，三步并作两步跨过最后几级台阶，垂着眼皮看她："有什么区别吗？"

"没。"林疏星往后退了一步，抢在他之前开口，"那你在这里等陈老师吧。"

说罢，她抱着试卷直接从后门进了教室，不一会儿，属于女生特有的声音从教室里传了出来："我现在发试卷，老陈说等会儿考试。"

学生们一听到要考试，原先还闹腾的教室顿时哀声一片。

徐迟站在走廊上，斜靠着栏杆，穿蓝白色衣服，冷淡的目光从敞开的窗口投向教室里的人影，唇角慢慢翘了起来。

教室里，当林疏星发完试卷，坐回位置的时候，许糯把脑袋从后排转了回来，问道："老陈叫你干吗？"

"喏。"

林疏星把竞赛的报名表丢给她，低头从抽屉里翻出漫画继续看，声音轻软："你帮我填一下。"

许糯展开报名表看了眼，说："哈，又是数学竞赛啊，老陈是不是把你当下一个周昭阳来培养了？"

周昭阳是陈儒文当班主任时带过的学生，比林疏星他们高几届。他高二那年直接被京大的数学系录取，当别人还站在狭窄的独木桥上苦苦挣扎时，他已经坐着火箭飞到桥那头，走上属于他的康庄大道了。

提及熟悉的名字，林疏星的眼睫毛轻颤了几下，随即故作若无其事地说道："是吗？"

"是的吧，"许糯拿着笔，动作熟练地替林疏星填写报名表上的信息，"不过，成为下一个周昭阳也不算什么坏事。"

早同龄人一步走上成功的道路，在任何人看来都是一件令人钦羡的事情。

当时的林疏星或许也这样认为。

发完试卷没多久，教室后面传来一阵骚动。

凭借着多年在课堂上看漫画而不被抓的警觉性，林疏星在听见声音的下一秒就把手里的漫画往抽屉里塞了塞，随便拿了一支笔在纸上画了几道横线。

填完报名表的许糯回头看了眼，班主任老陈黑着脸领着一个男生从后门走了进来，她看到男生的长相，忍不住惊呼一声，拍了拍林疏星的胳膊，又惊又喜道："那不是三中的徐迟吗？他怎么来我们班了？"

林疏星抬眸看了眼已经走到讲台边的男生，问了句："谁？"

"徐迟，三中的校草，我还在平城高中的校草贴吧给你找过他的照片啊。"

林疏星转着笔，简短地回忆了一下，没想起来。

讲台上，老陈拍了下讲桌，语气不怎么好：“这是我们班这学期新来的同学，大家欢迎一下。”

台下响起稀稀拉拉的掌声，有在外面玩的男生认得徐迟，议论的声音在教室的角落响起：“这不是三中的迟哥吗，怎么转到我们学校来了？”

“谁知道呢，之前陈亦那边不是说找人修理了他一顿？”

“三中的人都以为他出国了，谁能想到他跑我们学校来了。”

……

陈儒文的手撑着讲桌的沿边，说：“大家安静，让新同学自我介绍。”

他说完，台下女生的目光都从偷偷摸摸变成毫不掩饰的打量。

林疏星也不例外，她靠着后桌，笔在右手指尖飞速地转动着，她定定地看着站在讲台边上的男生。

蓝白色的校服松松垮垮地贴着他流畅的肩线，明明是很普通的款式，却被他穿得很好看。

徐迟倒没怎么在意，姿态散漫地往前一站，声音跟人一样低沉，没什么力量。

“徐迟。”他只说了两个字，再无其他。

教室里安静了一瞬。

许糯小声道：“这就没了？”说完，她又忍不住搓着小手，说：“果然长得帅的男生都是有个性的。”

林疏星：“……”

林疏星想起之前他问的白痴问题，在心里默默吐槽了一句。

——并没有。

徐迟坐在第四组最后一排，他后面的角落里堆满了扫帚和拖把，垃圾桶跟他不过两米远的距离。

坐在那里的基本上是班里不学无术的男生，他们的名字除了在老师的点名册上，最常出现的地方就是楼下宣告栏的处分名单里。

陈儒文潜意识里想把徐迟跟这个班级里的好学生隔绝开，可他低估了徐迟那张脸的影响力。

上午的课刚结束，有关于三中的“大佬”徐迟转到平城高中五班的消息就传遍了整个高一年级,有几个跟徐迟玩得好的男生，还特意趁着午休从楼上下来找他。

三四个人站在后门走廊处，只有徐迟穿着校服。

他的背抵着栏杆，眉眼长得清俊，漫不经心的笑容里都藏着惊艳。

林疏星没中午睡觉的习惯，她拿着漫画翻了几页。许糯从外面急匆匆跑进来，坐在她前面的空位上：“星星，你知道我刚刚上厕所听到什么了吗？”

“什么？”林疏星连眼皮都没抬。

“我听隔壁班的同学说，徐迟是因为她们班的方蕊才转来我们学校的。”许糯喝了口水，继续道，“而且，她还说徐迟是不想给方蕊招麻烦，才没直接转去四班。”

“毕竟方蕊在老师眼里是那种成绩好又特别乖的女生。”

林疏星嗤笑一声，合上漫画书：“可我怎么觉得他更像那种会随便乱来的人。”

一个上午，林疏星在许糯和后桌男生的科普下，了解到许多徐迟在三中的传闻——“富二代”，乖戾嚣张，打架闹事都是家常便饭。

三中的老师碍于他父亲捐的几栋教学楼，都拿他没办法。

“为别人转学这事，我觉得他做不出来。”说完，林疏星把看完的漫画书随手塞到抽屉里，起身的时候看了眼后门，那里已经没人了。

她摸出手机揣在兜里，问道：“我去买书，你要一起吗？”

“行啊，”许糯站起来，把水杯放回桌上，“帮我拿下手机，我去蹭网下载两集韩剧。”

“好。”

书店在学校门口，店铺不大，要是人多，转个身都困难。

林疏星是这里的常客，她最近追的漫画还是书店的老板娘推荐给她的。

书店虽然小，但里面的书是真的杂。

大到名家经典，小到漫画口袋书，应有尽有。

许糯嫌书店里面挤，没跟她一起进去，抱着手机联着网，坐在门口的小木墩上，随手翻着摆在书摊上的杂志。

正是午休时间，店里面没有人，老板娘也不在，只有她先生坐在吧台后面。

林疏星和他打了声招呼后，直接去了漫画区。

上新的漫画都放在最高层，位置虽然显眼，但她也够不着。

林疏星踮着脚扒拉了几下书，只碰到书的封皮，指甲划在上面的声音有些刺耳。

她轻皱着眉，抬手搓了下耳朵，把校服袖子往下拉了拉，去后面找梯子。

她再回来时，原先的位置站了一个人，斜靠着书架，低垂着头，手里捧着一本书。

许是注意到她的视线，徐迟脑袋微抬，目光投向她脸上，把漫画举起来，在她眼前晃了晃。

随即他像是窥破了她什么不得了的秘密，似笑非笑地问了句："你爱看这种书？"

林疏星扶着梯子，目光投向他手里的书，熟悉的漫画封皮，让她的眼皮突突地跳了两下。

她面不改色地看着他说："没有。"

徐迟依旧吊儿郎当地笑着，右手握着书脊，随便翻了几页，漫不经心地问道："这书，好看吗？"

林疏星皱着眉刚想反驳，身后的玻璃门被人推开。

她下意识回头，看到几个男生站在门口。

周一扬站在人群中间，剃得敞亮的脑袋在日光下反着光，他伸手在上面搓了搓，说："阿迟，走不走啊？大飞还等着我们呢。"

说完，他打量着徐迟和面前的女生，语气暧昧地说："你别一看到妹子就走不动路了啊。”

其他人闻言，跟着笑了起来。

徐迟掀了掀眼皮，抬手把手里的书朝他笔直地砸了过去，语气冷淡道：“闭上你的嘴。”

“你这人。”周一扬捡起他丢过来的书，对着他翻了个白眼。

徐迟收回视线，从钱包里拿了一张面值二十元的纸币，往前走几步递给书店的老板，说：“不用找了。”

他回头看了眼还站在书架旁的人，收起了吊儿郎当的模样：“班长，帮个忙呗。”

林疏星抬头看他，说：“什么？”

“下午的课，我跟你请个假。”

他语气自然，听不出什么情绪：“回头我请你喝奶茶。”

“谁要你……”

林疏星话还没说完，徐迟已经自顾自地从前门走了出去，围在后门的男生也都跟着离开，狭窄的书店倏地敞亮起来。

林疏星一脸蒙，她什么时候答应他了？

下午第一节课是历史课。

历史老师是从平城大学退下来的老教授，见多识广，再加上多年的教学经验，上课不似别的老师那样照本宣科，一节历史课经常还没怎么听就结束了。

林疏星和同学趁着课间休息的十分钟去了趟卫生间，她在外面等人的时候，听见旁边几个女生在聊天，不高不低的声音正好传入她耳中。

“我听你们班的人说，五班那个转校生和你们班的方蕊有关系，是不是真的啊？”

旁边穿白裙子的女生插了一句：“之前方蕊被张以则骚扰的时候，她不是说高中不会分心的吗？”

“张以则怎么能和他比呢。”短发女生轻蔑地嗤笑一声，“方蕊可是一个清高的主，我们班楚欣欣那伙人早就看她不爽了。”

话题绕来绕去，终于有人把话题拉了回来：“那她跟徐迟到底是不是真的啊？”

几个女生等到同学，挽着手往外走，其中一人说：“之前不是有人看到徐迟送她回家吗？”

“谁知道呢。”

一行人渐行渐远，林疏星抬手搓了搓脖颈，站在一旁出神。

一起来的女生从里面出来，洗完手故意把水往她脸上甩了甩：“你发什么呆呢？”

她摸了摸落在眼皮上的水滴，声音轻软：“没什么。走吧，快上课了。”

她话音刚落，耳畔忽地传来一阵急促的铃声。

两人愣了一秒，拔腿就往教室跑。

两人到教室刚坐下，物理老师就夹着书走了进来，目光扫过教室里躺了一大片的学生，笑着道：“我是不是走错地方了？这里是教室还是寝室？”

有男生嬉皮笑脸地扯着话：“老师，你说错了，这里明明就是养老院。”

年轻的老师跟着笑起来，手拿着黑板擦，说：“我知道这学期过后呢，你们就要分科了，可能有一部分学生已经想好了该选什么。”

“但当一天和尚撞一天钟，当我还是你们老师的时候，希望你们能好好听课，毕竟以后你们恐怕——”

当所有人都以为老师会抒情一场的时候，他话头一转：“恐怕再也碰不到我这么帅的老师了啊。”

底下顿时哄笑一片，林疏星托着腮，唇角也忍不住翘了起来。教室里原先趴着睡觉的学生差不多都醒了，揉着眼睛从桌上翻出书。

“好了，大家醒了就上课了啊，”物理老师翻开教案，“把上学期的期末试卷拿出来，我讲一下最后一道大题目。”

“这道题虽然出得有点超纲，但我们班还是有人做出来了，运用的也是我们上学期学的内容。”

他话音刚落，就往底下扫了眼：“班长，你上来把你的解题过程写一下。”

林疏星点点头，拿着试卷走到讲台上，捏着白色的粉笔，有条不紊地写着答案。

林疏星洋洋洒洒写了小半块黑板，底下逐渐传来倒吸气和惊讶的声音，林疏星恍若未闻，认真写下最后一个步骤。

粉笔与黑板摩擦的声音时而沉闷时而清脆。

最后一个字落下，林疏星丢下粉笔回到座位上。

物理老师重新站到讲台上，说：“这道题归根结底就是利用机械守恒定律求出临界点的高度，其实就是我之前常说的离心和向心运动……”

坐在前排的学生忙着记黑板上的答案，林疏星百无聊赖地听了一会儿老师讲的话后，重新把塞在抽屉里的漫画拿了出来。

一堂课在她不停地翻页中晃了过去。

两节课的课间休息有十五分钟，其中五分钟是用来做眼保健操的。

林疏星作为班长，要维护这五分钟的纪律，不允许学生在这期间出教室，在走廊上跑动。

当音乐响起的时候，她从座位上起身，站在后门外的走廊上，隔壁几个班的班长也都站在外面，几个人相视一笑，又无可奈何。

舒缓的音乐声在林疏星耳边萦绕。

林疏星背靠着栏杆，拇指时不时揉一下太阳穴。

楼梯口有人走上来，人影被日光映在墙壁上，她垂眸盯着那个不停缩短的影子，默默数着数。

当她数到十二的时候，眼前出现一道蓝白色，紧跟着后面上来好几个人。

她抬起头，看到徐迟的脸。

他的眼角贴着创可贴，下巴上也有一点儿瘀青。

两人皆是一愣。

徐迟没想到林疏星会站在这里，抬起的脚顿了一秒才落下去。

周一扬被他急停堵在后面，差点儿没站稳：“徐迟，你走路能不能长点心？”

“你脑袋不好使还能怪我？”徐迟回过头，目光沉沉地看了周一扬一眼才让开。

林疏星没心思听他们说话，好心提醒了一句：“阎王来了。”

阎王原名张阎，是平城中学的教导主任，因为性格过于耿直，平日里都黑着一张脸，学生私下里都叫他“阎王”。

周一扬在他手里没少吃苦，没敢在底下多逗留。

临走前，他对着徐迟努努嘴，示意林疏星离开的方向，忽地一笑：“新目标？”

徐迟的手抄着兜，眼皮轻抬，慵懒地说：“关你什么事。”

太阳西沉，大片的余晖笼罩着整个校园。

最后一节音乐课快下课的时候，陈儒文和音乐老师打了招呼，征用了最后十分钟。

“我占用你们一会儿时间，说两件事。”

陈儒文捡着散落在讲桌上的粉笔头：“过阵子学校将举行五十周年庆祝大会，要求每个班出一个节目，后面的板报也要出。”

“班长，你和文艺委员负责这两件事。”

“知道了。”林疏星和文艺委员齐念同时应声。

“第二件事，”他的语气冷淡了下来，目光投向最后一组，“徐迟，今天下午前两节课你去哪儿了？”

班里大部分人顿时齐刷刷地朝后面看了过去。

徐迟背靠着墙，坐在位置上，在和陈儒文对视几秒后，漫不经心地说道：“生病去医务室了。”

“你去医务室请假了吗？”

他蓦地轻笑一声，说：“你别说，我还真请假了。”

林疏星闻言，后背倏地僵直，转笔的动作一乱，黑笔顺势滚落到地上，她弯腰去捡笔。

“我和班长说了。”徐迟的声音低沉。

林疏星保持着弯腰的动作，合眸低骂一声，在陈儒文点名之前先站了起来，斟酌着说道："陈老师，徐迟确实跟我请假了。"

班里响起议论的声音。

林疏星看着书面上的小字，没敢晃神。

陈儒文没想到自己的得意门生在这里面插了一脚，又舍不得对她说重话，只好叹一口气，说道："下不为例。"

临走前，他觉得不解气，站在后门口指着徐迟道："你给我写两千字检讨。"

班里唏嘘一片，徐迟无所谓地耸耸肩，不怎么在意。

陈儒文甩袖子离开，班级里没老师在，又临近下课，学生们都蠢蠢欲动。

等下课铃声一响，教室瞬间空了一大片，只有几个值日生留在里面。

许糯为了抢到校外畅销的鸡汤小馄饨，一下课就拖着林疏星往外跑，等到了馄饨摊前，她才好奇地问了一句："徐迟真的跟你请假了？什么时候的事情啊？"

"阿姨，要两份小馄饨，不要葱不要香菜。"林疏星付完钱才回答她，"嗯，中午在书店的时候。"

"啊？我怎么没看到他？"

"可能你没注意到。"

许糯说："估计是。"

小馄饨上得快，两人吃完后，许糯去找同学拿试卷，林疏星直接回了教室。

教室里只有第一排的几个女生在看书，林疏星从后门进去，把喝完的酸奶盒丢进垃圾桶里。

夕阳射出暖黄色的光，穿过玻璃照到教室里。

林疏星站在桌旁，她写满了数学公式的草稿纸上放着一杯奶茶，杯壁贴着一张纸，上面的字迹清隽有力。

——原味十分甜。

林疏星把奶茶握在手里，掌心沾上杯壁的温度。

她撕下那张贴纸，定定地看了几秒后，下意识扭头往教室最后一组的角落看过去。

倒数第一排的位置，蓝白色的校服随意地丢在桌上，一张椅子倒在垃圾桶旁边。

林疏星没细想，随手把便利贴夹在书里，坐下来的时候，将奶茶放在桌角。

过了一会儿，许糯从外面回来了。

林疏星侧身让她进来，目光触及搁在一旁的奶茶，顿了一下，扭头问许糯："你喝奶茶吗？"

"不喝了，我有点儿撑。"许糯坐进去后，把试卷放在一旁，"这又是谁送的啊？"

"不知道，"林疏星重新把奶茶放回原位，"我到教室就看到它在我桌上了。"

"唔，该不会还是之前经常来找你的三班班长吧？"许糯嘴里吃着薄荷糖，吐字有些含糊不清，"他还真是有毅力啊，明着暗着被你拒绝了几次还不放弃。"

林疏星随手勾着不正确的选项，心不在焉地应了一句。

高一晚自习七点开始，有三节，第一节学校安排了英语听力。

快上晚自习的时候，几个人从后门晃了进来，都是坐在后排的男生，怀里抱着篮球，说话咋咋呼呼的。

林疏星坐在座位上，回头看了眼。

徐迟走在最后面，穿着红色的篮球服，正低着头回消息，手臂上的肌肉线条若隐若现。

他似乎察觉到什么，抬头朝这边看了眼。

林疏星来不及收回的视线和他的不偏不倚地撞在一起。

徐迟也没什么太大的反应，对上她的视线后，清隽的脸庞上带着蔫坏的笑容。

林疏星一愣，心神不宁地收回视线。

她的耳旁响起播放英语听力的音乐声。她抿着唇角，把心思放在眼前的练习册上。

过了一会儿，她又停下笔，有些晃神。

大佬给她买奶茶喝，好像怎么想都不太可能啊。

另一边，徐迟见她把脑袋转过去，挑挑眉也没在意，收起手机，朝座位走过去。

坐在他前面的林嘉让扭头和他说话："周一扬问你等会儿去不去台球厅。"

徐迟闻言，把玩着手机，眼皮微抬，说："嗯。"

"那我和他说一声。"

徐迟没作声，别过头看着窗外。

黑漆漆的夜空镶着几颗星星，光芒黯淡，远处的黑云带着压城的气势袭来。

他抿着唇，神情冷淡，不知道在想些什么，林嘉让识趣地没再打扰他。

时间转瞬即逝。

下课后，林疏星收起没做完的试卷，叫醒还在睡觉的许糯："回家了。"

许糯迷迷糊糊地抬起头，看着几乎走光人的教室，起身伸了个懒腰，把抽屉里的书包拿出来，尾音还带着困意："走吧。"

两人去车棚把自行车推了出来，坐上去一踩，直接往校门口的方向骑。大概是因为下课没多久，校园里到处自行车的铃铛声。

一路上两人说说笑笑，到了马路的交叉口，许糯先拐了弯，回头和她挥手："注意安全。"

林疏星抬头道："知道了。"

到家已经是十分钟后的事情，偌大的别墅空荡荡的，依旧只有二楼的一间小屋子亮着灯。

林疏星径直回了房间，随手把书包丢在床上，拿着衣服去浴室洗澡。

隔壁房间传来砸东西的动静，安静片刻后，又传出女人的哭声。

林疏星像是习以为常，伸手将花洒开大了些，淅沥沥的水声逐渐将哭声掩盖。

洗完澡后，她湿着头发，从书包里拿出那张没做完的试卷，坐在桌边。

她的身后传来敲门的声音，她停下笔，有些烦躁地搓了搓太阳穴。

林婉如没等到她应声就推门走了进来，手里端着切好的水果，嗔怪道："妈妈敲门你怎么不应一声呢？"

林疏星垂着眸，拿着笔在草稿纸上画了几下："我在做试卷，没听见。"

"是吗？"林婉如温和地笑着，把果盘递给她，"吃点儿水果。"

她抬起头，扯出一个笑容："好，我等会儿吃。"

林婉如点点头，把东西放下后往外走。

林疏星背对着门口，听着她的脚步声。下一秒，一道人影似风般从门口转了回来。

林婉如揪着她的头发，一改之前的温和神态，带着歇斯底里的绝望："你为什么不给我开门？为什么不吃水果？你是不是也想走？是不是？你怎么这么不听话？我对你这么好，你为什么还要走？"

"妈妈，我没有要走……"

陷入癫狂的女人仿佛听不见也看不见，林疏星弓着身护着脑袋，一片黑暗里，她绝望地合上眼眸。

夜这么黑，她什么时候能走到头？

转眼到了周五。

一大早，天空雾蒙蒙的，到了课间操时间，外面飘起了细密的小雨，学校临时通知取消跑操。

班里顿时欢呼声一片，林疏星揉了揉发酸的肩膀，扭头看了眼四组的角落。

平常一下课就活跃的几个男生头一回安分地坐在位子上补作业。徐迟坐在最里面，背朝着林疏星趴在桌上，看不出是不是在睡觉。

林疏星收回视线，碰了碰许糯的胳膊：“糯糯，要不你帮我把学姐的信转交一下吧？”

“你想我死啊？”许糯给了她一个白眼，“谁让你答应人家的。”

“谁答应了啊？”

早上林疏星和高二两个学姐在校门口值勤，结束的时候，其中一个学姐塞了一封信给她，请她帮忙转交给徐迟，她还没来得及拒绝，学姐就跑得没影了。

她叹一口气，道：“学姐跑得比兔子都快，我都还没反应过来，学姐就没影了。”

“她就不怕我把她的信扔了吗？”

“你敢扔吗？给大佬的信，”许糯放下手机，“万一哪天这事被大佬知道了，你肯定是第一个被大佬追杀的。”

林疏星：“……”

林疏星没什么心思和她开玩笑，从书包里拿出那个信封，低头叹了一口气后，又将它塞了回去。

徐迟身边成天跟着人，林疏星没找到合适的机会，一直到下午，她都没把信转交出去。

下午最后一节课是体育课，刚下过雨的操场还有些凉，老师没什么硬性要求，让他们绕操场跑了两圈后就大手一挥：“你们自由活动吧，不准回教室，下课前来这里集合。”

人群里响起一阵欢呼，男生吆喝着去打篮球，女生手拉手坐在树荫底下聊天。

徐迟没来上体育课。

点名的时候，林疏星听到体育委员和老师说他在教室睡觉。

这会儿一解散，她和许糯打了声招呼，偷偷摸摸溜回了教学区。

别的班还在上课，教学区只有老师讲课的声音，林疏星径直上了二楼。

她推开后门，发现教室里空无一人。

她喘了口气，看了眼同样空荡荡的走廊，没再多想，小跑着回座位把信拿出来，想趁着没人将信放到他抽屉里。

四组的角落很乱，徐迟的桌子在最里面，抽屉里塞满了书，一点儿空隙也没有，林疏星扒拉了几下，才勉勉强强把信放进去。

她松一口气站起来，转身的瞬间，脑袋里的一根筋像绷断了一般，愣在原地。

后门口，徐迟一只手插兜，靠着门沿，漆黑的眸子直勾勾地看着她，额前的碎发沾了水，有水珠顺着发梢滑落下来。

两人视线相撞。

他脸上带着蔫坏的笑，缓声道："班长，你干吗？"

林疏星没想到他会突然回来，眼皮一跳，心也跟着颤了一下，扶着桌角的手指无意识地蜷缩着。

她嘴里没由来一阵干燥，索性直说："我帮学姐转交信，给你的。"

"哦，"徐迟垂着眸，看不出什么情绪，不紧不慢地走过去，在她面前站定，目光在她脸上停留了几秒，"你给我送信啊。"

林疏星皱眉，纠正他的话："是学姐让我给你送信的。"

他伸手拖了一张椅子，大大咧咧地坐了下来，侧过身把她刚放进抽屉里的信抽了出来："你拿过来的，四舍五入一下，不就是你给我送的。"

林疏星："……"

静默了片刻，拆信封的声音在教室里响起。

林疏星屏息道："你看信吧，我回去上课了。"

她话音刚落，一只手倏地从后面抓住了她的手腕。

她微愣，回过神后说："松手。"

"嗯？"徐迟松开她的手腕，扭身将脑袋凑到她跟前，"你走了，我这信怎么解决？"

林疏星皱着眉，没说话。

她在心底默默吐槽：谁知道你要怎么解决。

他轻啧一声，把薄薄的信封丢在桌上，刚想说话，门口传来一阵嘈杂的脚步声，几个男生站在走廊上，说：“阿迟，去操场打球吗？”

徐迟别过头看过去，说：“等会儿。”

人群里有促狭的笑声和口哨声响起。

徐迟没管他们，站起身居高临下地看着林疏星，嘴角勾起一抹笑：“你抽个空跟学姐说一声，我没有其他的想法。”

她蹙着眉，圆圆的杏眼盯着他，问了句：“为什么——”要让我去说。

后半句话她还没说完，徐迟打断她，故意曲解她的意思：“因为影响学习啊。”

周一的大课间照例要开无聊又漫长的全校例会。

全校学生都必须穿着校服，远远望过去，蓝白色的校服汇成一片海洋，再往后看，总会发现几个另类的学生。

他们不穿校服，站姿吊儿郎当，嬉皮笑脸地和周围的男生说着话。

每周一的通报批评总有他们的身影，家长不负责，老师管不了，久而久之，他们就成了全年级的刺头儿。

五班的位置在升旗台右侧，男女站成两列，林疏星作为班长，扶着班牌站在两列队伍前面。

不远处，教导主任张阎正带着学生会的干事查每个班的出勤人数和仪容仪表。

没一会儿，一行人就走到五班的位置。

张阎背着手朝队伍里面走，学生会的干事在旁边点人数。

林疏星百无聊赖地数着眼前的地砖，身后安静的队伍里倏地传来声响：“你的校徽呢？不知道周会要佩戴校徽吗？”

她下意识地回过头，朝后面看了过去。

队伍的末尾，徐迟双手插兜，站在张阎面前，模样慵懒。兴许是头顶的阳光有些刺眼，他有些不耐烦，揉着眼睛，歪着头不知道对张阎说了什么。

周围起哄的笑声不停。

张阎怒急，手一挥，说道："你们班班长呢？叫她周会结束后带人去我办公室一趟！"

他伸手指着周围一圈男生，拔高声音："今天我就不信治不了你们了！"

徐迟抬手搓着后脖颈，无所谓地哂笑一声，不甚在意。

他低头的瞬间像是想起来什么，抬脚踢了踢林嘉让，道："他刚刚说什么？"

林嘉让不明所以，重复了一遍："今天我就不信治不了你们了！"

徐迟面无表情地看着他："前一句。"

"哦哦哦，"他搓着脑袋，"阎王说等会儿例会结束，让班长带你去一趟他办公室。"

徐迟的手覆在后脖颈上，明知故问："我们班班长是谁？"

"林疏星啊，就是站在前面举牌子的人，"他扭头看着徐迟，"你上次不还和人家请过假吗？"

旁边有男生打趣道："我们迟哥日理万机，哪还记得一个小班长啊。"

"对对对，日理万机。"男生刻意地拖长音调。

周围的人跟着哄笑。

徐迟也没解释，他看着站在队伍前面的那道纤瘦身影，抬手揉了揉头发，抿着唇，视线左右晃着。

到最后，他还是没忍住笑了出来。

——这学校，还挺有意思。

与此同时，站在前面却莫名其妙被拖下水的林疏星："……"

每周例会很快结束，操场上的学生如浪潮一般散开。

"等会儿去上网啊？"周一扬从后面跑过来，"后两节英语课，老太太上课一点儿意思都没有。"

徐迟眯着眼看着前方说："我不去了，有事。"

他说完，没等两人说话，就走开了。

周一扬蒙了一下，说：“他干吗？”

“他早上没戴校徽，阎王让我们班长带他去一趟办公室。”林嘉让伸了个懒腰。

周一扬更蒙了：“这还是我认识的那个迟哥吗？怎么说去就去了？”

林嘉让没多想：“他估计是怕我们班长为难吧。”

“你们班长还能是天仙吗？让他这么听话。”说完，周一扬扭头看了眼徐迟的方向，目光触及他身旁的女生，总觉得面熟。

没等他细想，林嘉让拍拍他的肩膀：“我也回去了。”

被组织抛弃的周一扬沉思三秒，冲林嘉让的背影喊了声：“我等会儿去你们班听课！”

“算了吧，你一个学渣就别为难自己了。”

周一扬：“……”

张阎的办公室在教学区一楼，升旗仪式结束后，林疏星和徐迟跟着人流往教学区移动。

林疏星走在前面，双手插着兜，随着人流走走停停。

她的背消瘦挺直，校服穿在她身上，总有种小孩子偷穿了大人衣服的滑稽感。

徐迟紧跟在她后面，保持一步的距离，不经意间替她格开了身后的拥挤人流。

有他在的地方，基本上所有人会退避三舍。

三中的迟哥啊，谁敢跟他挤一块儿，谁都不敢。

两人就这样一前一后走到教学区，一路上基本零交流。

直到进办公室前，林疏星才停下脚步，摘下自己校服左胸上的校徽，递给徐迟：“你把这个戴上再进去吧。”

徐迟站着没动，额前的碎发松散地垂在眼前，他挑着眉，视线转向她手上：“怎么？”

“你戴着它，”林疏星收回手，“跟张阎说你刚转过来，不知道校规，他不会为难你的。”

她站在台阶下面，比他矮一个头，说话总下意识地昂着头，杏眼湿润明亮，心无旁骛地看着他。

“林疏星。”徐迟垂着眸，喉结轻微滑动，尾音有些上扬。

她不明所以，应了声：“嗯？”

他问她：“你是不是担心我啊？”

林疏星沉默了片刻，抬眸定定地看着他：“我只是不想把时间浪费在这种没用的事情上。”

徐迟：“……”

徐迟嗤笑一声，把手递到她眼前，语气恢复之前的吊儿郎当：“校徽呢？还不给我。”

他从来不认真穿校服，袖子撸起来露出一截手臂，手腕处戴着一根红色的绳子。

林疏星往前走了一步，把校徽递给他，垂眸的时候，瞥见他掌心上凌乱又复杂的纹路。

她没来得及细看，手忽地被人拍了拍，耳旁响起男生痞笑的声音：“班长，我不知道校徽戴哪儿啊，要不你帮我戴一下？”

她皱着眉，没怎么用力就把手抽了回来，握成拳放在口袋里，语气有些不耐烦：“说话可以，你能不能不要动手？”

他笑道：“行，不动手。那你帮我戴校徽？”

徐迟一只手插着兜，另一只手捏着校徽，递到她眼前，慢悠悠地说：“你不是不想浪费时间吗？再耽搁下去可就上课了。”

林疏星在心里暗骂一声，从他手里夺过校徽，一言不发地站到他面前。

她低着脑袋，额前的碎发松散地垂在两侧，身上似有似无的清香萦绕在他鼻息间。

徐迟抿着唇，喉结轻微滑动，没等她别好校徽，就落荒而逃，急促的声音丢在风里，又传到她耳里。

“行了，我自己弄。”

林疏星：“……”

碍于徐迟的认错态度良好，张阎也不好再小题大做，训了他几分钟后，冷着脸道：“你回去吧，周五之前交五百字检讨给我。”

徐迟对写检讨这种事情早就司空见惯，肩膀一耸，懒洋洋地应了下来："知道了。"

倒是站在后面的林疏星有些惊讶，这人什么时候这么好说话了？

等到他们从办公室出来，上课铃已经打了第二遍，楼道里有其他班的学生下来上体育课。

人群里有人跟徐迟打招呼："迟哥，去操场打球吗？"

他停下来，一只手插着兜，笑了笑，抬手指了指前面的人影："不去了，班长管得严。"

那帮男生的目光顺势投向林疏星身上，朝他笑了笑："得了，班长管就是不一样。"

徐迟抬脚朝他踢去："快滚吧。"

男生哄笑着走远，脚步声在楼道里回荡，又慢慢趋于安静。

林疏星走完最后一级台阶，身后的人跟上来，凑在她身旁说话："班长，检讨书你帮我写呗。"

她回头看了他一眼，说："关我什么事？"

徐迟嘴边噙着一抹笑，似乎拿准了她的弱点："那好啊，我去跟老师说你教我撒谎骗他。"

林疏星气急："你这人是不是有病？"

他笑道："是啊。"还病得不轻。

林疏星："……"

楼下的小花坛飘来阵阵花香，明亮的阳光落在走廊上，地面上映出两道一高一矮的身影。

徐迟弓着身，视线和她持平："你写不写检讨啊？"

隐约有老师讲课的声音传出来，林疏星一时间拿他没办法，只好叹一口气，妥协道："我写。"

徐迟闻言，心满意足地直起腰："回头我请你喝奶茶。"

喝你个头。

她在心里暗骂一声，没跟他多说，快步走到教室门口，站在那里喊了声"报告"。

语文老师姓刘，全名刘成敏，是班主任陈儒文大学时的师妹，跟他一样，对林疏星多有偏爱，这会儿见她迟到了也只是轻声道了句："进来吧。"

林疏星刚进教室坐下，徐迟紧跟着出现在门口喊了声"报告"。

刘成敏瞥他一眼，道："做什么去了？"

他懒懒散散地站在门口，说："写检讨去了。"

林嘉让坐在后排起哄："刘老师，我作证，徐迟没撒谎。"

刘成敏往后看了眼："我问你话了吗？"

她说完，打开课本，道："进来吧，别耽误同学上课。"

徐迟点点头，从第一组的过道穿过。

刘成敏捏着粉笔在黑板上写字，继续讲课："今天我们继续讲《故都的秋》，上周我留给你们的作业等会儿找几个同学回答一下。"

林疏星翻开课本，余光瞥见一道身影从前面走过来。

他校服的一角在她桌面似蜻蜓点水般掠过，犹如过眼云烟，稍纵即逝。

窗外有风吹来，空气里弥漫着淡淡的薄荷味。

林疏星回过神，她的校徽被放在课桌的角落。

在明亮光线的照耀下，它凝成一个点，熠熠生辉。

上午最后一道下课铃打响，老师布置完作业，夹着书离开教室。

教室里交头接耳的声音变成放肆的喧闹，交好的女生挽着手出去吃饭，男生抱着篮球，勾肩搭背。

一时间，教室里空了一大片。

"班长，中午你有事吗？"班里的文艺委员齐念叫住正准备出门的林疏星，声音低柔，"我想和你讨论一下板报的事情。"

林疏星嘴里嚼着糖，舌尖卷着糖滚了一遭，问道："我吃过饭回来找你，可以吗？"

许糯勾着林疏星的胳膊，朝她笑了下："你要是不介意，也可以跟我们一起去吃饭啊。"

“我不介意的。”女生看起来很腼腆，说着话，白皙的脸庞却不自觉地红了起来，抱着画册的手指无意识地摩挲着封皮。

“那走吧。”

往常的双人组合加上齐念也不觉得丝毫尴尬，三个人有说有笑地去了校外的小餐馆。

齐念一开始并不是五班的学生，她是在上学期期中后，以美术特长生的身份从省城一所学校转过来的。

正好那时候班里的文艺委员一直空缺着，老陈想着有人才不用白不用，就让她当了文艺委员。

齐念的性格偏内向，同窗半年，这还是林疏星第一次和她坐在一块儿吃饭。

“我要两份铁板牛肉炒饭，”许糯点完餐，把菜单递给齐念，“你看看你吃什么。”

齐念低着头喝水，说：“跟你们一样就好了。”

“那就三份铁板牛肉炒饭，微辣不要洋葱，谢谢啊。”

“好的，请稍等。”

服务员拿着菜单走远，许糯把三个人的碗筷放一起，用热水过了一遍，递给齐念的时候，见她脸颊绯红，忍不住笑道：“你热吗？脸怎么这么红？”

女生慢半拍地“嗯”了一声，抬眼的瞬间看见林疏星和许糯脸上的笑意，脸比先前更红了点。

等到吃完饭出来，午休已经开始，回教室也不好说话，三个人索性直接去了学校旁边的奶茶店。

店门口的大榕树下凌乱地停着几辆自行车，车身五颜六色，斑驳的阳光穿过枝叶的罅隙照在地砖上。

林疏星推开门，三月天，奶茶店里还开着暖气。她扶着门，让许糯和齐念进来。

“你们找靠窗的位置坐，阳光好。”

“知道知道。”

许糯拉着齐念往里走，林疏星跟在她们后面，走到里面的时候，看到角落的沙发上一群人在玩游戏。

她没在意，在旁边找了位置坐下。

齐念把一直抱在身上的画册递过去："这次的板报是关于校庆的，我在里面挑了几个模板，你可以看一下。"

林疏星刚想说，其实这些你自己做决定就可以，但在瞥见她两颊的红晕后，话头骤转："好，我先看看。"

"嗯。"

她们身后玩游戏的动静传了过来。

一局游戏结束，周一扬把手里剩余的游戏卡牌丢出去，搓了下脑袋："都是一些什么垃圾牌，我不玩了。让开，我出去透透气。"

他踢开脚边伸出来的腿，起身的瞬间，看到坐在对面的女生。

他一愣，重新坐了回去，问旁边的人："阿迟在哪儿？"

旁边的男生抽空回了他一句："回去补觉了吧。"

周一扬咂咂嘴，嘴边有笑意浮现："我的手机呢？把我手机拿给我。"

他从一堆校服里摸出手机，点开相机，趁着没人注意，眼疾手快地按下快门键。

女生姣好的容颜被定格在这一方屏幕上。

旁边有人凑过来，问他干吗。

他没应，等到消息发送成功后，抬头看着对面的人，意味深长地笑了一声。

"我喊你迟哥起床。"

徐迟在教室睡觉。

手机刚开始振动的时候，他没动，依旧保持着趴在桌上的姿势，校服盖在脑袋上。

过了几分钟，手机从断断续续的振动变成连续的嗡嗡声。

他合着眼，唇瓣抿在一起，像一道直线，接电话的时候声音压着火："你最好是有天大的事情。"

"不知道和你们班长一块儿喝奶茶，在你那算不算大事儿啊？"电话那头，周一扬的样子很欠扁。

徐迟愣了一瞬，直起身的时候校服掉在一旁，他拧着眉捡起来：“你搞什么？”

“喝奶茶啊，”他咂嘴道，“校门口奶茶店等你。”说完，电话就挂了。

徐迟放下手机，等网络恢复后，才看到周一扬之前发过来的消息。

十几条消息，他垂着眼，没什么耐心地直接滑到第一条。

是一张照片。他手指一顿。

照片上，穿着蓝白色校服的女生坐在窗边，外面是细腻柔和的阳光，桌上摆着奶茶，她的手托着腮，额前有碎发顺着脸颊的线条垂下来。她的嘴角噙着不甚明显的笑意，杏眼弯出弧度，认真地看着眼前的人。

午后的阳光照在她脸上，似乎都变得柔软了。

周一扬挂了电话，重新回到奶茶店，坐在沙发上，握着手机，不停地重复着锁屏再解锁的动作。

一帮人以为他挨了骂，勾着他的肩膀笑道：“你这不是典型的上赶着找骂吗？”

其他人跟着笑。

周一扬也笑，只不过多了些吊儿郎当的意味：“你怎么知道我挨了骂？要不我们打个赌，要是我没挨骂，你去要一下对面那个长发女生的联系方式。”

“那要是你挨骂了，怎么办？”

他笑道：“随你处置。”

“成交。”

徐迟是十分钟后到的奶茶店，他从后门进来，吧台的小姐姐认识他，娇滴滴的一声“欢迎光临”在店里响起。

林疏星正对着后门，抬眸的瞬间，视线和他的不偏不倚地撞上。

她不紧不慢地收回视线，低头看着画册：“我没什么意见，你决定好了，我帮你安排人。”

齐念说："好。"

徐迟轻微滑动的喉结，他被众人勾着肩膀按在沙发上："迟哥，刚刚光头扬给你打电话，你骂他了吗？"

"去你的，你再叫一遍试试。"周一扬从旁边捞了一个枕头砸过去。

徐迟往后靠着沙发，眉头轻蹙："我什么时候骂你了？"

周一扬闻言，耸了耸肩："你们可都听见了啊，愿赌服输。"

"没劲，"被枕头砸中的黄发男生一脸郁闷，抓着头发道，"迟哥，你什么时候脾气这么好了？"

黄发男生言毕，不等徐迟有所反应，直接从沙发上跨过去，站在过道上整理了一下衣领，抬脚朝前面走过去。

其他人跟着起哄。

徐迟不解，手搓了下眉尾："你们搞什么？"

"我怎么知道。"周一扬按着手机，一脸不关我事的表情，余光却不停地注意着黄发男生李建的动作。

徐迟的背抵着沙发，垂着眸看着李建走到林疏星那一桌，手指一下一下地敲着膝盖。

男生说话的声音传过来："同学你好，我是十六班的李建，能交个朋友吗？"

李建庸俗老套的搭讪方式惹来旁人一阵哄笑："李建，你能不能有点儿新意啊？多少年前的套路了。"

"滚滚滚。"李建不耐烦地朝他们挥挥手，丝毫没注意到徐迟已经黑下来的脸色，他转过头，依旧朝林疏星笑道，"妹妹，别不说话啊。"

林疏星垂眸静默片刻，随即合上画册，按住许糯没让她说话。

她从旁边的笔筒里抽了一支笔，在贴纸上面迅速写了一串数字，然后将贴纸递给他："别叫我妹妹。"

李建也不在意："成，姐姐。"

林疏星："……"

沙发这边。

周一扬歪着头，瞥着徐迟，他如磐石一般坐在沙发上，手指也不敲了。

李建拿到了号码，走起路来都飘："看，建哥出马，无所不能。"

徐迟闻言，仰着头，抬眸看了他一眼，也没多说什么，手插着兜站起身，语气不咸不淡："去操场打球。"

李建被他看一眼，莫名觉得后背涌上来一层凉意。

周一扬跟在徐迟后面，伸手拍了拍李建的肩膀，手抵在唇边隐着笑意："兄弟，对不住了。"

李建说："几个意思？"

一行人浩浩荡荡地从奶茶店出去，许糯扭头看了眼他们的背影，忍不住问了句："星星，你真把号码给他了啊？"

"不是我的，"林疏星抬手把脸侧的头发别到耳后，"我写的是张阎老师的号码。"

许糯："噗。"

篮球场就在奶茶店旁边，隔着一条小马路。

一行人走进去，徐迟把校服脱了丢在一旁，姿态松散地运着球，篮球砸在地上，咚咚咚。

一帮男生站在一旁，再迟钝都察觉出来大佬在生气，但都摸不清到底是怎么了。

一时间，这一片篮球场就只剩下咚咚咚的声音。

周一扬怕事情闹得太大，搓了下脑袋，犹豫了下说道："阿迟，这事不怪李建，是我跟你开玩笑呢。"

"咚——"

徐迟停下来，五指托着篮球，看着周一扬一会儿："你活腻了是不是？"

"哪有哪有，"周一扬和徐迟从穿开裆裤玩到现在，对他的秉性摸得一清二楚，"我这不是怕你不好意思去搭讪嘛，帮你一把。"

徐迟转怒为笑，弯腰捡起校服，抱着球往外走。

没走两步，他倏地停住脚步，折回来站到李建面前，沉沉地看了他一眼："号码。"

"哦哦哦，"李建忙不迭地从口袋里把号码递了过去，觍着脸笑道，"我保证我连一个数字都没背下来。"

他没吭声，长睫垂下来盯着贴纸上的数字看了会儿。

然后，在众人都没反应过来之前，他忽然抬手把球朝周一扬怀里砸了过去。

周一扬也没躲，闷哼一声，接住他这结结实实的一下。

徐迟挑眉，丢下一句："也帮你摸清一下我的脾气。"

随后，他转过身，边往外走边点着手机，把贴纸上的那一串数字添加到联系人里。

数字前面是他给她的备注。

—— 星星。

第二章　请你吃颗糖

下午的课一晃而过，晚自习结束后，灯火通明的校园没多久就暗了下来，只有几个高三教室还亮着灯。

林疏星跟往常一样，和许糯在岔道分开后，顺着马路一直往前骑。

夜晚的月亮明净如光，旁边稀稀疏疏镶嵌着几颗星星。

街道上时而会有汽车驶过，车轮碾过柏油路，发出沉闷的响声。林疏星右耳戴着耳机，耳机线贴着校服，随风晃动。

路旁是成片的别墅，藏在树荫后面，露出屋檐的一角。

呲的一声，自行车停了下来。

林疏星扶着车，抬头看了眼没开灯的别墅，莫名地松了一口气。她锁好车，从书包里摸出钥匙，开门走了进去。

屋里没人。

林疏星也没开灯，直接回了房间，随手把书包丢在桌上，躺在床上闭着眼休息。

过了一会儿，她从床上爬起来，拿着衣服去浴室洗澡。

林疏星洗完澡出来，吹完头发，坐在书桌前，从书包里拿出一张一字未动的数学卷子。

书桌旁堆满了竞赛的试卷和一些复习资料，她简单地把整张试卷看了一遍，定好时间，专心致志地做了起来。

两个小时稍纵即逝，闹钟响起来时，林疏星刚做完最后一道大题目。她伸手关了闹钟，对着答案把错题圈了出来。

她看了一遍后，把书和试卷收起来，起身去楼下倒了一杯水。

时间渐晚，林疏星关了灯躺在床上，半梦半醒间蓦地想起来一件事，伸手开了床头的小灯，重新坐到书桌前。

她从抽屉里找了一张信纸，提笔利落地写了几个字后卡了壳。她盯着行行分明的信纸想了一会儿，点开手机百度，输了几个字进去。

——检讨怎么写？

隔天早上，林疏星没听见闹钟的声音，比平常晚了半个多小时起来，匆匆忙忙赶到学校，前脚刚坐下来，后脚陈儒文就进了教室。

许糯从抽屉里摸了一盒牛奶给她："今天你怎么这么晚？"

"昨晚我睡得晚了，早上起不来。"林疏星理了理有些乱的头发，平复了呼吸后，翻开语文书，装模作样地读着诗句。

许糯随口问道："你不是又熬夜看漫画吧？"

林疏星还没来得及说话，余光瞥见陈儒文朝这边走来，轻咳一声，读书的声音更大了一些。

周围开小差的同学都假模假样地读着书，琅琅书声听起来还真像那么回事。

陈儒文在教室里转了一圈，目光转向三四组后面空着的两排，神色一变，没像以往检查完就走，而是站在后门，时不时看几眼教室。

教室里的读书声一直不断，也没人敢开小差。

林疏星搓着发酸的眼睛，哈欠不断，迷迷糊糊中听见后面的响动，整个人一激灵，困意顿时消了大半。

教室的后面，以徐迟为首的后排大队全部被老陈堵在走廊上："你们都给我去旁边站着！"

"都什么时候了，你们干脆别来上课了！"

林嘉让嬉笑一声，道："您要是不给我家里人打电话，那我还真的要考虑一下来不来学校了。"

四周响起一阵笑声。

老陈气急，目光扫过徐迟，怒声道：“今天上午你们都给我在走廊站着！”

七八个男生唏嘘几声，稀稀拉拉地站成一排。

徐迟手插着兜，走了几步后，刚好站在窗口的位置，挺拔的背靠着窗台，遮住清晨刚冒出来的一点儿阳光。

他的背影映在林疏星摊开的书本上，隐约还能看出他的发型。

许糯来得早，窗户没关。

走廊外面的人只隔着一条胳膊的距离，他们的说话声嬉笑声，几乎不用拐弯就传了进来。

“昨晚的球赛你们看了吗？”

“没看，昨晚我净瞎忙着了。”

“忙什么啊？”

男生暧昧地笑着，话题逐渐放肆起来。

徐迟站在他们中间，也不参与讨论，耳朵里塞着耳机，背对着教室，看不清神情。

临近下课，陈儒文回了办公室，教室里的读书声逐渐变成了叽叽喳喳的说话声。

林疏星耐不住困意，打了几个哈欠，碰了碰许糯的胳膊，说：“我眯一会儿，等会儿上课喊我。”

许糯翻出之前没看完的小说，应了句：“好。”

走廊外的男生依旧肆无忌惮地谈论着，徐迟回头看了眼教室，收回视线的时候状似无意地掠过某个位置，眸光定了定。

他抬着头，百无聊赖地看着天边的云，用脚踢了踢旁边正在说话的男生，不咸不淡地吐出几个字：“安静一会儿。”

男生一怔，有些不明所以。

林嘉让站在徐迟旁边，用肩膀碰了碰他：“怎么了，你没睡好啊？”

他惜字如金：“吵。”

林嘉让：“……”

教室里，睡得迷迷糊糊的林疏星恍惚中觉得耳边的吵闹声逐渐远去，她无意识地调整了一下姿势，脑袋枕着胳膊，脸朝着窗外，沉沉地睡了过去。

上课铃声响起，林疏星被许糯从睡梦里叫醒。

她迷迷糊糊地抬起头，发现教室里空了一大片，整个人还有些蒙："怎么没人了？"

许糯回完消息，扭头和她说话："体育老师说他周五有事，临时把课调到今天了。你快起来啦，等会儿该点名了。"

林疏星揉了揉发酸的眼睛，越过许糯看向窗外，走廊上空无一人，原先站在那里的几个男生都不见了踪影。

她站起身，道："走吧。"

等到了操场，体育老师又说了一个临时通知。

"学校三月底有素质检测，体育成绩占百分之十，我们今天先测仰卧起坐和短跑五十米。"

体育老师话音刚落下，操场这一角落顿时哀声一片。

年轻的男老师恍若未闻，照常点完名，问道："你们班体育委员呢？去器材室搬一下垫子。"

站在前排的女生应了话："老师，我们班体育委员生病请假了，今天没来上课。"

"那班长呢？班长带几个人去搬一下垫子。"

林疏星在角落里举了下手，正想回头叫几个熟悉的男生一起去搬垫子，站在后排的徐迟看到后，默不作声地把林嘉让踢了出去，道："你去。"

林嘉让敢怒不敢言，揉了揉屁股，嬉皮笑脸地道："班长，我们几个跟你一块去。"

林疏星不好拒绝，点点头："那走吧。"

她说完，率先转身往器材室走。

林嘉让叫了几个男生，目光掠过徐迟，故意问道："迟哥也一起？"

徐迟冷淡地看了他一眼，不置一词，平静地转过头，迈出步伐，慢悠悠地跟在林疏星后面。

林嘉让大笑一声，歪了下头："走。"

器材室在操场的东边。

林疏星在门口保卫科登记好姓名和班级后，回头和林嘉让说话："你们跟我去——"

她不知道徐迟什么时候跟了过来，就站在几个人前头。

林疏星不动声色地将目光从他脸上挪开，把堵在嘴边的话吐了出来："你们跟我去搬一下垫子。"

"好嘞！"林嘉让爽快地点点头，手臂搭在徐迟的肩膀上，"迟哥，走啊。"

徐迟眼皮轻掀，一个字也没应，冷淡的目光投向前面那道纤细的身影，眉头微不可察地蹙了一下。

林嘉让不知道徐迟在想什么，拍拍他的肩膀，提醒道："走了。"

他回过神，跟在人群后面。

等他们再回到操场，女生已经开始排队测短跑五十米，一群男生稀稀拉拉地坐在跑道边上。

"垫子放这里就行，辛苦你们了。"林疏星弯唇，礼貌地笑了一下。

林嘉让大大咧咧地坐在垫子上，朝她摆摆手："不客气，都是一家人。"

林疏星："……"

他嬉皮笑脸道："别误会啊，我没别的意思，就我们都一个姓，要是搁以前，班长你可是要喊我一声哥哥的。"

林疏星没多接话："你们玩，我先过去排队。"

"好嘞。"

等她走远，徐迟从后面走过来，目光投向林嘉让脸上，挑着眉质问："都是一家人？"

"该喊你一声哥哥？"

"林嘉让，"他一字一句道，"谁给你的勇气？"

"你猜！"

林嘉让说完，忙不迭地从垫子上爬起来，还没跑几步，脑袋就被徐迟丢过去的饮料瓶砸个正着。

他伸手摸了摸脑袋被砸的地方，弯腰捡着瓶子走过来："阿迟，你该不会真对我们班长……"

徐迟睨了他一眼，说："关你什么事？"

"阿迟，我跟你说句实话"林嘉让头一回认真，"我们班长是老陈重点培养的对象，人家将来是要考京大的，她要是因为你没考上，你就成千古罪人了。"

林嘉让和林疏星同窗半年，虽然没怎么认真说过几句话，但架不住陈儒文在班上三番五次念叨，他不熟悉也熟悉了。

林疏星是好学生，成绩好，性格也好，现在跟他们不是一路人，将来也不会是一路人。

他把饮料瓶丢进垃圾桶里，说："真的，我没跟你开玩笑，你别看我成绩差，有些事情我看得清楚。"

"你要是想玩，就别去影响人家好学生了。"

徐迟闻言，倒也没生气，垂着头不知道在想些什么。

过了一会儿，他抬头看向正站在队伍后面做热身运动的人，唇角微抿，声线低沉。

"你怎么知道我们不是一路人？"

徐迟话音落下，四下安静了几秒。

林嘉让看着他认真的模样，眉梢轻扬，似笑非笑地看着他："我们校园里赫赫有名的迟哥，这算是改邪归正了？"

他把手搭到徐迟的肩膀上，有些幸灾乐祸："这事要是被其他人知道了，那眼泪不得把平城都淹了？"

徐迟闻言，眉头轻蹙，别过头拨开他的手，略带警告道："你别乱惹事，要是让我知道你和周一扬在我背后搞小动作，别怪我不顾兄弟情。"

林嘉让干脆地应了声："明白！"

末了，他将手放在唇角，从左至右做了一个拉拉链的动作："我保证不泄露组织机密。"

徐迟瞥了他一眼，没作声，径直往跑道边的看台走去。林嘉让愣了一秒才跟上他的脚步，叽叽喳喳的声音在他耳畔炸开。

“不过你觉得我们班长怎么样呢？”

“你才转到我们班多久啊，都没一个月，这就发现我们班长的人格魅力了？”

徐迟睨他一眼，说：“闭嘴，八婆。”

林嘉让：“……”

两人上了看台，徐迟站在围栏边，胳膊搭在上面，垂眸看了眼队伍末尾的林疏星。

她正在和同学说话，似乎提到什么好玩的事情，脸上笑意不断，杏眼弯出弧度。

他看着看着，唇角不自觉弯了弯，有笑意浮现。

林嘉让瞥见他脸上的笑容，下意识哆嗦一下，伸手搓了搓胳膊，忍不住翻了一个白眼。

看台底下的哨声隔几分钟响一次，第三次响的时候，林疏星往前走了一步，站在四号跑道的起跑线上。

许糯站在她旁边的跑道上，两个人有说有笑，直到体育老师喊了准备，她们才收了声，蹲下身做预备动作。

“嘟——”

哨声吹响，跑道上的几道身影冲了出去。

五十米是直线跑道，讲究的是速度，林疏星提前做了热身运动，跨步的时候小腿不自觉地绷紧，脚跟落地刚踩着跑道，小腿后侧倏地发痛。她的速度太快，来不及刹住脚步，整个人就跌在跑道上，身旁的人影跑过，带起一阵风。

林疏星坐起来，手按着抽筋的小腿，眉头紧锁。

周围的同学在她倒地的瞬间迅速围了上来，“没事吧”三个字在她耳边响起来。

林疏星还没来得及说话，徐迟就从人群外挤进来，蹲在她面前，喘着气问道：“抽筋了？”

她“嗯”了一声，手按着小腿不敢动。

“撒手。”

徐迟拨开她的手，将她抽筋的那条腿伸直，一只手按在她的膝盖上，另一只手扶着她的脚板往身体的方向压。

刺痛感从腿部传过来，林疏星咬着唇没出声，徐迟抽空看了她一眼，道：“疼就喊出来。”

她摇摇头，脸色苍白。

体育老师从终点线跑过来，声音在人群里炸开：“你是不是抽筋了？大家都让开，别围在一块儿。”

周围空出一大片位置，体育老师从包里摸出一瓶运动喷剂：“你把裤子卷起来，我给你喷点药。”

许糯也从那头跑了过来，蹲下身帮林疏星把裤腿卷起来，老师晃了晃喷剂，对着她的小腿喷了一圈。

体育老师喷完药还没说话，蹲在一旁的徐迟已经伸手按了下她扭伤的地方，突如其来的疼痛感让林疏星忍不住哆嗦了一下，下意识想把腿抽回来，却没能成功，她没忍住，皱着眉“啊”了一声。

“别乱动，不然会更疼。”徐迟低垂着脑袋，手下的动作很熟练，手腕上的红绳在林疏星的眼前晃来晃去。

站在一旁的体育老师索性直接坐在跑道上，目光在徐迟和林疏星之间转移，最后停留在徐迟的动作上，笑着道：“你是学过这些吗？”

徐迟点点头，动作没停：“我妈妈是医生。”

“哦，那难怪了，我看你还挺专业的。”

徐迟没再搭腔，体育老师在旁边坐了一会儿，接着站起身拍拍屁股：“好了，没什么事了。跑完步的女生准备去仰卧起坐，男生跟我过来测五十米。”

他说完，看了看脚边的几个人：“你们几个送班长去医务室看看，没什么问题就回教室，没测的项目下周再测。”

林疏星哑声道：“好的，谢谢老师。”

体育老师低头看着册子，说：“没事，下次跑步前要记得做热身运动啊，平时也要多注意，腿抽筋可不是什么好事情。”

“知道了。”

体育老师带着学生去了操场的另一边，跑道上就剩下他们四个人。

徐迟蹲在林疏星面前，手里的动作停了下来，捏着她的腿关节，问道：“这里还疼吗？”

林疏星摇摇头，说：“不怎么疼了。”

他松开手，眉头依旧紧锁着：“你动一动腿，看还有没有不舒服的地方。”

“哦。”林疏星依言动了几下，屈膝的时候，膝盖一阵拉扯，她轻嘶一声，没敢再动。

徐迟替她把裤脚卷到膝盖上，刚才跌倒磕破的伤口暴露在空气中，冷风吹过，有丝丝缕缕的刺痛传来。

“膝盖什么时候也摔着了？”许糯从口袋里掏出一包纸巾，从里面抽了一张，替她把伤口周围的血渍擦干净。

林嘉让站在旁边说：“这得去医务室消毒啊，要不然感染了就不好了。”

徐迟蹲在一旁，目光投向她脸上。她看了他几秒，不自在地别开了眼：“糯糯，你扶我去医务室。”

“哦，好。”

徐迟闻言，轻啧一声：“你非要逞能是不是？”

他话音刚落，蓦地站起身又弯下腰，双手扶住她的肩膀，给她借力，并将她搀了起来。

林疏星被他突如其来的动作惊到，低叫一声。

等她回过神，两颊不自觉地发热，她有些难为情挣扎道：“徐迟，让许糯扶我。”

徐迟低笑道：“别动啊，要是再摔了我概不负责。”

他说完，还恶意地松了松胳膊，吓得林疏星下意识用力抓住他的小臂。

林疏星：“……”

许糯站在原地，一脸蒙，看着两人走远，林嘉让拍了拍她的脑袋：“走了啊，妹妹。”

“谁是你妹妹。”

“嗤。”

徐迟扶着林疏星从操场穿过，五班的女生坐在草坪上，看着那两个人，目光各异，有惊讶有鄙夷，也有羡慕。

“徐迟什么时候跟班长这么熟了？”

“不是说徐迟是因为三班的方蕊才转校的吗？”

女生议论的声音还没传到林疏星这里就已经断了，几个人从操场出去后身影渐渐消失，直至看不见。

去医务室会经过篮球场。

周一扬和朋友在篮球场里面打球，徐迟扶着人路过的时候，他刚好下场休息，看到林荫道上的身影，他呛了一口水，咳得喘不过气。

等他缓过神，徐迟已经走远，他扒着铁栏，喊了声：“林嘉让，徐迟什么情况啊？”

林嘉让正和许糯聊天呢，闻声抬头看过去，周一扬这才看清他旁边也站了一个女生：“你这又是什么情况？”

他回头和朋友打了声招呼：“你们玩，我有事先走了。”

林嘉让和许糯在原地等他过来。

周一扬卷起衣摆擦擦脸，用肩膀撞了撞他，挤眉弄眼道：“你和徐迟那家伙这几天背着我干吗去了啊？”

“怎么一眨眼，就——”变成这样了。

周一扬指指前面，又划拉了一下他旁边的许糯。

“我什么都没有，你别多想，”他笑道，“倒是阿迟，指不定什么时候就有新的好朋友了。”

周一扬闻言，别过头看了眼一直站在旁边没说话的许糯，刚好撞上她抬头，两人目光相对。

他一怔，有些不知所措，摸了摸光秃秃的脑袋，嘴角的笑容灿烂又明显。

许糯："……"

许糯朝他礼貌性地笑了笑。

周一扬又一怔，随即收回视线，手下意识地挠了挠脑袋。

医务室。

林疏星坐在床边，受伤的那条腿搭着椅子。校医戴着口罩，站在一旁准备消毒用具。

徐迟手插着兜站在后面，背抵着白墙。

窗外的阳光穿过枝叶的罅隙照进医务室里，墙角的一盆吊兰在阳光下悄悄生长。

"伤口面积有点大，我先给你消毒，可能会有点疼。"校医把托盘放在一旁的桌上，坐在林疏星旁边。

许是怕她疼起来乱动，校医回头招呼了一声："那个男同学，你过来帮忙按一下她的腿。"

徐迟走过来，唇角紧抿着，伸出手按在她膝盖上下的位置。

校医直接把消毒水从伤口上方倒下，水流滚过，刺痛感密密麻麻地传出来，林疏星忍不住想挣扎。

徐迟回过神，虎口卡住她的腿，沉声道："别动。"

"疼……"林疏星声细如丝。

"没事没事，也就疼这一会儿，我把药水给你抹上就不疼了。"校医宽慰道，"要包扎，还是只抹药水？"

徐迟盯着伤口，皱眉道："包扎一下吧。"

"行，包扎的话感染的概率会小一点。"校医起身去拿纱布，"腿不要乱动啊。"

屋里只剩下他们俩，静悄悄的，只听得见林疏星吸气的声音。

"我松手了，你不要乱动。"徐迟收回手，起身站在她旁边。

林疏星低着头，眼睛盯着地上的水渍，半天才眨一次眼睛，膝盖处的痛感依旧明显。

"林疏星。"

耳畔突然响起声音，她下意识抬起头："怎么——"

她话还没说完，一颗糖顺着她微张的唇滑到她嘴里。

徐迟捏着包装纸站在她眼前，唇边笑意轻浅，语气如同在哄小孩："吃颗糖就不疼了。"

林疏星怔然，后知后觉地卷着糖在嘴里过了一遍，薄荷的味道在舌尖漫开，半分涩，半分甜。

上午两节课结束后，全校除了高三年级的，都要去西操场跑步，林疏星因为膝盖受伤，跟老陈请了假留在教室。

许糯在半道上溜了回来，这会儿偌大的教室里只有她们两个人。

"星星，"许糯枕着胳膊趴在桌上，眼睛盯着林疏星摊在桌上的试卷，回想起早上的那一幕，还是没忍住，把心底的疑惑问了出来："你跟徐迟以前是不是认识啊？"

林疏星垂着头，提笔在试卷空白处写着公式，声音毫无起伏："不认识。"

"但我感觉他对你好像跟对大家有点儿不一样。"

许糯换了一个姿势，嘴里依旧念叨："以前徐迟在三中的时候，特别不喜欢跟陌生人接触。"

"可他今天早上看到你跌倒，直接就从看台那里跳下来了，后来还主动送你去医务室。"她感叹一句，"这事要是让三中的人知道，肯定不相信这是徐迟能做出来的事情。"

林疏星闻言，提笔的动作停了一瞬，卷子上留下一道长长的黑色线条。

她回过神，把卷子翻了过来，声音含笑："他不喜欢跟人接触？那你们之前不是还说他是为了方蕊才转学吗？"

"哎，那不一样啊，"许糯坐直了身体，"方蕊那边是单方面传出来的，你看徐迟他都没承认，而且他转到我们班这么久，也没见他去找过方蕊啊。"

林疏星见招拆招："兴许他是怕在学校找方蕊，会给她招麻烦呢。"

许糯吐了一口气，索性破罐子破摔："反正我就觉得徐迟对你不一样。”

林疏星轻笑一声，没接话。

她提笔的瞬间却又想起许糯的话：不一样吗？

林疏星仔细想了想，好像是有那么一点儿不一样。

但这一点儿不一样，对现在的她来说，只会徒增困扰。

课间操结束后，班里的学生陆陆续续回来，教室里逐渐变得热闹起来，男生抱着篮球在后面咚咚咚拍不停。

坐在前排的学生垂着头，在预习下节课的内容。

走廊外一阵阵脚步声传过来。

林疏星无暇顾及，低头心无旁骛地解着题目，黑色的水性笔在试卷上写下一道道公式。

耳旁的脚步声愈来愈近，她抬起头，窗外靠过来几个人。

徐迟站在中间，眉目俊朗，别过头听旁边的人说话，时而懒洋洋地应两句，那模样像极了古时候躺在戏园里不问世事的小王爷，懒散至极。

林疏星只看了几眼，便收回了视线。

但她不知道，在她转过去之后，徐迟也将目光投向了她。

他小心翼翼，却又不动声色。

下午最后一节课结束，教室里的同学三三两两地结伴，女生出去吃饭，男生抱着篮球去操场，没一会儿人就走得差不多了，只剩下几个值日的同学。

林疏星因为行动不便，没出去吃饭，一个人趴在走廊的栏杆上透气。

教室里挪动桌椅的声音噼里啪啦的。

霞光笼罩着整个校园，她站在光晕里，侧脸被覆上一抹朦胧的光，温暖又刺眼。

“你的腿好点儿了吗？”

低沉的声音在林疏星耳畔漾开，她侧眸看过去。

齐念背着手站在离她一步远的位置，额前的碎发有被水打湿的痕迹，两颊依旧带着浅显的热度。

林疏星站直了身体，说：“没事了。”

她顿了顿，道：“你怎么没去吃饭？”

“我出板报。”

林疏星点点头：“我帮你吧。”

“不用了，”齐念匆忙摇头，湿在一起的刘海随着她的动作散开，声音又小又急切，“我一个人可以的，你的腿还有伤，不用麻烦你了。”

林疏星淡笑一声，一只脚跳进教室，丢下一句话：“我伤的又不是手。”

板报的模板齐念画得差不多了，只剩下往空白处加字，林疏星站在边上，手捧着书，模样认真。

打扫卫生的同学不知道什么时候都走了。一时间，教室里只剩下粉笔摩擦在黑板上的声音，时而沉闷时而清脆。

不知过了多久，走廊外传来一阵骚动，几个男生抱着篮球从后门走了进来，浑身上下散发着运动过后的气息。

林嘉让拎着一瓶可乐，仰头喝完之后，他捏着易拉罐站在原地，做了一个投篮的姿势。

“咣当！”

易拉罐砸在垃圾桶边缘，摇摆几下后落进桶里，声音响亮。

林嘉让拨了拨刘海，说：“我还是那么帅。”

坐在他旁边的李文杰大笑一声，语带嘲讽：“你要点儿脸吧，刚刚在球场没被虐够是吗？”

“我去！”林嘉让随手拿了一本书朝李文杰丢过去，“刚刚到底谁虐谁啊？”

两个男生在后面你追我打，跑过之处有灰尘扬起来。林疏星捧着书往边上挪了一步，余光里蓦地出现一道身影。

她下意识地看过去。

徐迟站在门口，穿着无袖的红色球服，额间的碎发和脸都有着被水浸湿的痕迹，棱角分明的下巴线条上一滴水珠顺着滚落下来。

他侧过身，掀起球衣的下摆擦了擦脸。林疏星跟着收回视线，继续写板报。

林嘉让和李文杰还在闹，教室里被他俩搞得闹哄哄的。

徐迟回了座位，从桌上拿了一瓶没开封的可乐，仰头喝了一口，靠在窗口，目光似有似无地投向黑板那里。

过了一会儿，他站直身体，抬手把易拉罐扔进垃圾桶里。

林疏星把黑板下面的空白处写完后，从旁边拉了一张桌子，准备爬上去继续写。

她的身后冷不丁响起一道不咸不淡的声音。

“您这是打算爬上去跟猴子抢生意呢？”

她回过头。

徐迟不知道什么时候走过来，站在她身后，抱臂，人倚着桌子。

他歪着头，眼尾微翘，似笑非笑地看着她。

林疏星还没来得及说话，眼前的人却倏地往前跨了一步，停在她面前，她侧身的时候，可以闻到淡淡的薄荷香味。

她往后缩了缩肩膀。

徐迟把她摊在桌上的书拿起来，食指抵着书脊，随便翻了几页，抬眸问道：“你写哪儿了？”

她一愣，没反应过来。

他笑道：“我问你写到哪儿了。”

林疏星回过神来，抿了抿唇角，说：“三十二页倒数第二段的第三行。”

徐迟点点头，从旁边的桌子上捡了一支粉笔，站在黑板边上，手指点着上面那块空白处：“是写这儿吧？”

她敛着眸，没回答这个问题：“我自己可以写。”

一直站在旁边没说话的齐念低头看着他俩，声音低沉：“不麻烦你们了，等负责写字的同学回来，她们会写的。”

徐迟没搭茬儿，挑眉看着林疏星：“你非要逞能是不是？”

她垂着眸说：“我只是不想麻烦你。”

徐迟笑了一声，抬手自顾自写起来，低沉的声音在教室里响起："那我不觉得这是麻烦。"

他怎么会觉得麻烦，简直乐意之至。

太阳西沉，大片的霞光被夜色笼罩。

临近上课，教室里逐渐热闹起来，英语课代表李瑶抱着习题册进来，目光扫过站在教室后面的徐迟，眼底有一闪而过的惊讶，她匆匆把习题册交给各组组长后，拉着同桌八卦。

李瑶说："我没看错吧，徐迟在出黑板报？"

同桌托着腮，看着教室后面的身影回应道："他帮班长写的，他跟班长……"

上了年纪的英语老师端着保温杯从外面进来，说："安静安静，听力马上开始了，大家把习题册拿出来。"

他看向教室后面："后面出黑板报的男同学，等听力结束再弄吧，现在先做题目。"

"知道了。"

徐迟放下粉笔，安静的教室里，他的动静被无限放大。

林疏星坐在位置上，垂着头，习题册摊在面前。

她的耳旁响起播放英语听力的音乐声。

她提笔随手勾了一个答案，等回过神后，又勾了别的选项。

几次下来，习题册已经被她画得乱七八糟。

听力结束后，林疏星把手捂在脸上，深呼吸几次。末了，她把桌上的习题册和试卷一股脑收进书包里，别过头和许糯说话："我晚自习不上了，等会儿老陈来，你帮我跟他说一声，就说我不舒服，先回家了。"

"啊？"许糯咬着吸管，说："那你怎么回去啊？要不要我骑车送你？"

她一只手拎着书包，说："没事，我去门口打车。"

"那你路上慢点儿啊。"

"知道了。"

林疏星出了教学楼才把书包背在肩上，一路上都没碰见几个学生。

到了门卫室，保安室的人认识她，连假条都没要，就直接放她出去了。

门口就是马路，她走几步停一下，等到了路边，还没来得及招手，一辆空车在她眼前飞驰而过。

林疏星："……"

她抿了抿唇角，站在路牙边，掏出手机刷新消息。

"呲——"刹车声在她耳畔响起。

林疏星抬起头，看到徐迟骑着车停在她面前，一只脚踩在地上保持平衡，漆黑的瞳仁在灯光下越发明亮。

他望着她，轻描淡写道："上车，我送你回去。"

晚风四起，路旁的树叶随风摇动，月光穿过枝叶的罅隙，光影落在地砖上，斑驳又模糊。

少年的声音被风弄碎了丢进耳里，低沉悦耳。

林疏星盯着他看了几秒，不自在地挪开视线，下巴没在校服的衣领里，声音淡淡的，听不出什么情绪："不用了，我打车回去。"

"啧。"徐迟被她三番五次地拒绝，也不恼，好脾气地把车锁在一旁，手插着兜，和她并肩站在路牙上。

过了五六分钟，他突然没头没脑地说了一句："今天我出门忘记带钱包了。"

林疏星垂着眼，懒得接茬儿。

他也不管，继续说："我家离学校好远，你等会儿能不能借钱给我搭辆顺风车？"

林疏星眼皮一跳，整个人终于有了点儿反应："你打车要多少钱？我可以借给你。"

徐迟一只脚踩着路旁的石墩，转了个身，面朝林疏星笑了一下："我不要，我一个人坐车害怕。"

林疏星："……"

徐迟抿了抿唇角，似笑非笑地看着林疏星，似乎拿准了她不会拒绝，语气里都沾着笑意："班长，你该不会连这点儿忙都不肯帮吧？”

“好歹我也帮你出了黑板报啊，一晚上写了那么多字，胳膊都酸了。”

他说完，还故意抬了抬胳膊，假装委屈地轻嘶一声：“真的酸。”

林疏星盯着他看了好一会儿，末了，却只无奈地说了一句：“你的演技真烂。”

徐迟闻言，别过头，唇边的弧度小幅度地延伸。到最后，他直接转过去，自己一个人笑了出来。

演技烂就烂吧，有用就行。

夜色渐浓，空荡的马路上，一辆红色的出租车飞驰而过，车轮碾过水坑，溅起一小片水花。

林疏星靠着车窗，眼皮上沾了一滴水，她擦了擦，抬手扣着按键，把车窗升了上去。

路旁的树影逐渐少了些，藏在后面的花园洋房露出一角，紧接着建筑的大部分轮廓都暴露在两人的视野里。

出租车在小区门口路旁停了下来，司机回头看了眼打从上车就没说话的两人，开口说道：“这里面不让进，你们就在这边下吧。总共十四块。”

“好，谢谢师傅。”林疏星递了五十元过去，找回一堆零钱。

她把钱随便塞在书包的一角，看了眼一直坐在旁边没吭声的徐迟：“你要下车吗？”

徐迟点点头，率先推开车门下去，林疏星紧跟着从另一边下车。

出租车掉了个方向，慢慢离出两人的视野。

林疏星拎着书包站在树荫下，烦躁了一整天的心在这一刻出乎意料的平静：“我先回去了。”

徐迟察觉到她的情绪有些低迷，沉默片刻，问了一句：“你心情不好？”

“没有，”她摇摇头，蓦地想起来一件事，从书包里摸出一张纸递给他，“你的检讨书。”

他将检讨书接了过来，翻开看了几行，有摘抄的痕迹，他笑道：

“抄的？”

“嗯，”林疏星大大方方承认，“我没写过检讨书。”

她抬起头，对上他的视线：“徐迟，我长这么大，没惹过麻烦，也没有做过出格的事情。”

“我不喜欢麻烦别人，同样我也不是很喜欢被人麻烦，因为这些会对我造成困扰。”

徐迟听到这话，眼底的笑意逐渐隐去，他动了动嘴唇：“你觉得我做的这些对你来说都是麻烦？”

“我不是这个意思，”她捏着书包的带子，指尖用力，来回斟酌要说的话，“你知道我是什么意思。”

徐迟叹一口气，故意装糊涂：“我不知道你是什么意思，我只知道你现在不开心。”

说完，他往前走了一步，从口袋里摸了一颗糖塞到她手心里。

“我能做到的，不仅是给你一颗糖那么少。”

林疏星闻言，眼皮一跳，只觉得被他攥过的糖温度高得惊人。

她没来得及做出反应，徐迟的叹气声在她耳畔飘过，他说：“好了，时间也不早了，我先回去了。”

“晚安。”

徐迟没再多说，静静地看了她几秒后，转身朝来时的路口走去。月光将他身影无限拉长，直到他拐过弯，才完全没了踪影。

林疏星在树下站了一会儿，五指合拢，把那颗糖紧攥在手心里。

她垂着眸，晚风吹落枝头的绿叶，落入一旁的池水里，漾开一圈涟漪，稍纵即逝。

徐迟一个人住在外面，房子是他母亲生前留下的一套房产，和学校隔着一条马路。他到家没多久，林嘉让给他打了一个电话：“回来了吗？”

他开了免提，把手机丢在床上：“嗯。”

电话那头的人顿时变得兴奋：“怎么样啊？”

他脱了外套，重新把手机拿在手里：“你有事吗？你没事我挂电话了。”

“哎哎哎，有事有事，”林嘉让那边有些吵，过了几秒徐迟才重新听到他说话的声音，“晚上来四合打游戏？”

“不来，挂了。”

通话在林嘉让的说话声里戛然而止，空荡荡的屋子蓦地安静下来，徐迟给手机充上电，拿着衣服进了浴室。

不一会儿，浴室里面传出淅淅沥沥的水声。

十来分钟后，徐迟从浴室里出来，身上只套了一条黑色的短裤，他赤脚踩在地板上，没擦干的水顺着他身体的线条滚落下来。

他拿着毛巾按在头发上擦了几下后，随手把毛巾丢在一旁，关了灯躺在床上。

月明星稀，皎皎月光穿过窗户落在床尾，房间里静悄悄的，手机振动的声音越发明显。

徐迟拿起手机，社交软件里，林嘉让发了一堆消息。

徐迟点开软件扫了一眼，都是一些没营养的对话，他也没回复，把手机丢在一旁，翻个身面朝着天花板，脑海里一直重复着林疏星的那几句话。

徐迟想着她说话时的语气，唇角弯了弯，伸手拿起手机，定了个闹钟。

当他准备关机的时候，林嘉让又发过来一条消息：“我们班长可不是那么好接近的人，我劝你还是放弃吧。”

徐迟沉默着，在心里假设了一遍。

“放弃吗？”

“好像不太可能。”

林疏星做了一整夜的梦，早上起来整个人都浑浑噩噩的，眼眶下有一圈淡淡的青色。

她在床上眯了一小会儿，当桌上的闹钟响第二遍的时候，她才起床去洗漱。

她收拾好东西后下楼，客厅的餐桌旁，林婉如一个人坐在那里，面前摆着好几样早点，背影看起来有些孤单。

许是听到林疏星下楼的动静，她扭头看过去，笑意温和：“你起来了啊，过来吃早餐，豆浆都快不热了。”

林疏星扯出一个笑容，走过去在她对面坐下。

林婉如给她盛了一碗热豆浆：“趁热吃。这阵子妈妈在剧院忙，也没什么时间陪你，你要是缺什么就给我打电话。”

“好。”林疏星捧着碗，低头的时候暗自松了一口气。

吃过早餐，林婉如的助理过来接她去剧院。临走时，她又塞了一张卡给林疏星：“密码是你的生日，有事给妈妈打电话。”

林疏星站在车外，伸手接了卡：“知道了，妈妈。”

“照顾好自己。”

“好。”

母女俩简短的对话结束，林疏星在原地等车子开远，才朝小区门口走去。兴许是因为时间还早，小区里的行人并不多。

过了一夜，林疏星膝盖上的伤口比之前好了许多，只是走起路来还是速度慢。

小区门口不好打车，林疏星提前在手机上叫了车，她还没走到门口，司机打来电话，说是里面进不来，车停在马路对面，叫她自己走过去。

林疏星没多说什么，问清了具体位置，电话就挂了。

大门口堵了几辆豪车，林疏星从车缝间钻过去，保安拿遥控给她开了门。

她礼貌地笑了笑说：“谢谢。”

她刚走出小区，花坛边上就窜出来一个人影。

徐迟骑着车，左脚踩着地，书包松松垮垮地挂在肩上。他歪着头，笑意直达眼底。

徐迟长腿一跨，从车上下来，一只手覆在车把上，语气轻松：“这么巧啊？”

巧什么巧，阴魂不散。林疏星在心底暗骂一句，看着他挂在脸上的笑容，几乎可以确定她昨晚的一番话他是一个字都没听进去。

她抬起头，波澜不惊道：“挺巧。”

徐迟笑了一声，没再继续巧不巧的问题，别过头问道："你去哪儿？我载你。"

"不用了，"林疏星手插着兜，眉目淡然，"我叫好车了。"

"啊……这样啊。"他故意露出遗憾的表情，没几秒，脸上又挂上笑容，"那你带我一个呗。"

"今天我带钱了，正好还你昨晚的车费。"

他一番话滴水不漏，林疏星一时半会儿没想出拒绝的话来，插在兜里的手指无意识地掐了掐指腹，憋出一句"无聊"后，转身朝路口走去。

徐迟脸上的笑容更甚，推着车跟在她身后。

临近七点，市区这一片碰上早高峰，街道上冗长的车流一眼看不到尽头。

林疏星坐在出租车后排，时不时伸出头看几眼前面的车流，眼瞅着就快到上课时间了，她不免有些着急："师傅，还要多久才能到学校？"

司机师傅语带埋怨道："哎呀，小妹妹，你也不是没看到，这里这么堵，我就是想走也走不了啊。"

她眉头轻蹙，没再说话。

徐迟坐在一旁玩手机，手指飞快地点着屏幕。过了一会儿，一局游戏结束，炸开的方块铺满了整个屏幕。

他收起手机，扫了眼前面的计价器，从钱包里抽了一张十元的纸币，俯身放在副驾驶座上："车钱。"

司机叫唤道："哎哎哎，目的地还没到呢。"

徐迟嗤笑一声，道："不劳烦你了。"

说完，他推开车门绕到车后，把放在后备厢里的自行车拿出来，弯腰看着坐在车里的林疏星："下车，我载你去学校。"

他见她没动作，直接把她的书包拿出来，挂在车头："快点啊，迟到了可不怪我。"

林疏星看了眼时间，已经快七点半了。她不再犹豫，动作利索地下了车，关门的时候隐约听见司机不满的抱怨声。

林疏星：“……”

徐迟骑上自行车，双手扶着车把，身体呈前倾的姿态。他看着林疏星，歪了下头：“上来，走了。”

林疏星咬了咬唇角，侧身坐上自行车的后座，手紧紧揪着坐垫：“好了，你把书包给我吧。”

他把她的书包扯下来递给她。

林疏星接过书包背在肩上，声音低沉：“把你的也给我吧。”

“不用，”徐迟踩上自行车，说，“你坐稳了。”

两个人沉默地骑过一个路口，停车等红灯的时候徐迟急刹了一下，林疏星手没扶稳，人往前倾，脑袋撞到他的后背上。

他校服上的薄荷草香萦绕在她鼻间，她直起身，在他看不见的地方红了脸：“不好意思。”

徐迟感受到后背的温度，捏着车把的手紧了紧，道：“没事，你抓不稳就抓我的衣服。”

她换了一个地方抓，垂眸盯着地面上两个人的身影说：“抓得稳。”

他“嗯”了一声，不再说话。

自行车的速度在不经意间加快，砖红色的建筑慢慢出现在两人的视野里，徐迟在学校大门对面的马路边停下，一只脚踩在地上：“到了，你先进去吧。”

林疏星从车上下来，犹豫了一会儿，问道：“你不进去吗？”

他侧眸看着她，半开玩笑半认真地说道：“早上我起晚了，还没吃东西。”

林疏星还没辨出他话里的真实度，耳畔突然响起一阵急促铃声，不远处的移动门在铃声中缓缓关上。

门口站着好几个迟到的学生，林疏星眼尖，看到教导主任张阎正朝大门口走来。

林疏星：“……”

她叹了一口气，有些无奈地朝校门口走去。

她还没走两步，徐迟就勾住她的书包，声音含笑：“你不想被张阎训，就跟我过来。”

她一脸疑惑地看着他。

徐迟却不再多说，把车锁在一旁，抬脚往马路对面走，背影潇洒：“你过来就知道了。”

林疏星站在原地没动，目光扫过已经在训人的张阎，眼睫毛一颤，默默跟上徐迟的步伐。

平城高中坐北朝南，南边是正大门，北边原先也有扇门，通往小吃街和公交站。后来遇上街道改造，小吃街和公交站都规划到了西边，学校为了方便学生，在西边也建了一扇大门，北门这里就荒废下来了。

平日里，这里没什么人走动，那些迟到早退的学生基本上是从这个墙头翻进翻出。

林疏星之前值勤的时候，抓到过几次翻墙逃课的学生，只是她没想到，有一天自己也成了这里面的一员。

徐迟在墙边停下，取下书包扔过去后，回头看着站在一旁的人，笑道：“你翻过墙吗？”

她摇头：“没有。”

他轻啧一声，笑着看她，唇边有浅显的弧度：“过来。”

林疏星依言站过去，眼前的人倏地矮了下去，她眼睫毛一颤，心猛地骤停了一瞬。

徐迟侧对着她半蹲在墙角，侧脸被勾勒出弧度，他拍拍自己的肩头：“踩上来。”

踩……踩他的肩膀？

林疏星明显被徐迟这一举动吓到，她有些手足无措：“我还是走去大门吧。”

徐迟眼疾手快拉住她，道：“张阎还在门口，你现在过去，不是上赶着挨骂吗？”

他松开手，道：“只是踩个肩膀，没什么大不了。”

林疏星还在挣扎，耳边响起第二道上课铃，她微愣，去看徐迟，他弯着唇，眼里含着笑意。

“快点啊。”

她咬着唇，放弃挣扎，小心翼翼地踩在他的肩膀上。他伸手圈住她的脚踝，慢慢直起身，轻声叮嘱：“手扶着墙边。”

墙内的建筑逐渐清晰，直到完全映入眼底，她的手撑在墙头，没怎么用力就翻了上去。

徐迟站在墙下，抬头说：“你坐着别动，我先翻过去。”

林疏星点点头，大约是第一翻墙，她还有些紧张，脸颊微微泛红。

徐迟低笑一声，卷起衣袖，踩着一旁堆起来的砖块，手按在墙头上，用力一撑，整个人就翻上去了。林疏星还没来得及惊讶，他人影一闪，等她回过神，他已经捡起书包站在底下了。

他卷起衣袖，手臂张开一点说：“下来，我接着你。”

林疏星咬着唇，眼波微动，暗自深呼吸几次后，闭着眼往下一跃，刚刚好被徐迟接住。

徐迟将她稳稳扶住后松开她，声音低哑：“走吧，时间不早了。”

林疏星的大脑有一瞬间宕机，然后又闻到了淡淡的薄荷香味。

这是她熟悉又陌生的味道。

路旁的一汪池水里，落叶漾起了涟漪，还没来得及散开，就已经不见踪影，如过眼云烟，稍纵即逝。

林疏星到教室的时候，外面走廊上已经站了一个迟到小分队。陈儒文站在后门口，瞥到她的身影，倒也没说什么，抬手指了指队伍末尾的空位。

她心领神会，站了过去。

林嘉让站在她身侧，说：“妹妹，你怎么迟到了？”

“路上堵车。”林疏星从包里翻出听力册，她没看几道题，刚刚半道上说是去卫生间的徐迟也上来了。

她离得近，明显听见陈儒文冷哼了一声，语气严厉：“过去站着！”

徐迟依旧是那副懒洋洋的模样，也没说什么，直接站在林疏星旁边的空位，背抵着墙，歪着头，唇瓣动了动，声音压得很低。

教室里的声音太嘈杂，林疏星只听到他出声的动静，说了什么一个字也没听见。

她别过头，徐迟已经直起身，毫无异样，仿佛刚才说话的不是他。她没在意，捧着册子继续看，身旁的人也一直没什么动静。

快下课的时候，陈儒文说了几件关于校庆的事情就离开了。

他前脚刚走，林嘉让就跑过来和徐迟说话："哎？阿迟，你这肩膀上怎么有个脚印啊？"

一旁的林疏星眼睫毛颤了颤，有些心虚地低着头。

徐迟瞥了她一眼，唇边漾开笑意。他推开林嘉让的脑袋，语气淡淡的："被猫踩的。"

林疏星："……"

林嘉让哀怨一声："你当我是傻瓜吗？"

那明明就是个人的脚印好不好！

徐迟睨了他一眼，转身进了教室，临走前，他拍拍林嘉让的肩膀："你知道你最悲哀的事情是什么吗？"

林嘉让说："嗯？"

他笑了一声，语气轻描淡写："明明是一个傻瓜，却不肯承认。"

大课间，林疏星去操场溜了一圈，等点完名后，许糯拉着她和齐念去学校里的小超市买零食。

三个女生挤在一排货架前。

许糯拿了两袋不同口味的薯片，随口问道："念念，校庆我们班打算出什么节目啊？"

"啊？"齐念似乎也没想到好主意，秀气的眉头轻蹙着，"我还在想。"

"搞来搞去其实也没几样，跳舞、唱歌、小品，没意思。"许糯把左手上的烧烤味薯片放回货架，突然灵光一闪，看着两人道，"要不我们班来个大合唱呗？"

"就挑一首正能量积极向上的歌，然后弄成舞台剧那种形式多酷啊。”

林疏星歪头想了一下，觉得可行性挺高：“好像是一个好主意啊。”

“那我们班就定这个节目？”许糯挽着齐念的胳膊，已经开始幻想那个场景，“到时候让我们星星弹着钢琴开场，啧，不得了。”

齐念咬唇，看向林疏星：“可以吗？”

“没问题啊。”林疏星欣然接受这个建议，抬手从货架上拿了一盒抹茶味的饼干。

许糯有些迟疑：“就是不知道班里的同学会不会同意啊？”

“先回去问问，看有哪些人愿意参加，如果大部分同学都不愿意，我们再想别的节目。”

“那也行。”

三个人拿着选好的零食去门口结账，许糯半道上又拿了一盒酸奶：“我都快饿死了，早上起晚了，什么也没吃。”

说者无心，听者有意。

林疏星眉心一跳，蓦地想到早上在校门口徐迟说的话——“早上我起晚了，还没吃东西”。

男生说话轻描淡写，她一时也辨不出真假。

“星星？”许糯推推她的胳膊，“走啊，你发什么呆呢？”

“没什么，我就是在想节目的事情。”林疏星回过神，随手从冰柜里拿了一盒酸奶，“走吧。”

等她们三个买完东西回去，课间操刚好结束，班里的同学三三两两结伴回来。

许糯拉着齐念在讨论校庆的事情，林疏星坐在座位上看漫画，一袋拆开的薯片放在桌子上。

林嘉让吆喝的声音在后面响起：“阿迟，等会儿去操场打球吗？”

林嘉让等了几秒才听到男生的回答：“不去，补觉。”

林嘉让没强求他，“咚咚咚”地拍着球。过了一会儿，林疏星听见林嘉让喊了班里另外几个男生的名字。

几个人走了出去，教室里也没了篮球落地的声音。

林疏星搓了搓眉心，合上漫画书，手伸到抽屉里，摸出之前买的面包，将它和桌上的酸奶放在一起。

她还没有做其他动作，门口就有同学喊她：“班长，老陈叫你去他办公室一趟。”

她抬眸，应了声：“知道了。”

她起身的时候，回头看了眼教室后面。

没承想，徐迟正好听到声音看过来。

林疏星愣了一下，立马别开视线，低头装作翻东西。过了几秒，她从前门出了教室，看起来倒像是落荒而逃。

徐迟无声地笑着，抬手揉了揉太阳穴，背对着教室趴在桌上，一副在睡觉的模样。

老陈的办公室在四楼，林疏星过去的时候他正在接电话，他瞥见她，嘴边的笑意更浓，对电话那头的人说道：“说曹操曹操就来了。”

手机那端的人不知道说了什么，陈儒文笑得眼角的褶子都叠了几层：“好好好，你先忙。”

“行，那就先这样，回头再说。”

林疏星站在桌边一直没吭声，看陈儒文的模样，她大概能猜出打电话的人是谁了。

陈儒文挂了电话，将手机放在一旁，端起茶杯凑到唇边：“比赛准备得怎么样了？”

林疏星照实回答：“还可以。”

“那就好，我还是那句话，小比赛正常发挥，拿奖是没有问题的。”他说完，放下茶杯，语气里都是自豪，“你周师兄前不久带队参加国内的数学大赛，拿了一等奖，他刚给我打电话，还问了你。”

林疏星和周昭阳，两个人都是他的得意门生，除了学习，在别的方面，他能点拨的都尽力点拨。

“你周师兄特意交代我，不要给你太大的压力，”陈儒文见她沉默不语，也不再多说，指了指旁边的一沓东西，“这是你师兄给你寄的卷子和笔记，你拿回去看看。”

林疏星低眉顺眼，声音没有起伏：“知道了，谢谢老师。”

陈儒文叹了一口气，道：“你顺便把这套试卷带回去发了，下个星期一交上来。”

“好。”她点点头。

“行，你回去吧。”

林疏星回了教室，把周昭阳寄给她的东西全塞到抽屉里。许糯从旁边凑过来，说：“老陈找你干吗？”

“问竞赛的事情，他怕我太紧张了。”她把手里的试卷分了一半给许糯，“发一下。”

许糯看到试卷后哀号一声：“妈呀，又要做卷子，要命了。”

林疏星笑了一下，没说话，抱着试卷往旁边走，三四两组的后两排都是空的，徐迟没睡觉，一个人坐在那里玩手机。

她发试卷发到他前面就没发了，拿着剩余的试卷回座位，把酸奶和面包夹在试卷里，从教室后面重新绕了过去。

徐迟旁边的座位没人坐，他的书和校服都放在上面。

林疏星走过去时，他正好一局游戏结束，人靠着椅背，手按在脖颈处搓了几下，歪着头看她。

她抿了抿唇，也没多说什么，径直朝他走过去，把握在手里的东西放在他桌上就走开了。

徐迟覆在脖颈处的手一顿，目光掠过她放在桌上的试卷，平静无波的眼眸倏地一亮，似是有些难以置信。

他将手覆在试卷上，隔着一层薄纸，摸到藏在试卷后的酸奶和面包。

他别过头看向窗外，眼里隐着笑意。

林疏星啊林疏星，你怎么能这么可爱。

下午最后一节班会课，老陈在班上说了校庆的事情，让人出乎意料的是，班里大部分同学都愿意参加大合唱。

陈儒文把讲桌上的粉笔头捡到盒里："那么节目彩排的事情就交给班长和文艺委员负责，你们这几天把大合唱的曲目定下来，周五就要上报节目表了。"

"校庆的意义重大，我希望你们能好好准备，都明白吗？"

大家齐声道："明白！"

老陈欣慰地点点头："我等会儿有个会，这节课你们自由活动，但是不准早退，班长你看一下。"

林疏星说："知道了。"

陈儒文前脚刚离开教室，后脚班里的学生就开始欢呼，女生扎堆坐在一块聊着大合唱的事情。

"我听说十班出的节目也是大合唱，我们不会撞节目吗？"

"我们唱什么歌啊？"

"到时候是不是还要穿统一的服装？"

"节目什么时候开始彩排？我都快等不及了。"

班级里热闹纷呈，相较女生的激动，男生就显得淡定不少。坐在后排的林嘉让不知道从哪儿摸出了一副卡牌，叫了几个人一块玩："阿迟，玩不玩啊？"

徐迟的视线从手机挪开，盯着他手里的牌，不咸不淡地说了一句："玩。"

"那你来来来。"林嘉让把桌上的书挪开，洗牌的间隙朝一组这边喊了一句，"张坤，把门关一下，谢了啊。"

后门口的男生应了一句，弯着腰把门关了。

林疏星依旧漫不经心地翻着漫画书，许糯和齐念坐在她边上选合唱的曲目，时不时嘀咕几句。

"你说，我们班合唱选一首很甜蜜的歌怎么样？"

"退学吧。"

许糯："……"

教室的角落时不时传来几声脏话。

几轮下来，除了徐迟，其余人脸上或多或少都贴了几张长字条，林嘉让脸上最多，都快被贴满了。

徐迟坐在里面，靠着墙，手里仅剩下四张牌，在林嘉让出牌后，他懒洋洋地把牌甩出去：“攻击 ×4。”

林嘉让一阵气结：“你是不是对我有意见？一直攻击我。”

“全桌人就你技能牌最少，”他从桌上捡了一张长字条递给他，“贴着吧。”

他哀号一声，边洗牌边想着新玩法：“不行不行，再贴下去我的脸都没位置了，我们换个惩罚方法。”

张子浩嘴巴上黏着字条，说话嗡嗡嗡的：“换什么？”

林嘉让洗好牌后，眼睛一亮：“大冒险，输了的人要按照赢了的要求做，不做的话天打雷劈，怎么样？”

“这俗不俗啊。”

他一脚踢过去：“一句话，玩不玩？”

“玩玩玩，快点开始。”

徐迟没意见，玩了一局，依旧是赢家，林嘉让这把跟他是一伙，好不容易赢了一次的他笑着道：“你去隔壁班吼一声‘我最帅。’”

“林嘉让，你怎么这么无耻？”

他呵呵地笑着：“快点快点，愿赌服输，你不去的话将来可就要落个天打雷劈的下场了。”

张子浩：“……”

整个惩罚过程中，徐迟一个字都没说，只是在听到那一声“我最帅”时，微不可察地笑了一下。

新的一局开始。

不知道是不是风水轮流转，徐迟这把要么都是无用的道具牌，要么就是接不住敌人的攻击，没多久就输了。

他倒不意外，把手里的牌一丢：“说吧，惩罚。”

林嘉让这把还是赢家，他等了这么久才等到徐迟输一把，自然不会轻易放过徐迟。

他从手机里翻出之前听过的一首歌，一脸坏笑道：“我要求不高，你随便找个人对他唱首歌就可以。”

徐迟挑眉，等着他的下文。

林嘉让笑着点了播放，没几秒，令人鸡皮疙瘩顿起的男声从手机里传了出来。

令人生厌的歌曲被人按了暂停键，张子浩笑到肚子疼，手搭在旁边人的肩膀上："在下佩服，林嘉让你真是一个人才。"

林嘉让无所谓地耸耸肩，看向徐迟，眼神带着一点儿看好戏的意味："怎么样，迟哥唱不唱啊？"

徐迟眼皮轻掀，放下交叠的长腿，拿起桌上的纯净水凑到唇边，语气不咸不淡："你确定？"

林嘉让对上他的目光，后背倏地一凉，总觉得如果他今天真的找个人把这首歌唱出来，自己恐怕等会儿就要去挑一下平城风水好的墓地了。

但是他话都说了出去，又有这么多人在，也不好打自己脸。

一时间，这一片都安静了。

一同参与游戏的男生估摸着徐迟的秉性，出来打圆场："林嘉让，你不能这么缺德啊，谁不知道这首歌是出了名的恶心人，你是想恶心谁啊？要唱你自己去唱，别坏了我们阿迟的名声。"

林嘉让顺着台阶下，立马想了一个弥补的法子："是是是，我的错，那我换一个惩罚。"

他垂着眼想了一会儿，忽然脑中灵光一闪："有了，既然这局是我赢，那迟哥你就在班里挑个跟我同姓的人，对她说一句话。"

他话音刚落，几个男生迅速想了一遍班里人的名字，张子浩先反应过来："我们班姓林的除了你，就只剩下班长了啊。"

林嘉让故作惊讶："是吗？这么巧的啊。"

众人："……"

徐迟依旧没反应，仰头喝了口水，拧上瓶盖，语气淡淡的，听不出什么情绪："说什么？"

"说什么啊……"林嘉让点亮手机屏幕，从网上找了一句话，然后把手机递给徐迟，"喏，你就照着上面的读吧。"

徐迟接过手机，张子浩他们跟着凑过去，看完皆是一脸惊讶，在心底默默替林嘉让点了一排蜡烛。

反观徐迟，面无表情地看完那句话，把手机随手丢在桌上，什么也没说，起身朝一组走过去。

林嘉让靠着桌子，嬉皮笑脸地喊了一句：“班长，徐迟有话跟你说。”

林疏星闻声回过头，正好看到徐迟朝这边走过来。

教室里的学生也都好奇地看着这边的动静。

许糯拽了一下她的袖子，小声道：“徐迟找你能说什么？”

她捏着笔，低眉顺眼道：“我不知道。”

她话音刚落，余光里出现一道身影，带过来一阵淡淡的薄荷味。

她抬起头，没有说话。

徐迟看着她，在脑海里过了一遍要说的话，然后垂下眼帘，遮住眼底的情绪，嗓音压低了些许，吐字的时候带着一丝慵懒。

他念的是北川理惠的一首诗。

教室里逐渐响起各种各样的议论声。

林疏星全部听在耳里，捏着笔的手无意识地用力，抿唇收回视线，压下心底异样的感觉，强装镇定：“徐迟，你无不无聊？”

徐迟别过头，像是在笑，语气里没了之前的玩世不恭：“我在玩游戏。”

他说完，目光扫过她面前的草稿纸，伸手在桌上拿了一支笔，在上面画了几下，道：“你这里写错了。”

他写完，收回手，从口袋里摸了一颗糖放在桌上，便转身往回走。

林疏星敛着眸，盯着那颗糖看了半晌才将它收起来。

这场小闹剧很快就从五班一些女生的嘴里传出，一传十，十传百，渐渐传遍了整个高一年级。

到了晚上，平城高中的贴吧里还出现了各种各样关于这场闹剧的版本。

“五班的徐迟被他们班长驳了面子，一时动怒，拿板凳将女生的腿砸断了！”

课间休息的时候，许糯从贴吧上看到这个帖子，没忍住笑了出来：“我的妈呀，现在的网友脑洞都这么大的吗？就一个游戏，他们怎么还脑补出了这么多离谱情节？”

她啃了一口苹果，把手机递给林疏星：“你看，帖子里还有人说你腿受伤是因为宁死不屈从二楼跳下去弄的。”

林疏星：“……”

林疏星看了眼帖子，回复量已经过千，她没什么兴致，把手机还给许糯：“无聊。”

许糯耸耸肩，又咬了口苹果，随手翻着帖子：“不过，星星啊，我真的觉得徐迟对你有点儿不一样。”

她说完，凑到林疏星身旁，下巴搭在林疏星的胳膊上：“我怀疑他动机不纯。”

林疏星低垂着眼，没吭声，提笔继续做题目。

过了一会儿，她有些烦躁，停下笔，从包里把手机拿了出来，打开学校的贴吧，首页好几个帖子都是关于她和徐迟的事情。

还有人在里面弄了一个投票帖，标题是看几大班花的竞争，到底谁会更胜一筹。

林疏星：“……”

林疏星点投票帖。

投票的选项有八个。

她的名字在第一个，票数也是最多的，其余七个人，除了方蕊，她几乎不认识。

她往下翻了翻，有一个乱码的评论。

“ad379qhshye：别投了，徐迟首选林疏星，你整这些不等于白费力气。”

评论底下一大堆求科普的回复。

林疏星抿着唇，一言不发地翻着帖子。

直到最后一节自习课铃声打响，她才把手机收起来，继续做题目。

四十分钟转瞬即逝。

林疏星收起做了一半的数学卷子和早上周昭阳寄过来的笔记资料，一齐塞进书包里。

当她往后门走的时候，看到徐迟背着包站在那里，她抿着唇，拉着许糯从前门出了教室。

徐迟回完消息抬起头，发现教室里已经没有林疏星的身影了，他往外面走了几步，看见林疏星正朝走廊那头的楼梯口走。

他皱着眉，匆忙往楼下走。

林疏星膝盖上的伤口已经不妨碍骑车，她和许糯去车棚把自行车推了出来，直到出校门也没碰见徐迟。

到了马路的岔口，许糯拐弯，她继续往前骑。

骑过一个红灯，路旁有卖烤红薯的，林疏星停下来买了一个，她从车篮里捞过书包找钱，一只脚踩在地上保持平衡。

“多少钱？”

突如其来的一道声音在林疏星耳旁响起，她吓了一跳，脚一歪，没稳住车子。徐迟眼疾手快，伸手扶住她，声音带着责备：“腿都还没好，你骑什么车。”

林疏星把车把从他手里拽出来，低头从包里摸了十块钱递给阿婆，背对着他，语气冷淡：“不关你的事。”

徐迟皱眉，低低地问道：“你生气了？”

“没有。”林疏星接过装好的烤红薯，跟阿婆说了声谢谢，才回头看着徐迟，神态平静，语气却不大好，“我很烦，你别再跟着我。”

她说完，把烤红薯放进书包里，倾身拉上拉链，一言不发地骑上车往前驶。

徐迟抿着唇，看着她不怎么舒服的骑车姿势，眼眸一敛，脚踏用力踩到底，迅速跟了上去。

他和她并道骑在一起，语气有些急躁：“下车，别骑了。”

林疏星恍若未闻，下意识加快了速度，膝盖处传来疼痛感，她也毫不在意。

徐迟见状，干脆直接骑过去，挡在她前面。

“呲——”

急促的刹车声在空荡的街头响起，林疏星捏紧了刹车，可惯性太大，她的车轮还是撞在他腿上。

她往后退了一点儿，目光投向他校裤上的印子，说：“对不起。”

“你要是生我的气，就直说，”徐迟皱着眉从自行车上下来，站到她面前，嘴唇抿成一条线，说：“别拿自己的身体不当回事。”

林疏星眼睫毛轻颤，对上他的视线。

徐迟看到她泛红的眼眶，心倏地往下沉。

他什么话都咽了下去。

第三章　夜空的星星

晚风有些凉，马路上空荡荡的，卖烤红薯的阿婆看着摊前僵持的俩小孩，忍不住摇摇头，继续看八点档肥皂剧。

徐迟视线往下,盯着她攥得发白的手,微不可察地叹了一口气，说：“下车，我送你回去。”

林疏星垂下眼帘，倔强道：“不用了。”

他一只手插兜，另一只手横在她车把上，周遭的空气似乎有些凝固：“这是最后一次。”

“下车，我以后不跟着你回家了。”

气氛有些沉闷。

徐迟心底有讲不出的烦躁，有一团火气压在那里，他想发又不敢发。

过了一会儿，林疏星抬起头，重新对上他的视线，神态恢复平静，只是眼角依旧有些红。

“徐迟。”她认真地喊出他的名字，出口的话像刀一样扎进他的心里：“你别再缠着我了，我很讨厌这样。”

被人放在网络上议论，就像被扒光了衣服丢在马路上，那种羞耻感和无措感压得她喘不过气。

林疏星不迟钝，从开学到今天，他做的每一件事，说的每一句话，她都明白。

只不过……她压下心底的不舒服，说：“徐迟，我们不是一路人。”

“嗬。”徐迟有些自嘲地笑，蓝白色的校服被风吹起来。

他别过头，看向远处，又转回来，盯着她的脸说：“那你说说你是哪路人，我又是哪路人。”

林疏星的唇瓣抿出一条线，她不想在这个时间这个地点跟他讨论这种无聊的事情。

她踩上自行车，咬了咬唇，放缓语气：“你回去吧，就别跟着我了。”

车轮碾过地面，她还没骑多远，自行车突然被人从后面拉住，她用了一点儿力才稳住身形。

徐迟从她身后走上前，挡住她的去路，没给她反应的时间，抬手直接把她从车上拉了下来。

他自己骑上去，背对着她，不急不缓地说道：“要么我送你回去，要么今天你就跟我在这里耗着。”

他顿了顿，又补了一句：“我说到做到。”

林疏星从来没见过这么无耻的人，好半天才缓过神来，眉头拧起：“你烦不烦啊！”

他别过头，模样有些吊儿郎当：“烦，所以你最好快点上车，我还有更烦人的方法。”

林疏星：“……”

夜色浓重，街头上几乎没有来往的行人。

林疏星咬了咬唇，不想再浪费时间，坐上后座，盯着他校服后面的水笔印，轻声道：“我希望你也能说到做到，以后别再跟着我回家了。”

“嗯。”

徐迟踩上自行车，一路上没再说话。

自行车在小区门口停下。

林疏星跳下后座，皎皎月光落在两人肩头。她站在一旁，长睫毛在眼睑处投下一片阴影：“我到了，你回去吧。”

徐迟点点头，让她握住车把。

"走了。"

他搓了搓后脖颈，说："晚安。"

林疏星抬眸盯着他被月光拉长的身影，犹豫了下，喊道："徐迟。"

她见他回过头，抿抿唇，像是松了一口气："谢谢你。"

徐迟蓦地笑了，心头积攒的烦躁消失殆尽。

他笑道："林疏星。"

"嗯？"

"我这个人哪，没什么优点，就是执着。我不管你是哪一路人，我迟早都会和你成为一路人。"

那晚过后，林疏星在回家的路上再也没见到徐迟的身影，两个人都像有了默契一般，谁也不提那晚的事情。

两人偶尔在教室里碰到一起，林疏星总是先一步挪开视线，没有只言片语，也没有视线交流。

她好似把那几天的纠缠都化作了过眼即散的云烟，抛之脑后。

日历一页一页翻过，一转眼，到了三月最后一个星期。

林疏星前一天晚上熬夜做了几套试卷，早上没听见闹钟响，醒过来的时候已经是中午。

房间的窗帘昨晚她忘了拉，阳光照进来，屋里暖洋洋的。

林疏星揉了揉泛酸的眼睛，掀开被子下床，地板被阳光晒得有些热，她赤脚踩在上面，走到桌旁，端起桌上的水杯喝了一口水。

手机被压在试卷下面，她翻出来点亮屏幕。

三十二个未接来电，有许糯打来的，陈儒文打来的，还有林婉如打来的。

林疏星一个一个翻下去，看到中间掺了几个陌生号码，都是同样的一串数字，给她打了十多次电话。

她没来得及细想，手机突然振动起来。

来电显示是"妈妈"。

林疏星放下水杯，接通电话，嗓子有些哑："妈妈。"

手机那端传来林婉如关切的声音："你是生病了吗？你们班

主任给我打电话，说你没去上课，早上我给你打电话你也没接。”

“没有，我就是睡过头了。”

“你是不是最近学习太累了啊？”手机那端传来高跟鞋踩在地砖上的声音，“妈妈这边等会儿还有事，等周末我回来看你，你自己平时多注意休息。”

“知道了。”

林婉如又交代了几句别的，就挂了电话。

林疏星喝完水，给陈儒文回了一个电话后，又给许糯发了条消息。

那十几个陌生来电的事情被她抛之脑后。

等收拾好东西，林疏星去楼下随便弄了一点儿吃的。

她出门时已经一点多。

平城的气温已经回暖，小区里的梧桐树冒了新叶，微风吹过，飘来一阵花香。

林疏星骑着自行车出了小区，在路口等红灯的时候，她倏地想起来自己好像忘了装钥匙，她侧过身，把书包从肩上取下来。

她抬眸的瞬间，在街角看到一道熟悉的身影，没等细看，红灯跳成绿灯，她匆忙背上包骑车，等过了马路再回头，原先的位置空荡荡的，什么也没有。

林疏星敛眸想了想，又笑自己有些自作多情，怎么可能在这里看到徐迟。

她重新踩上自行车，朝着学校的方向骑去。

她到学校时，午休刚好结束。

林疏星前脚才进教室，后脚下午第一节课的老师就夹着书进来了：“课代表，把作业发下去，这节课我们讲作业。”

英语课代表上去拿作业。

林疏星坐上到位置后，许糯凑过来，说：“昨晚你到底几点睡的啊？”

“四点多。”

“妈呀，你不要命了啊。”

林疏星把书包里的试卷都拿出来，上面只有零星几道红笔印：“没办法啊，过几天就是初赛了。”她抬手搓了搓眼睛，“我哪敢松懈。”

许糯咂舌，换了一个话题：“对了，你早上没来，徐迟早上也没来，林嘉让还找我要了你的手机号码。”

她坐回去，嘀咕了一句：“他说要问问你，知不知道徐迟去哪儿了。”

林疏星拿试卷的手一顿，蓦地想起手机里那十几通陌生来电，一时间心情有些复杂。

许糯见她突然不说话，小心翼翼地问道：“星星，你是不是生气了啊？”

“没有，”林疏星眉头松开，“我就是突然想起来早上那些电话是谁给我打的了。”

“谁啊？”

她言简意赅：“徐迟。”

许糯眼睛一亮，想要继续追问时，上课铃声不凑巧地响了起来。

林疏星看了她一眼，勾唇轻笑：“乖乖上课吧。”

许糯：“……”

一节课很快过去，中间有十分钟休息，许糯趴在桌上睡觉，林疏星拿着两人的水杯去接水。

刚下课，接水的地方人多，轮到她的时候，热水的温度从九十九度蹦到了九十八度，紧跟着突然一跳，直接蹦到了七十多度。

林疏星：“……”

她撇撇嘴，有些失望地往回走，刚一转身，人顿在原地。

接水台斜对面的男厕所里走出来一个人。

徐迟站在那里，额前的头发有被水打湿的痕迹，他甩着手，瞥到林疏星，目光慢慢转向她手上的空水杯。

他动了动唇瓣，抬脚朝她走过来。

“接水？”

“嗯，我有点儿渴。”

徐迟别过头，看了眼她身后的饮水机：“没接到？”

“人有点儿多，”她的耳旁响起上课预备铃，她说，“上课了，回去吧。”

徐迟没听她的，把她握在手里的两个杯子都拿了过去：“你先回去。”

“喂——”林疏星话没说完，他已经下楼了。

林疏星在原地等了一会儿，第二遍上课铃打响才回了教室。

许糯还在睡觉，这节课是政治课，老师管得松，班里除了前排，几乎睡倒了一片。

她心不在焉地听着课，目光似有似无地掠过教室前门。

一节课过半，徐迟还没回来。

林疏星一只手转着笔，盯着试卷上的题目出神。

快下课的时候，林疏星停下笔，准备喊许糯起来。

“糯糯——”林疏星说着话，头扭过去，视线倏地定住。

在她身旁的窗台后侧，放着两个水杯，粉色的，杯身还有许糯私家印刻的标记。

她下意识往教室角落看了一眼，那里空荡荡的，座位的主人没有回来。

后排的男生都在睡觉。

林疏星收回视线，别过身，伸手把水杯拿了过来。

水杯握在手里，隔着一层玻璃，她仍旧感受到一股热意从手心里传出来。

隔天是周二，林疏星一早去了学校，上完早读被陈儒文叫去办公室。

办公室里，茶香四溢。

陈儒文端着茶杯，从抽屉里拿了一张挂牌，牌面写着“准考证”三个大字，他说：“这次‘博学杯’的考点定在桐城二中，学校安排了车，下午走，这是准考证，你收好。”

林疏星伸手拿了准考证过来。

陈儒文的目光投向她脸上："等会儿上完两节课，你回去把该带的东西收拾好，下午两点在思政楼门口集合。"

"考试明天上午十点开始，今天过去就是熟悉下考场。别紧张，晚上回去好好休息，知道吗？"

"知道了。"

"行，你回去上课吧。"陈儒文放下茶杯，又忍不住叮嘱她，"准考证和身份证一定不能忘了，这次是吴老师带你们过去，要是有什么事就跟他说。"

林疏星点点头："谢谢老师。"

"好，去吧。"

出了办公室，林疏星想着考试的事情，有点儿心不在焉，下楼的时候没注意楼下来人，迎面撞了个满怀。

"啊——"

林疏星下意识往后退，没想到一脚踩空，没了支撑点，整个人往后倒。

徐迟眼疾手快揽住她，将人往前带了点。

两人皆是一愣。

徐迟率先反应过来，收回手，道："站稳了。"

林疏星应了声，手扶着楼梯的围栏，往后退了一步。

准考证掉在徐迟脚边，他弯腰捡起来，扫了眼上面的照片，微不可察地笑道："好小。"

林疏星皱眉，疑惑地问了一句："什么？"

"没什么，"他把准考证递给她，往楼上走的时候交代了一句，"记得看路。"

"哦。"

徐迟从她身侧擦过去，走了几步停下来，从楼梯的间隙看了眼楼下的人，没忍住笑了起来。

林疏星拿着准考证回了教室，坐在位子上，想起刚刚那幕有些晃神。

身旁的许糯睡得昏天暗地，不知道身在何处。她瞥了许糯一眼，哑然失笑，心里凭空生了些许羡慕。

上课铃按时响起，徐迟踩着铃声从后门进了教室。

林疏星长舒一口气，从桌上找出历史书，随便翻了一页摊在桌上。

窗外日光倾泻，落在教室里的光影成片，微风吹过，拂落枝头沉甸甸的花朵。

不知不觉一节课过半，林疏星早上起得早，这会儿被阳光烘着，有些昏昏欲睡，眼皮撑不住上下打架。

她正要睡去，教室后面突然发出一阵声响。

这声响犹如震地惊雷，大半个教室的人都回头看了过去，林疏星也被惊醒，跟着望过去。

只见徐迟沉着脸，站在位子上，低头看手机。

历史老师放下书，视线投过去："那个男生怎么回事？这是在上课，你给我坐下！"

林嘉让在底下说话："阿迟——"

徐迟面容阴冷，慵懒褪去，隐着冷冽姿态消失："你别多管闲事。"

他回完消息，不顾老师的叫唤，拎着校服直接出了教室。

林嘉让喊了一声，没叫住他，拿上手机跟着出去。

历史老师勃然大怒，把手里的书狠狠拍在桌上，怒声道："像什么话！"

教室里没人敢作声，林疏星望着空荡荡的后门口，眉头微不可察地轻蹙了一下。

桐城二中是省重点高中，离平城大约七十多公里，下午五点多，大巴车抵达学校。

正值放学，校门口来往的学生络绎不绝。

林疏星从车上下来，微微活动了一下有些僵直的脖颈，迎面走过来一群男生。为首的男生样貌出众，眉眼生得极为清俊，她还没看清，人已经从她旁边擦身而过。

她只隐约听见，周围男生似乎喊他一声"wang ye"。

至于到底是什么，她还没来得及细究，同行的女生就碰了碰她的胳膊：“你发什么呆呢？要去看考场了。”

林疏星回过神，笑了一下：“没事，走吧。”

等看完考场回酒店，天色已经暗了下来，林疏星在楼下随便吃了点东西，回到房间后，拿衣服去洗澡。

这边的气温比平城还要暖一些，她下午看完考场出来，出了一身汗。

洗完澡后，林疏星吹干头发躺在床上。

房间里开了空调，嗡嗡的运转声从窗外传进来。

她抽空翻了翻之前做过的几套试卷。

快九点的时候，许糯打来电话：“星星你怎么样啊？看过考场了吗？二中是不是有很多帅哥啊？”

林疏星轻笑道：“喂，朋友，我是来考试的，又不是来旅游的。”

“嘁。”

她靠着床头，想起下午在校门口碰见的男生，道：“不过，我今天还真的见到一个帅哥，鼻梁高挺，模样清俊。”

许糯忍不住好奇：“谁呀谁呀？”

“我哪知道他是谁，”林疏星又翻过一页试卷，“他朋友好像喊他 wang ye？我也没听清。”

她话音刚落，耳旁突然响起一声惊呼。

“啊啊啊——是秦妄啊！整个二中敢自称妄爷的只有他一个人。”许糯无比激动，“星星，你的运气真的太好了，你这次考试肯定能拿奖，一等奖！”

“谁？”

“秦妄，二中的妄爷，跟徐迟之前在三中的地位差不多。他长得帅，家境又好，”她顿了顿，“关键是，人家学习还好，从初中到高中，年年都是第一。”

林疏星听到熟悉的名字，眼皮一跳，抬手摸了摸鼻子，故作轻松地插了一句题外话：“徐迟成绩不好吗？”

手机那端的人静默了几秒，才说：“也不是不好，差不多年年倒数第二吧。”

林疏星：“……”

许糯还有一节自习课要上，上课铃打响后，她就把电话挂了，接着给林疏星发了一大堆秦妄的照片。

照片大部分比较糊，中间还掺了几张秦妄的证件照。

林疏星笑了，发了语音过去：“好了，我睡觉了啊。”

“好，晚安，明天加油哦！”

她没再回复，切回桌面，点进最近的通话记录。

她的视线投向中间那一串没有备注的数字上。

林疏星翻个身，平躺在床上，脑海里想起上午徐迟在教室里的那个神情，眉头轻蹙。

过了一会儿，她重新点亮屏幕，把那串数字存进联系人里，备注“徐迟”。

林疏星盯着那两个字看了一会儿，手指无意识地敲着手机边缘。她犹豫片刻，编辑了一条短信发出去。

而后她伸手关了房间的灯，掀开被子躺了进去。

手机搁在床头，屏幕没再亮起。

考试的两个小时过得似乎比平常要快很多，林疏星刚检查完试卷，监考老师的声音就响了起来。

“距离考试结束还有十五分钟，没做完题目的同学要抓紧时间了，做完的同学检查一下姓名、准考证号和身份证号。如果有填错未改的，后期成绩当无效处理。”

林疏星闻言，又对了一遍准考号和身份证号，确定无误后，举手交卷。

负责收卷子的老师过来检查了一遍，说：“好了，可以走了。”

“谢谢老师。”

林疏星收拾好自己的东西，出了考试楼，到外面和带队老师打了招呼后，直接先回了酒店。

学校为了方便考生，酒店就订在二中附近，隔着一条马路。

穿过马路，旁边是一条巷子，里面传来声响。

林疏星扭头看了一眼，几个男生围在巷子的交叉处，为首的男生正嚣张地摁着一个男生的头。

她微眯着眼眸，只觉得打人的男生有些眼熟，没等细看，从旁边的角落里走出来一道熟悉的身影。

他轻松地把旁边准备偷袭的人撂倒后，微喘了一口气，歪着头和旁边的男生说话。

林疏星认出那个男生是昨天在校门口碰见的人——秦妄，二中的妄爷。

巷子里，徐迟和秦妄聊了几句，抬手看了眼时间："走了，下午的车。"

"成，"秦妄摆摆手，"路上小心。"

徐迟点点头，抬脚往巷子外走，不经意间瞥了眼左边的巷口，脚步倏地一顿。

许是没想到能在这里碰见林疏星，徐迟脚步顿了一下，他犹豫了一会儿才朝她走过去，眼里的戾气和冷冽很快褪去。

他在她跟前站定，隔着一步远的距离："你怎么在这儿？"

林疏星怔了几秒，很快回过神，晃了晃手里的准考证，声音温和："我来这边考试。"

他点点头，随口问了句："考得怎么样？"

"还行。"

简短的对话被路上的汽笛声掩盖，两个人站在路旁，谁也没再说话，气氛有些说不出的沉闷。

大概过了四分钟，林疏星受不住这怪异的气氛，先开了口："要是没什么事的话，我就先回去了，等会儿老师——"

徐迟垂眸，打断她的话："有事。"

"嗯？"她一时间没反应过来。

"我说我有事，"他一只手插进兜里，脚踩在路边的石墩上，"我头晕、想吐，不舒服。"

林疏星："……"

徐迟抬起头，见她一副难以置信的模样，忍不住抬手拍了拍她的脑袋：“我骗你的。”

林疏星秀眉轻蹙，不乐意地往后退了两步：“我回去了。”

“哎——”徐迟伸手勾住她书包的带子，长腿一迈，绕到她跟前，嘴角带笑，“你吃饭了吗？”

“和你有关系吗？”

徐迟松开手，低头看着手机：“你吃火锅还是川菜？”

林疏星：“……”

林疏星有些气结，后悔刚才因为一瞬间的好奇而停留下来的举动：“不吃，我都不吃，你要吃自己一个人去吃。”

他大笑一声，对上她的目光，而后在她惊讶的目光下，径直朝她倒了过来。

熟悉的味道扑鼻而来。

林疏星运转的脑袋一滞，而后像有什么东西倏的一声炸开了，她垂在腿侧的手指无意识地蜷缩着。

徐迟察觉到她的紧绷，低低笑了一声。

“林疏星，我受伤了啊。”

少年的声音清脆，尾音上扬，突如其来的一阵急促的汽笛声回荡在马路上。

林疏星吓了一跳，停滞的大脑重新运转，她抬手扶住倒过来的人，一时紧张，手下也失了力道。

徐迟往后退了一大步，带倒了停在旁边的自行车，整个人失去平衡，坐在地上。

他屈着一条腿，手臂搭在上面，闭着眼缓过那阵头晕目眩。

林疏星抿着唇，有些不知所措。

他倒下来的时候，她整个人都蒙了，等反应过来，第一个念头就是推开他。

只是没想到她使的力大了些，也不知道他怎么这么弱不禁风。

“你还好吧？”林疏星咬唇，在他面前蹲下来，小声地道了句，“对不起啊。”

徐迟阖着眼，过了几分钟才睁开，漆黑的眼睛盯着她眼尾处的一颗淡棕色小痣，一字一句道：“一点儿也不好。”

他说完，抬手掀起刘海，露出额角上一道一厘米长的口子，语气掺着一点儿委屈：“这里，很疼。”

林疏星蒙了，她压根没想到他脑袋上有伤，顿时有些手足无措，连带着说话都不怎么利索：“那……那我送你去医院？”

她没记错的话，酒店旁边好像有一家小诊所。

徐迟没反驳，举着胳膊，像少爷一样，人软绵绵的没什么力气：“你扶我一把啊。”

“哦。”

林疏星站起身，扶着他的胳膊，把人从地上拉了起来，徐迟借着这股力道顺势倒在她肩膀上。

她下意识又想伸手推开他，手伸到中途，又缩了回来。

算了，万一再把他推倒在地上就不好了。

徐迟察觉到她的小动作，抿唇失笑，倒也没得寸进尺。十几秒后，他抬起头，语气戏谑：“你用的什么沐浴露，怎么这么香？”

林疏星愣了一秒，随即反应过来，涨红着脸憋出一句：“你变态啊。”

她别开眼，往后退了一步，伸手将校服的拉链拉到头，下巴没在里面，一脸戒备地看着徐迟。

“干吗？”徐迟挑眉，用指腹刮了一下眉心，脸上挂着笑，“你把我当成坏人？”

“你不是头疼？怎么话还这么多？”她抿着唇，脸侧的头发被风吹起来，发尾漾在空中。

徐迟歪着头，唇角微弯，没有再开口。

林疏星带着徐迟去了酒店旁边的小诊所。

他额头上的伤口之前没仔细处理，周边隐约有了发炎的迹象，医生给他包扎好，还另外开了两瓶盐水。

“还好只是轻微发炎，要是感染了可就没这么轻松了。”医生收拾好药盘，补充道，“你要是不舒服的话就按铃。”

林疏星看了眼半躺在床上假寐的徐迟，还是有点儿不放心：“可他的脸色好像有点儿不太好。”

“发炎嘛，有点低烧，”医生翻着病历单，不怎么在意，“等吊完水消了炎，他就好了。”

他抬起头，在两人之间看了一圈，最后目光停留在林疏星的校服上，眉头轻蹙，但也没多说，拿着东西走了出去。

他一走，病房里安静下来，偶尔还能听见诊所大厅的电视声。

林疏星在床尾站了一会儿，听到手机响才回过神，她瞥了眼还在睡觉的徐迟，拿着手机去了外面。

电话是吴老师打过来的，他回酒店后没看到林疏星，担心她出了什么事。

林疏星随便搪塞了一个理由，又讲了几句，才应声道：“好，我等会儿就回去。”

等她再回病房，徐迟已经醒了，额前的头发因为刚才包扎伤口微微翘起，长腿随意地搭在床边，被子被他垫在后面。

林疏星走过去，把搁在一旁的书包拎在手里，对上他的视线，轻声道：“我得回去了。”

空气静默了一瞬。

徐迟动了动唇瓣，声音有些沙哑：“你要放我一个人在这儿？”

“啊？”林疏星咬着唇，试探性地问了一句，“你一个人不可以吗？”

医药费她会结，他有什么需求可以找护士，他的伤也没有很严重，她想不到自己留在这里的理由啊。

“嗯，”徐迟抬起头，漆黑的眼里带着她看不懂的情绪，声音压得很低，“不可以。”

林疏星低着头，揪着书包的带子，在心里挣扎了一会儿，才应道：“那好吧。”

她放下书包，又说：“不过，我得先回去跟老师说一声。”

徐迟应了一声，轻笑道：“快去快回。”

“嗯。”

林疏星有些茫然，拖着脚步走出了病房。她再回来，已经是十几分钟后的事情。

屋外阳光大好，照进病房里，平添了一抹暖意。

她捧着一本书坐在床边，半天才翻过一页，目光无意投向徐迟脸上，有些心不在焉。

徐迟注意到她的目光，手指在被子上点了点，问道："你有事问我？"

"啊？"

他歪着头，轻笑道："你刚看我好多遍了。"

她犹豫再三，摇头叹了一口气，说："没事。"

房间里静默了一瞬。

徐迟自己先开了口："我之前在三中有个死对头，叫陈亦。去年冬天，我被他揍了一顿，后来，他就不在平城了。我找了他一段时间，也没找到他去了哪儿。"

徐迟瞟了眼林疏星，见她脸色丝毫未变，继续道："也就是昨天，一个朋友看到陈亦在二中附近，我过来找他理论，脑袋不小心被墙磕了一下。"

徐迟顿了顿，淡笑道："不过……"

林疏星合上书，抿着唇角，声音冷淡地打断他："你对这种事情感到很自豪吗？以暴制暴，这就是你处理事情的方法？"

徐迟背靠着床头，唇瓣动了动，没出声。

小病房里的气氛倏地冷了下去。

林疏星咬着唇，蓦地想起之前他在巷口打人的架势，还有在学校听到的一些乱七八糟的传闻，心头没来由一阵烦躁，眉头不经意间拢起："医药费我会帮你结清，我还有事，先回去了。"

她说完，起身把手里的书放在桌上，转身往外走。

"林疏星。"徐迟喊了她的名字，见她停下脚步，才沉声道："我答应你，这是最后一次。"

"这是你的事，跟我没关系。"

林疏星结完账直接出了小诊所，她站在路旁吹了一会儿风，压下心头那股烦躁。

她对徐迟，其实一直有些茫然，有时候甚至有些不知所措。

在她的世界里，从来没碰见过一个男生像他那样，蛮不讲理却又让你无可奈何。

在学校的时候，林疏星也碰到过给自己写信的男生，可只要她强硬地拒绝，就能避免往后所有的纠缠。

可徐迟不一样，哪怕他被她拒绝无数次，也能以自己的方式重新回到她的世界，或静或动，都能让她无法忽视。

不可否认，对于徐迟，她感觉有些不一样，只不过那些不一样还不足以让她接受徐迟为人处世的态度。

可她转念一想,她又有什么资格对他的处事方式指手画脚呢?

林疏星一脸烦躁，抓了抓头发，踢开脚边的石子，不再多想，转身朝酒店的方向走去。

等回了酒店，林疏星看到学校的大巴车还没走，连忙给带队老师发了条消息："吴老师，我已经回酒店了，我们什么时候回学校？"

吴老师的消息回得很快。

"暂时不走，南大那边安排了一场关于数学竞赛的讲座，学校已经商量好，让你们过去听一听，四点钟大家在楼下集合。"

"好的，我会准时集合。"

林疏星其实更想回个不去,她现在只想赶快回去洗个热水澡，再好好睡一觉，万事大吉。

听什么讲座啊……

她一脸烦躁，抿了抿唇，把手机丢在一旁，在床上躺了一会儿后，拿着衣服钻进卫生间去洗澡。

徐迟在林疏星走后，直接扯了针头追出去，只是没走两步，就晕倒在诊所的走廊上。

他再醒来，窗外的太阳已经落了下去，他掀开被子坐起来，脑袋还有些昏沉沉的。

护士掐着点从外面进来，见他垂着头坐在床边，关切地问了一句："你醒了啊，还有不舒服的地方吗？"

徐迟摇摇头，声音有沙哑："我睡了多久？"

"两三个小时吧，睡了挺长时间的。"护士走过来，把一堆缴费单递给他，"那个和你一起来的小姑娘已经帮你结清了医药费，你休息好就可以走了。"

他伸手接过缴费单，也没看，直接就塞到裤兜里。

护士交代好事情，临走之前叮嘱了一句："你记得拿着缴费单去药房取药，出门左拐第一间房就是。"

"谢谢。"

徐迟低头穿好鞋，拿上外套，也没去拿药，直接从诊所后门走了出去。

夜幕降临，路旁摆满了小摊，来往的行人络绎不绝，摊贩的叫卖声和行人的嬉笑声混杂在一起，热闹非凡。

徐迟站在路旁给林嘉让发消息，等他回复的时候，眼睛瞥向一旁卖饰品的摊子，没挪开眼。

小摊老板注意到他的视线，秉着不错过一个顾客的原则，起身笑盈盈地靠了过去："你有喜欢的可以看看啊，我这里都是从店里拿出来的，保证质量。"

他没接话，伸手从摊子上拿起一根链子："这个多少钱？"

老板面不改色："六十八。"

徐迟没什么反应，直接从钱包里抽了一百元递过去，老板笑呵呵接过，找了几张零钱给他，顺便推销别的东西："是要送人吗？我这边也有包装盒。"

"不用。"他接过钱，直接把链子揣在外套口袋里，低头边看手机消息边往路边走。

老板看着他走远的身影，心满意足地坐回椅子上，对着那张一百元弹了弹，嘴里哼着小曲："今天是个好日子，心想的事儿都能成。"

徐迟站在路边等车，他敛着眸，视线投向远处，夜色混着灯光落在他肩头，稍显落寞。

路边时而有女生走过，打量试探的目光似有似无地落在他那张精致的脸上。

徐迟没在意，往路边走了两步，抬手招了一辆空车。

他坐进去的瞬间，车外打量他的女生隔着一层玻璃，听见他低沉的声音："去南大。"

南安大学是国内数一数二的重点大学，年年举办的大大小小的讲座不计其数。

下午举办的有关于数学竞赛的讲座已经是今年的第五场了。

林疏星和一众同学坐在教室后面，听着枯燥无味的内容，有些昏昏欲睡。

她强打着精神听了一会儿，实在是架不住困意，和旁边的女生说了一声后，直接趴在桌子上睡了过去。

半梦半醒间，她似乎听见一阵脚步声响起，她一个激灵，直接醒了过来。

身旁的女生被她的动作吓了一跳，问了句："你怎么了？"

"没事，我听到脚步声，还以为是老师下来了。"她揉了揉眼睛，困意褪去大半，托着腮百无聊赖地继续听讲座。

时间过了大半，快六点的时候，许糯给她发了一条消息，问她在哪儿，什么时候回去。

她没多想，拿着手机在桌下回消息："我在南大听讲座，估计要晚点儿才回去。"

"好的，谢谢。"

六点半。

暮光铺满整个校园，梧桐的嫩叶上沾着春天的气息，伴随着讲师一句"辛苦大家了"，枯燥无味的讲座终于落下帷幕。

几个带队老师为了犒劳学生，自掏腰包请他们去吃火锅。

火锅店就定在南大后面的美食城，那里有三条胡同，后面通着市区的步行街，往外是各式各样的美食店面，往里稍微静点儿的地方，藏了几家清吧和小酒吧。

同行有个叫陶愿的女生，胃有点儿不舒服，找着火锅店后，林疏星和老师说了一声，陪着她去外面买药。

也就这么一个来回，两人碰上麻烦了。

几个喝了酒的男人把她们堵在胡同口，看样子就不是什么善茬儿。

站在中间的男人穿着黑色外套，一头黑发里夹着一小撮黄毛，脖子上手上戴着劣质的金属制品。

“嘿，两位小妹妹，这么晚还在外面玩啊？”他笑得令人作呕，“有没有兴趣陪我们哥几个一块儿玩玩啊？”

林疏星护着陶愿往前面走，尽量让自己的神情看起来比较严肃，语气冷淡：“请你们让开。”

旁边一个男人伸手拦住她们：“别啊，玩玩呗。”

林疏星敛着眸不说话，手心出了一层冷汗，说话的男人见状，直接去扯她的手。

她吓了一跳，匆忙往回收手，却被他牢牢抓在手里。男人粗糙的指腹在手腕上擦过，柔软的触感让他抓得更紧了些。

陶愿也被人拉到一旁，想叫却被人捂住了嘴巴。

林疏星挣扎着把手扯回来，眼睛有些发红，恐惧感从心底钻出来，像一张细密的网把她裹在里面。

男人将五指合在一起，揉搓了一番，脸上的神情逐渐变得猥琐，手再一次朝林疏星伸了过去：“你别乱叫啊，惹急了哥哥们，可就没现在这么好受了。”

面前的男人话音刚落，突然叫了一声，捂着后脑蹲了下去。

易拉罐掉在地上，滚到林疏星脚边。

她抬头朝胡同口看过去。

徐迟双手插兜，逆光站在那里，眉眼匿在暗处，眼底却含着一抹光。他往前走了几步，笑意不达眼底：“你们干吗呢？”

几个男人见他只身一人，迅速围了上来，穿黑色外套的男人拿手点着徐迟：“滚，别多管——啊！”

他的话还未说完，徐迟突然抓住他的手指，用力往下一掰，杀猪般的叫声在胡同里响起。

他掰完男人的手指，拍拍手，跨一步站到林疏星跟前，背对着她道："你带你朋友出去。"

"徐迟……"林疏星哑着声叫喊。

他突然回头，冲她笑了笑，声音淡淡的，一点儿紧张感也没有："乖。"

这个时候，林疏星没有心思再多计较什么，拉着陶愿迅速往外走，有个男人想拦，却被徐迟一脚踢开。

林疏星和陶愿走出胡同，旁边水果摊的老板闻言，叫了几个壮汉一同跑进去。

没一会儿，里面便传来阵阵惨叫声。

林疏星和陶愿统一了口径，并不打算把这件事告诉老师。

她看了眼时间，和陶愿打商量："你先回去吧，老师要是问起我，你就说我去卫生间了。"

陶愿还有些惊魂未定："你不回去吗？"

"过一会儿，"林疏星看着灯光黯淡的胡同口，唇角抿出一条直线，"等他们出来，我再回去。"

"好，那你一个人注意安全。"

她点点头，拍了拍陶愿的肩膀："你快回去吧，要不然老师该担心了。"

"嗯。"

陶愿很快离开了这里。

林疏星在胡同口等了几分钟，才看到徐迟从里面出来，她高提的心倏地一松，快步走了上去。

"徐迟……"

徐迟刚从胡同里出来，浑身都带着冷冽的气息，眼底没了之前的慵懒，戾气浓重。

他听到声音，脚步顿了顿，长睫毛轻颤，看向站在不远处的人。

林疏星站在灯下，整个人被昏暗的光晕包围，头发松松垮垮地垂在脸侧，鼻尖泛着红，看起来有点儿委屈。

她只穿了一件短袖，胳膊放下来，手指蜷缩在腿侧。

良久，他抬脚朝她走过去，然后站定。

林疏星咬着唇，还没说话。

他垂眸看了她一会儿，突然开口，语气里都是庆幸：“还好你没事。”

喧闹的街头，来往的行人川流不息。

他似是安慰自己，也是在安慰她：“没事了。”

林疏星微愣，哑着声音道：“徐迟……”

“嗯。”

林疏星想到他脑袋上的伤口，忍不住担忧地问道：“你还好吗？”

他只“嗯”了一声，别的什么也没说，林疏星一时间也不知道他到底是好还是不好。

林疏星刚想说话，搁在口袋里的手机突然振动起来。

来电显示是陶愿。

她的手指在屏幕上滑了一下，当着徐迟的面接通了电话：“喂——”

“你什么时候回来啊？吴老师刚刚又问你了，”陶愿的声音还有些沙哑，“他让我来洗手间找你。”

林疏星看了眼徐迟，有些犹豫：“我……等会儿吧，你再帮我拖几分钟吧，我就回来。”

“好，你要快点儿，吴老师有点儿起疑心了。”

“知道了。”

挂了电话，林疏星把手机放回口袋，抬眸看着徐迟，问道：“你怎么也在这边？”

“有事，”徐迟没给她继续问下去的机会，“走吧，我送你回去。”

“那你呢？”

“我啊？”他笑道，“随便逛逛。”

林疏星咬唇，目光投向他嘴角的瘀青上，心里挣扎了一会儿，犹豫地问道：“你能不能在这里等我一会儿？”

他挑眉道：“嗯？”

“我出来太久了，再不回去的话，吴老师会担心的，”林疏星揪着手指，声音温和，“我回去待一会儿，再出来找你。”

她顿了顿，又想到别的：“要是你等会儿还有事——”

“没事，”徐迟笑着打断她，“我没事，等多久都可以。”

她松了一口气，脚步往回退：“那你在这儿等我，我很快就回来。”

徐迟点点头，眼底有些许笑意：“好。”

林疏星一路跑回火锅店，进去的时候故意在吴文泽面前晃了一圈，确定他看到后，什么也没说，绕到包厢里面那一桌。

陶愿在旁边给她留了一个位置。

林疏星坐过去，凑到陶愿耳边低语：“我等会儿还要溜出去，大家要是准备走了，你就提前给我打个电话。”

陶愿一听她还要出去，有些担忧：“要是老师发现你不在怎么办？”

“应该不会的，吴老师刚刚看到我进来了，估计一时半会儿也不会想到我。”林疏星估摸着时间，趁着服务员进来送餐的当口，和陶愿说了一声，直接从包厢的侧门溜了出去。

她出了火锅店，按着原路返回。

临近八点，正值夜市街头最繁华的时刻，街外的高楼大厦高起灯光，显得五彩斑斓。

林疏星小跑着到了之前的地方，周围是来往的行人，她一眼望过去，都是陌生的面孔。

她喘了一口气，用手做扇子在脸边扇了扇，另一只手从口袋里摸出手机，准备给徐迟打电话。

她低头看手机的片刻，脸侧突然一阵冰凉。

她惊呼一声，下意识抬眸看了过去。

徐迟站在一旁，穿着黑色的短袖，外套搭在手臂上，手里握着两杯奶茶，斑斓的灯光映在他眼底，好似悬在夜空的星星，熠熠发光。

他长眉轻挑，弯了弯唇，声音低沉悦耳：“这么快？”

林疏星“嗯”了声。他轻笑着把手里的奶茶递给她：“我不知道你喜欢喝什么，随便买的，原味。”

不知道是不是自己的错觉，林疏星总觉得他说最后几个字的时候，刻意地停顿了一下。

但她见他一脸坦然，也没再多想，伸手接了奶茶。

奶茶加了冰，隔着杯壁都能感受到凉意。

林疏星低头吸了一口奶茶，奶茶的香味充斥在嘴间，她把嘴里的珍珠嚼碎了咽下去，侧眸看他：“你吃饭了吗？”

“没，”徐迟顿了顿，语气有些委屈，“一天都没吃。”

林疏星一脸蒙，一个晃神，被珍珠卡住嗓子，连咳了几声才缓过来。

她低头又喝了一口奶茶，润了润嗓子，目光扫过他嘴角的瘀青，轻声道：“你等我一下。”

她转身往旁边走，还没走两步，胳膊突然被人从后面拉住。

徐迟从她身侧走过来，手里握着奶茶，语气淡淡的：“你去哪儿？我跟你一起。”

“药店，”林疏星指了指自己的唇角，示意他，“你这里受伤了。”

徐迟闻言，目光在她脸上停留了几秒。随后，他率先抬脚往前走：“一起吧。”

林疏星在原地停了一会儿，眸光跟随着他。

少年身形颀长，走路的时候背脊挺得很直，肩上落了一束朦胧的灯光，模糊又温柔。

她回过神，迅速地跟了上去。

药店在胡同里，还是之前那个。

到了药店门口，徐迟没跟进去，他站在外面，长腿轻搭在一旁，眼睛透过玻璃看向站在里面的人，笑意在眼底蔓延。

林疏星买了一堆药，结完账出来，和徐迟站在路旁，问了句废话："你自己可以吗？"

他没说话，只笑着摇摇头。

她抿了抿唇，指了指旁边空着的电动玩偶摇摇车："那你坐这儿吧，要不然我够不着。"

徐迟扫了眼旁边的熊大："……"

啧，行吧。

他长腿一跨，坐在上面，看起来有点儿滑稽。

林疏星忍了忍，咬住唇没笑出来。她拆开药袋，从里面拿出棉签，蘸着消毒水，在他唇边擦了擦。

晚风微微，胡同里的老街人烟稀少，偶尔还能听见几声狗吠，药店旁边是一家理发店，门口的音响正在放着音乐。

徐迟微微昂着头，漆黑的眼睛对上她的，低低地问："林疏星，你有追逐的人吗？"

她蘸着棉签的手一顿，长睫毛颤了颤，投在眼敛下的阴影跟着变了弧度，语气很淡，几乎辨不出情绪："有。"

"以前还是现在？"

"以前，"她直起身，把脏了的棉签装起来，丢进一旁的垃圾桶里，不再继续这个话题，"好了，走吧，我们出去吃饭。"

徐迟的长腿往下一落，踩在地上，拉住她纤细的手腕："那你现在呢？"

林疏星抬起头，对上他执着的目光，沉默了一瞬，摇了摇头。

"哦，"徐迟松开手，勾唇浅笑道："走吧。"

"嗯。"

两人出了胡同，林疏星给陶愿发了消息，问了问情况，那边回得很快："没事。"

她松了一口气，收起手机，目光掠过街头巷尾大大小小的摊子，刚想开口，徐迟抢在她前面先问了一句："你想吃什么？"

差不多是饿了一下午，林疏星也没什么胃口，再加上徐迟脑袋上还有伤口，油盐酱醋多的东西也不能吃。

她看了一圈，随便说了样东西："吃饺子吧。"

徐迟没意见，跟在她身后去了街旁的一个饺子摊。

晚上人少，两人坐下没一会儿，老板就把水饺端了上来。

徐迟从桌上拿了一副一次性筷子，拆开后把筷尖放一起磨了磨，才递给林疏星："吃吧。"

"谢谢。"她伸手接过筷子，低头小口地吃着饺子。

时间一点点过去，街头的喧闹声愈加浓重。

徐迟吃得快，吃完也不着急，手托着腮，目光时不时投向她身上，静静地看了几秒，又挪开。

反反复复，不厌其烦。

良久，林疏星解决完最后一个饺子，她摸了摸肚子，有点儿撑得慌。

徐迟抽了一张餐巾纸递过去，她伸手接过，擦完嘴扔进一旁的垃圾桶里。

夜色渐凉，两个人就这么在摊子上静静地坐了一会儿，也不说话。

徐迟的手扣在桌上，修长的手指有节奏地点着桌面。

片刻后，他起身去付钱。

等结完账回去，徐迟垂眸看着她，问道："你要逛一逛吗？这里还有挺多好玩的东西。"

林疏星看了眼时间，有些犹豫："有点儿晚了。"

他也没多坚持："行，那我送你过去。"

火锅店在街道西边，沿路走过去，基本上是一些卖小玩意的摊子，大大小小，琳琅满目。

林疏星想给许糯买点儿纪念品，半道上停在一家卖套娃的摊子前。

她弯着腰挑套娃，徐迟手插着兜站在边上，目光掠过放在最上面的一个套娃，粉红色的，又圆又长。外面是一个笑靥如花的小姑娘，眼睫毛粗长。

他顿了顿，伸手将它拿起来。

套娃有五个，一层套一层，越往里面越小。

徐迟一层层揭开看了看，最里面的娃娃，眼睛只剩下两个点，他无意识地勾了勾唇，把手里的东西递给老板："这个我要了。"

林疏星闻言，扫了眼他手里粉粉嫩嫩的小娃娃："……"

等买好东西，两个人继续往前走。

街边的小摊一家连着一家，道路被占了三分之一，行人走在中间，摩肩接踵。

街口有急促的汽笛声传来，伴随着司机的叫喊声："来来来，让一让，让一让啊。"

边上的行人皆是避让三分。

林疏星低头在回消息，等看到车驶过来，一时愣住了。

徐迟眼疾手快，伸手揽着她的肩膀，等车过去后，才低头看她："你没事吧？"

她回过神，手紧捏着娃娃，开口道："没事。"

他抿了抿唇，松开手："记得看路。"

林疏星站直了身体，抬起头，正好撞上他的视线，漆黑如墨的眼眸微微眯着，眉头微蹙。

他见她看过来，挑起眉，语气戏谑："我说错了？"

"没。"

两人继续往前走。

过了一会儿，火锅店的招牌出现在两人眼前。

"我到了。"林疏星停下脚步，斟酌着话语，"今天晚上的事谢谢你，还有，"她顿了顿，"对不起。"

徐迟一愣，疑惑起来："你为什么要说对不起？"

林疏星轻舒了一口气，没多解释，抬眸静静地看着他，声音低低的："以暴制暴，有时候还是挺有用的。"

"啧，"他别开眼，高悬着的心落了下去，低笑道，"是吗？"

她点点头："嗯。"

“行吧，”徐迟收回视线，把拿了一路的小套娃递给她，“喏，给你。”

林疏星犹豫了一下，才接了小套娃过来：“谢谢。”

“好了，你上去吧。”他逆光而站，身后是变幻莫测的霓虹灯，斑斓的灯光悬在他头顶上方，身影被拉得很长，一直到看不见的暗处。

林疏星握着娃娃，问道：“你等会儿怎么回平城？”

“你不用担心，有人来接我。”

谁担心你了啊……

林疏星微不可察地撇了下嘴角，说：“我回去了。”

他点点头：“嗯。”

林疏星转身往店里面走，身后蓦地响起一声低唤。

“喂。”

她脚步一顿，回过头，眼前倏地一黑，一件外套落在她的脑袋上，熟悉的味道扑鼻而来，视线所及都是黑色，只有耳旁响起低哑的声音：“晚安，林疏星。”

深夜，大巴车疾驰在高速路上，车窗外是一闪而过的高楼大厦，灯光影影绰绰。

车厢内没开灯，睡倒了一片人，有轻微的鼾声传出。

林疏星坐在第四排靠窗的位置。

夜色已深，可她没有丝毫睡意，眼睛一眨不眨地盯着窗外的景色。

陶愿坐在她身旁，似乎睡得不怎么安稳，眉头紧蹙着，渐渐地，林疏星听到她在小声地啜泣。

“陶愿？”她推了推身旁的人，却没有得到任何回应。

“陶愿？陶愿？”

林疏星打开手机手电筒，在她脸上照了照，只见她紧闭着双眸，眉头紧锁，白净的脸颊上都是泪痕。

后排的男生没睡觉，闻声探了个头过来：“陶愿怎么了？”

林疏星把手机递给他："应该是梦魇了，你帮我拿一下手机。"

"哦哦。"

男生举着手机，灯光在这一片亮起。

林疏星又喊了一声，始终没得到回应，她直接掐在陶愿的人中，轻声道："陶愿……"

慢慢地，啜泣声没了，陶愿睁开眼，碰到灯光又阖上了，声音低哑："我怎么了？"

"梦魇了。"林疏星扭头和男生说了声谢谢，然后接过手机，压低了声音问她，"你是不是被晚上的事情吓到了？"

"嗯，"陶愿点点头，"我刚刚好像梦到我们又回到了胡同，好多人……"

"别说了，"林疏星打断她，拍着她的手背，安抚道，"没事的，都过去了，不要再想了。"

"嗯。"

陶愿缓了一会儿，摸出手机听了一会儿音乐，没过多久，她又重新睡着了。

林疏星："……"

林疏星睡不着，手机又没有多少电，她有点儿无聊，从包里摸出给许糯买的套娃，拆开套上。

她玩了一会儿，又放了回去，包里还有一个粉红小姑娘的套娃，是徐迟临走前送给她的，还没拆开过。

林疏星顿了一下，伸手拿了套娃出来。

她垂着头，慢吞吞地拆开它。

一个，两个，三个，四个……

当她拆到第四个时，原本该放在里面的最后一个粉红小姑娘娃娃不见了，取而代之的是另一样东西。

林疏星抿抿唇，伸手把里面的东西拿了出来，拎在手里，借着窗外的灯光，她看清了手里的东西。

是一根普通的链子，底下缀着两个五角星，一大一小，连在一起，上面镶着点点星钻。

窗外灯光闪过，项链上的星星晃了晃，在黑暗的车厢里发光，像夜空的星星，更像她的名字。

徐迟连夜回了平城，到家时已经快十二点。

手机里一堆未接来电，他也没看，把手机和口袋里的东西往床上一扔，进浴室冲了个澡。

随后，他不紧不慢地换好衣服。

他从桌上拿了车钥匙，直奔大院。

徐家人住在市区的军区大院，是正儿八经的军人世家，徐迟的爷爷徐致清以前是军人，奶奶阮华是京大退休的老教授，两人育有两儿一女。

徐家长子徐穆国在十多年前退伍后从商，如今是平城赫赫有名的房产大亨，与已故的前妻周勤如育有一子。

凌晨一点。

徐迟把车停在大院门口，倚着车静静地待了一会儿。

夜色浓重，他带着初春的寒意进了屋。

客厅里亮着灯，徐致清坐在沙发上，身旁的阮华面色凝重，守在门口的阿姨看到徐迟的身影，跑进来通知了一声："小迟回来了。"

阮华拍了拍徐致清的手背，也没多说什么。

没过一会儿，门口传来脚步声，徐迟从外面进来，换了鞋站在客厅里："爷爷，奶奶。"

"跪下！"徐致清沉着声音，拄着拐杖站起身，走到徐迟面前，一副恨铁不成钢的模样，"你怎么就成了今天这个混样子！"

徐迟垂着头，始终一言不发。

老爷子摇摇头，叹了一口气，什么也没说，径直上了楼。

阮华红着眼，捶了捶徐迟的肩膀："陈家那儿子，我和你爷爷跟你说了多少回，得饶人处且饶人，你怎么就是不肯听呢！"

徐迟抿了抿唇，说："奶奶，不早了，你回去休息吧。"

"你……唉。"阮华抹抹眼，转身上了楼。

客厅里没了人。

徐迟垂着眼，口袋里的手机突然振动起来，他拿出来接通电话。

震耳欲聋的音乐声从电话那头传出来，林嘉让的声音掺在里面："喂喂喂，阿迟，你回来了吗？"

"嗯。"

"我和光头扬在四合，你来不来啊？"

那边有动静。

"林嘉让，你找死是不是？"

"哎哎哎，你剪个光头，我喊你光头扬怎么了？"林嘉让拿着手机边跑边喊，"你来不来啊？"

"不来，我挂了。"

"喂喂喂——"

通话戛然而止，屏幕自动退回到桌面，桌面背景跳了出来。

是之前周一扬在奶茶店偷拍的一张照片。

徐迟目光停留在屏幕上，唇角无意识地勾了勾他想起去年那个夜晚，在那个漆黑肮脏的巷子里，她像是黑夜里的一束光，带着温度，驱散他心底的阴郁。

后来出院，他对她一直念念不忘，趁着放寒假去了趟平城高中，不知道是不是上天眷顾，他在楼下的宣传栏里看到，她的名字和照片。

林疏星，高一（5）班。

照片里的她不苟言笑，却有种正经的可爱。

正好当时徐穆国为了让他换个环境收收心，有了让他转去平城高中的打算，一向叛逆的他这次都破天荒地接受了父亲的安排，这让徐穆国既有些惊讶，又十分满意。

开学前一晚，他甚至有点儿期待。

没人知道，在两人重逢的那一瞬间，他用了多大的力气才将心头的激动压下去。

徐迟不知道在哪里看过一句话，大致是这样的：你落难时遇见的恩人，会是这一辈子十分重要的人。

他想，自己应该是幸运的。

所以，他得早点儿成为跟她一样优秀的人，才能对得起这份幸运。

而这上路的第一步，就是跟那些肮脏的过去划清界限，陈亦是开始，也是结束。

徐迟不后悔，因为从这一晚开始，他就可以毫无顾忌地走到她的路上去，她想走什么样的路，他都会想方设法地跟上去。

他不后悔，也不会后悔。

竞赛过后，清明假期如约而至。

林疏星前一阵子通宵做试题,这几天懒下来,整个都困得不行。她放假在家也不出门，许糯约了她几次，她都没答应。

清明那天，也是假期最后一天。

林疏星一早被林婉如叫起来："今天你昭阳哥哥回来，我们中午一起吃顿饭，下午去墓园看看你周叔叔。"

林疏星反应了几秒才回过神，迟疑地问了一句："昭阳哥哥今天回来？"

"是啊，他都已经下飞机了，这会儿司机也该接着他了。"林婉如拉开她房间的窗帘，屋外淅淅沥沥地下着小雨，"你快点起来。"

她在恍惚中"嗯"了一声。

周昭阳啊，好像很久没见了。

林疏星的脑海蓦地冒出来徐迟的身影，吊儿郎当的、正儿八经的，各种样子都有。

"啊……什么鬼啊。"林疏星匆忙摇头，把他的身影从脑袋里甩出去，掀开被子，穿上拖鞋去洗漱。

林婉如中途进来给她拿了套衣服："星星，衣服给你放在床上了。"

"知道了。"

浴室里，林疏星站在梳洗台旁，弯下腰，掬了一捧水往脸上浇，手捂在脸上遮住眼睛，长吐了一口气。

过了一会儿，她从浴室出来，看到床上放了一条裙子。

肃穆的黑色裙子摆在浅粉色的床单上，看着有点儿触目惊心。

林疏星很快换好裙子，头发散下来垂在肩上，脸上不施粉黛。

这是林婉如喜欢的样子。

她看着镜子里的自己，扯了扯嘴角，笑意却不达眼底。

楼下传来汽笛声，她的眼睫毛颤了颤，深呼吸几次后，她下了楼。

客厅里，司机正在往里面拿行李，周昭阳站在门口换鞋，林婉如在厨房准备茶点。

林疏星站在楼梯口，一瞬间有些恍惚，好像回到多年前，周叔叔还在，周昭阳也没去外地，她的妈妈也没有变得……身体里像是藏了另外一个人。

老天爷没给她多余的回忆时间。

换好鞋的周昭阳站在楼下，抬头看着她，笑容清浅，一如多年前初见时的模样。

“好久不见，疏星。”

是的，他没有变，那么多人里面，只有他会喊她疏星，不带姓，也不叠字。

疏星，简简单单两个字，熟悉里带着一点儿陌生。

林疏星手扶着楼梯的围栏，用力得指尖都在发白，但她很快就整理好情绪，抬脚下楼。

她站在周昭阳面前，目光投向他脸上，道：“昭阳哥哥。”

第四章　我也会累的

林疏星第一次见到周昭阳，是在母亲好友的婚礼上。

她是花童，他是男方宾客里最小的伴郎。

婚礼开始没多久，林疏星和另外一个小男生提着花篮上台，给新人送戒指。

不知道是那天裙子太长，还是鞋子不够合脚，她在送完戒指下台的时候，左脚踩住了自己的裙摆，整个人不受控制地往前扑。

在倒地之前，林疏星隐约听见耳旁母亲的惊呼声，余光里看到一个人冲上台，她还没来得及反应，就被来人扶住。

没有想象中的疼痛感。

她的耳旁蓦地响起一道低沉的声音，像春天的风，钻进她耳里："你没事吧？有没有摔着？"

林疏星还没来得及说话，台下的人就围了上来。她被母亲抱起来，拉到旁边检查了一番："摔着了吗？"

她垂着眼，摇摇头："没有。"

林婉如松了一口气，拉着她往前走了几步，站在周昭阳面前："星星，这是你昭阳哥哥，还不快谢谢人家。"

她紧紧捏着母亲的手，抬起头看着他的眼睛，软声道："谢谢昭阳哥哥。"

"不客气，"他蹲下来，伸手在她脑袋上摸了摸，笑容清浅，"以后你走路要小心了喔。"

她点点头，奶声奶气的："知道了。"

正说着，身后有人叫他的名字："昭阳，快点儿过来拍照啊。"

"来了，"他应了一声，站起身和林婉如说话，"林阿姨，我先过去了。"

"好，你去吧。"

临走前，他从口袋里摸了一颗水果糖递给她："小妹妹，再见。"

林疏星攥着糖，眼睛一眨不眨地看着他走远的身影。直到婚礼结束，林疏星也没再见到他。

两人重逢，已经是两年后的事情。

他是母亲新任丈夫的孩子，真的成了她的昭阳哥哥。

而彼时的林疏星正值青春期，对周围的一切都异常敏感，母亲的再婚成功地刺激到她心里最敏感脆弱的地方。

她开始厌学，逃课，想以此得到母亲的重视，没想到这进一步激化了母女俩间的矛盾。

在某一次和母亲大吵后，林疏星偷偷收拾了行李，打算趁着林婉如不注意，跑出去找自己的亲生父亲。

周昭阳不知道从哪里知道了她的出逃计划，整日里除了睡觉，就是寸步不离地守在她身边。

某天，林婉如和周元礼外出有事，周昭阳去了补习班。

一大早，林疏星就醒了，她待在房间里，等他们外出的车离开后，背上自己的书包，抱着储钱罐开始自己的寻亲之路。

只是她前脚刚出门，周昭阳后脚就跟了过来，他把她堵在汽车站，说什么也不让她走。

林疏星气急，积攒了很久的情绪终于爆发，随手就把怀里的储钱罐朝他丢了过去："周昭阳，你烦不烦啊？你能不能不要再跟着我？"

也不知道他是不想躲，还是没来得及躲，就那么站在那里，脑袋被储钱罐砸了个正着，当场就见了红。

林疏星愣住了，也不哭了，抽噎着不知道怎么办。

周昭阳叹了一口气，上前把她搂在怀里，手拍着她的后背，轻声哄道："你哭吧，我没事。"

她的心倏地一酸，既害怕又委屈，各种复杂的情绪交织在一起，她在他怀里泣不成声。

她的首次出逃计划以周昭阳受伤为代价，就这么惨淡收场。

"星星，你想什么呢？这么入神。"

耳旁突然响起的声音打断了林疏星的回忆，她回过神，收回投向窗外的视线，语气淡淡的："没想什么。"

林婉如替她将耳边垂下来的头发别到耳后，语气亲昵："我看你从墓园出来后就一直心不在焉的，是不是最近太累了？"

她敷衍地扯了扯嘴角："还好，我没有特别累。"

坐在前面的周昭阳闻言，从后视镜看了她一眼，唇瓣动了动，最终什么都没说。

林婉如看了眼窗外，说："昭阳啊，你这么久没回来，等会儿回了市区，让星星带你去逛逛？"

林疏星抬眸，从后视镜里对上他的视线，几秒后，她别开眼，低头扣着指甲，轻声道："妈妈，晚上我约了朋友吃饭。"

林婉如有些不乐意，眉头轻蹙："什么朋友啊，非要今天吃饭？"

她垂着头不吭声。

周昭阳的眼眸黯了黯，笑道："没事的阿姨，正好我早上赶飞机，这会儿也有点累了，就先不逛了。"

"你昭阳哥哥难得回来一趟，你也不知道回来陪陪他，一天到晚就知道往外面跑。"

"没关系的，阿姨。"

林疏星咬着唇，始终没说话。直到车子开入市区，她才开口道："李叔，麻烦等会儿在前面停一下，我下车。"

"哎，好。"

车子在路边停下。

林疏星松开被掐得有些发红的手指，推开车门，迎面吹来一阵凉风，将她的声音吹得很远：“妈妈，昭阳哥哥，我先下车了。”

“你要是回来得晚，记得打电话让李叔过来接你。”

她站在车外，说：“知道了，妈妈。”

车窗重新升了上去，林疏星一直站在路边，等到车子走远后，她才转身朝相反的方向走。

细雨初歇，空气还有点儿湿润。

林疏星在路边晃了一会儿，无聊得慌，折身进了旁边一家奶茶店，点了一杯原味奶茶，捧着它坐在窗边。

窗外车如流水，她咬着吸管，低头给许糯发消息。

“出来看电影。”

许糯直接给她打了电话：“林疏星，你是不是有病啊？是谁前几天跟我说，放假了，就算天塌下来都不会出门的？”

林疏星：“……”

“地址，我过来找你。”

“我给你发定位。”

林疏星给许糯发完定位不过半小时，她就出现在奶茶店门口，身后还跟着一个熟悉的身影——周一扬。

林疏星长眉轻挑，起身往外走，出门的时候，随手把还剩小半杯的奶茶丢进垃圾桶里。

她走过去，朝许糯挤了挤眼睛：“什么情况啊？”

许糯有些不好意思：“我们在路上碰巧遇见的。”

林疏星回头看了眼站在她们身后的人，故意取笑她：“哦，那你这个巧碰得挺好的。”

“哎呀，你别笑我了，”许糯掐了掐她的胳膊，“那他非要跟着，我能有什么办法。”

“好好好，”林疏星弯了弯唇，“我不笑了不笑了。”

两人说完悄悄话，朝周一扬走过去。

许糯抿了抿唇，说：“我们准备去看电影，你要一起吗？”

“一起，”周一扬看着手机，“不过要等一下，还有人要过来。”

“谁啊？”

他看了眼许糯旁边的女生，笑着道：“徐迟。”

徐迟刚从出租车上下来，就看到站在影院门口的周一扬和许糯，他看了一圈，没看到想见的人。

他的眉头微不可察地蹙了一下，朝他们俩走过去：“就你们两个？”

“我们俩怎么了？我们俩难不成不是人了？”周一扬手插着兜，语气里都是笑意。

“有病？”徐迟垂着头，语气淡淡的，声线却有一点儿浑厚。

周一扬撇了下嘴角，一副“我就知道”的神情，指了指另一侧：“喏，你想见的人出现了。”

“滚。”

徐迟收起手机，扭头看向他指的方向，当看到林疏星身上的小裙子时，刚舒展开的眉头倏地拧了起来。

今天林疏星穿的是一条黑色的及膝连衣裙，她朝这边走过来，然后站定。

徐迟眼眸幽深，嘴唇抿出一条直线。

“不走吗？”林疏星找许糯要了一根发绳，随便扎了个马尾，松松垮垮地垂在背后。

她白皙细长的脖颈完全露了出来，小圆领半遮，隐隐约约露出锁骨的线条。

“走。”周一扬碰了碰徐迟的肩膀，凑到他耳边，故意挑衅，“你们班长身材超棒的哦。”

徐迟直接抬脚踢在他小腿上：“你再看一眼试试。”

话音刚落，他就直接脱下外套，往前走几步，将它紧披在林疏星肩上。

林疏星顿了顿脚步，准备脱下衣服：“谢谢啊，我不冷。”

“穿着，”他的手按着没动，神情有些不快，“里面冷气足，你的脖子露在外面，吹多了容易得颈椎病。”

“你年纪轻轻的，得这种病不好。”他又补充道。

林疏星：“……”

许糯："……"

周一扬："……"

因为是节假日，叫好的影片基本上满座，四个人又懒得再跑，索性随便挑了一部文艺爱情片打发时间。

平常放映这种片子，电影院基本上是坐不满人的，只是没想到，这个时段出来打发时间的人还挺多。

他们进放映厅的时候，里面快坐满了，只剩下角落几个空位。

放映厅里的大灯已经关了，只有屏幕上一点儿微弱的光。

林疏星有一点儿近视，看不太清脚底下的台阶，走路的时候，基本上手就没离开旁边的扶手，边看边慢吞吞地挪动着。

徐迟跟在她身后，走几步耐心就没了，侧身攥着她的手腕，语气平静道："跟着我。"

两个人一前一后，按着号码刚找到座位坐下，影片就开始了。

林疏星往左右看了看，迟疑道："许糯他们呢？"

"在那边，"徐迟靠着椅背，长腿不舒服地屈着，歪头示意了一下，"你就别去了。"

"我又没说要过去。"

他笑了，别过头看着她："是吗？原来你想和我单独坐一起。"

林疏星："……"

屏幕上的光照着他的侧脸，勾勒出一点儿弧度。林疏星撇撇嘴，没反驳，收回视线看着前面。

徐迟勾了勾唇，没再说话。

影片开头依旧十分枯燥无味。

林疏星强打着精神看了一会儿，困意几乎要把她淹没。没一会儿，她就头靠着椅背睡着了。

时间一点一点过去。

徐迟捏了捏眉心，拧开矿泉水喝了一口，肩膀上倏地落上一点重量。他的手一顿，重新拧上瓶盖，歪头看着倒在自己肩膀上的人，唇边闪过一抹笑意。

就这么坐了片刻，林疏星自己惊醒过来，猛地一抬头，脑袋撞上了徐迟的下巴。

黑暗里，只听见他闷哼一声。

她揉了揉脑袋，彻底清醒，很小声地问了句："你没事吧？"

"有事，"徐迟轻咝着，舌尖有血腥味冒出，喉结滚了滚，铁锈般的腥味在口腔里漫开，"出血了。"

他低声笑道："你得赔偿我。"

昏暗的放映厅里，徐迟微垂着眼眸，和她视线相对，气定神闲地重复了一遍："你得赔偿我。"

屏幕的光影时明时暗，落在他脸上。

林疏星的指尖掐着指腹，咋舌道："我的脑袋也被你的下巴撞疼了。"

"这样啊，"他顿了一下，调侃道，"那我赔偿你呗。"

徐迟嘴角噙着笑，眸光沉沉地看着她的眼睛。

林疏星心脏一颤，下意识往后缩了点，手指紧扣着扶手："无聊。"

随后，她坐直了身体，面朝着前面，心不在焉地看着屏幕。

徐迟勾唇轻笑了一声，跟着收回视线。

影片进入高潮。

男女主在机场重逢，压抑了多年的情感爆发，两个人站在人群中拥吻。

林疏星盯着屏幕里不分彼此的男女，脸热得更加厉害了。

电影散场时已经快七点，商场内人来人往，不少家店铺门口已经排了很长的队伍。

林疏星和许糯从电影院出来后，去了洗手间，两个男生跟过去，站在消防通道门口。

楼梯口有风，没关严的门吱呀吱呀地晃着。

周一扬站在边上，随手把门关上，扭头看着徐迟："你跟你们班长有情况吗？"

空气静默了一瞬。

徐迟不咸不淡地吐了一个字："没。"

"那你什么时候有情况了，跟我说一声。"

"干吗？"他有些莫名其妙。

"用来给许糯当例子啊，"周一扬抬手摸了摸脑袋，笑道，"让她知道，坏学生和好学生并不会永远都是不同路上的人。"

徐迟："……"

徐迟没再说话，背靠着墙，头微垂，不知道在想些什么。

过了一会儿，林疏星和许糯从洗手间出来。

他抬起头，看着不远处的人，道："你也是。"

周一扬愣了一会儿，默默顺了下两人刚刚的对话，才反应过来他话里的意思。他眼皮微抬，看着徐迟的背影，微不可察地嗤笑了一声，随后抬脚跟了过去。

此时正是饭点高峰期，四个人商量着，去了楼下的火锅店。

等吃完饭出来，天色已经完全黑了下来，商场外面的高楼大厦灯光斑斓，广场上也有不少来往走动的行人。

时间也不是特别晚，几个人都没回家的想法，但又没什么特别想去的地方，索性去了旁边的公园。

中途路过一家电玩城，门口排了好长的队。

许糯走过去看了一眼，而后一脸兴奋地跑了回来："是新开的鬼屋啊，星星，我们要不要进去看看？"

"好啊。"林疏星没意见，只要不回家，一切都好。

两个男生自然没有意见，用了最快的速度买票排队进场。

等他们进了鬼屋入口，才发现有左右两条通道。

徐迟眼皮微跳，拉着林疏星的衣袖，站在左边门口的队伍后面："我们去这边。"

许糯撇嘴，语气没了之前的疏离感："啧啧啧，你是有多嫌弃我们？"

徐迟轻笑道："周一扬不也是。"

许糯："……"

鬼屋里面的通道比较狭窄，徐迟和林疏星一前一后走在人群中间，越往里走光线越暗，氛围也更加恐怖。

墙壁上是各种夸张诡异的骷髅头和血手印，偶尔还会有几个人造鬼影倒着飘过，劣质的头发丝几乎是贴着人脸擦过。

走在林疏星前面的女生被突然冒出来的鬼影吓到破音，停在过道上不敢走，被藏在墙壁里的工作人员接了出去。

“你不害怕吗？”狭窄的通道过完，徐迟站到林疏星身旁，随手拨开悬在她脸侧的假心脏，“女生不是很怕这些吗？”

她伸手碰了碰脑袋旁的器官模型，触感一点儿也不真实，忍不住吐槽：“这些好假哦，你怕啊？”

他的手插着兜：“走吧。”

鬼屋由好多个小房间拼凑在一起，每一扇门后面都藏着你不知道的恐怖东西。

两人接着往里走，光线暗得看不清周围的人，只能听见各种各样的鬼哭狼嚎，大多是女生在叫，偶尔也会有男声夹在里面。

林疏星一开始还好，越往后面心越虚。再加上脚边时不时有一些乱七八糟的东西冒出来，她整个人的神经已经绷紧了。

她扶着旁边的墙壁，也没在意，走了几步后，手心蓦地一凉，从墙壁里突然窜出一个骷髅头，张嘴把她的手咬在里面。

“啊——”

她一下就蒙了，恐惧是一瞬间的事情，完了之后就抑制不住地开始尖叫。

“别怕，”徐迟从后面靠过来，攥着她的手腕把手抽出来，低声哄道，“没事的，都是道具。”

熟悉的薄荷味从四面八方飘过来。

林疏星僵直着身体，停在了原地。

徐迟攥着她的手腕，低声问道：“还继续走吗？”

都走到这里了，林疏星也不想放弃，强撑着精神：“嗯。”

他紧握她的手腕，压低的声音柔和似风，藏着些许安抚。

“你不用怕，我在这里。”

翌日一大早，林疏星被闹钟吵醒，昨晚她过了十二点才回来，一时间还没缓过神，又眯了几分钟才爬起来。

她洗漱好下楼，林婉如和周昭阳已经坐在桌边。

她的脚步顿了一下，才走过去坐下。

林婉如看了她一眼，放下筷子，语气不大好："你昨晚什么时候回来的？一个女孩子在外面玩到那么晚，像什么话。"

周昭阳替她解释："阿姨，疏星还小，爱玩是正常的。"

"她又不像你。"说完，林婉如叹了一口气，和周昭阳聊起别的话题。

整个过程中，林疏星没说过一句话。

良久，她放下筷子，低声道："妈妈，我先去学校了。"

"我送你吧，"周昭阳跟着站起来，抽了一张纸巾擦手，"正好我也要去一趟学校。"

她抿唇，神情寡淡："好。"

两人一前一后出了家门。

没一会儿，一辆黑色的保时捷从林家的车库开了出去。

出了小区，周昭阳放慢速度，眸光似有似无地扫过身旁的人。

林疏星眉目冷淡，看着窗外，见他驶入熟悉的街道，才淡然出声："去学校不是这条路，"她保持着姿势没动，"终点站改到五中了。"

"变了吗？"周昭阳捏紧了方向盘，指尖用力到发白。片刻后，他轻声道："变了也没关系，中间总有别的路可以绕过去。"

他话里的意思，林疏星一清二楚，可有些事变了就是变了，再怎么绕也绕不回去的。

"这是直行道，"她收回视线，突然有些疲惫，"我要迟到了，你要是不方便，就在前面放我下车。"

"呲——"

车子猛地停在路边，周昭阳眼底有着难掩的痛楚，他对上林疏星淡然的视线，静静看了一会儿。

时间一点点溜走，他的心也一寸一寸地沉了下去。

那双曾经含着千般欢喜的圆眸，如今里面一丝一毫多余的感情都没有。

周围的气压明显地急速降低。

林疏星叹了一口气，突然很烦躁："我没时间了。"

话音刚落，她抬起手，准备开门下车。

她还没碰到搭扣，耳旁咔嗒一声响，车门落了锁。

周昭阳重新发动车子，压下心头涌起的苦涩，道："我送你。"

他直接在马路上掉头。林疏星也懒得多言，任凭他放肆。

过了一会儿，车子在校门口对面的马路边停下。

林疏星抬手开门，没推动，心底的烦躁更甚，语气多了一丝不耐烦："我要下车。"

"疏星……"

"周昭阳，"林疏星打断他，语气淡淡的，听不出什么情绪，"没有人会在机场等一艘船。"

无望的等待，只会徒增伤悲。

所幸她迷途知返，在一切还有余地的时候抽了身。

"我要迟到了。"说完，林疏星再次伸手推门。这一次，车门没了阻力，她轻而易举地推开门，下了车。

周昭阳在车里坐着没动，黯淡无光的眼眸紧跟着她的背影，紧捏着方向盘的手青筋凸起，指甲透着白色。

林疏星径直过了马路，看到教导主任张阎站在校门口，蓦地反应过来今天是周一，全校学生都要求佩戴校徽。

她停下脚步，低头在包里翻找校徽。

徐迟停在她身后半步的地方，神色晦暗。

今早，他像往常一样绕去林家那边，在小区门口等了半天没见她出来，摸出手机准备给她打电话。

小区里出来一辆车，他随便瞥了一眼，看到坐在车里的人，拨号的手一顿，眼眸微眯。

车子绝尘而去。

他在原地站了一会儿，踩上自行车。

等到了学校，他正好看到她从车里下来。他故意从车子的左边路过，侧眸看了眼坐在车里的男人，瞥见他眼底的情绪，心倏地一沉，涌起百般滋味。

“嘿，阿迟——”林嘉让不知道从哪个角落窜出来，搭着他的肩膀，“你站这儿干吗呢？”

走在前面的林疏星闻声回头，对上徐迟哀怨的眼神。

林嘉让笑了一声，打趣道：“你们站在这儿当门神呢？”

他在徐迟和林疏星之间看了看，然后秉着不引火烧身的原则，大笑一声：“我先走了。”

他说完，脚踩踏板，骑车进了校园。

张阎在他身后吼了一声：“林嘉让！你给我回来！”

他隔着老远应了一句：“张主任，我急着去上课啊，下次见面再跟您打招呼！”

张阎：“……”

徐迟抿了抿唇角，往前骑了一点儿，停在她边上：“你怎么不进去？”

“没佩戴校徽。”

他敛眸，没有更多言语，骑上车往前走，车链还没转一圈，又停了下来。

他从自行车上下来，折身走到她跟前，注视她几秒后，伸手把口袋里的校徽摸出来塞到她手里，道：“你帮我把车骑进去。”

林疏星捏着他的校徽，问道：“那你呢？”

“不用你管。”他说完，背着包，自顾自往另外一个方向走。

她愣在原地，校徽硌在手里有点儿疼。

徐迟走了几步又停下来，像是认命一般，扭回头看她，轻描淡写地说道：“我从北门翻墙进去。”

中午吃过饭，林疏星、许糯和齐念去了校门口的奶茶店，讨论月底校庆的事情。

几个人临窗而坐，正午的阳光穿过树荫的罅隙落在窗边，偶尔有风吹过，绿叶随之摇动，斑驳的光影跟着变化形状。

林疏星盯着落在桌面上的一小块光斑，耳旁是许糯和齐念叽叽喳喳的说话声，她半天才跟上一句，有些心不在焉。

“星星……”

“星星？”

许糯连叫了她几声，她才回过神，问道：“怎么了？”

“你怎么了？从早上就有点儿不对劲，”许糯咬着吸管，“我感觉你不太开心。”

“没有，我就是有点困，”她揉了揉眼睛，“昨晚睡得太晚了。”

提到昨天，许糯忍不住吐槽：“周一扬真的好烦哦，总是跟着我，我跟他讲了好多遍他都不听。”

林疏星笑了一声：“人家不是想跟你多点儿话题吗？”

“那徐迟不也是，”许糯碰了碰齐念的胳膊，打趣道，“我看过不了多久，我们的班长就要带头违反班规了。”

林疏星吸了一口奶茶，慢吞吞地咽下去，声线柔和：“你别乱说话，带坏人家。”

许糯撇撇嘴，不以为然：“啧，也不知道是谁带坏谁，天天上课看漫画书的可不是我。”

林疏星：“……”

齐念在一旁只顾着笑，没说话。

不远处的校门口，走出来一群男生，勾着肩搭着背，有说有笑，时不时打闹几下。

徐迟和周一扬走在人群后面，不知道周一扬说了什么好玩的事情，他勾着唇，抬脚踢了过去。

几个人正朝奶茶店这边走来。

店里，林疏星喝完一杯冰奶茶，肚子有点儿不舒服。她从桌上抽了几张纸，说：“我去趟厕所。”

“要陪你一起吗？”

“不用了。”

她起身朝门边走，刚好碰到外面那群人进来，为首的人有点儿面熟，林疏星没细想，站在边上让他们先过。

只是没想到，她等到最后，看到的都是熟悉的面孔。

林嘉让站在门口，笑道：“班长，你也在这儿啊。”

她抬眸，还未说话。

徐迟从后面走过来，用肩膀碰了他一下，语气有一丝不耐烦：“走不走？”

他有些莫名其妙，跟着往前走，低声吐槽：“走走走，跟催命似的，说一句话都不行了。”

林疏星：“……”

走在最后的周一扬象征性地和她打了招呼，然后往奶茶店里一看，找到想见的人，快步走了过去。

现在只剩下两个人站在门口。

徐迟长眉轻挑，问道：“你去哪儿？”

“厕所，”林疏星手里攥着纸巾，看他堵在门口不动，道，“你让一下。”

“我不让。”

林疏星一脸蒙，抬头看着他：“你……”

他靠着门没动，心绪有些不稳，忍了片刻，还是出口问道：“早上送你过来的那个人是你什么人？”

林疏星闻言，眼皮微跳，不着痕迹地动了动手指，轻声道：“我哥。”

那个人看她的眼神，分明藏着负责的情绪，徐迟能感觉到，他们之间的关系不一般。

他静静地看了她几秒后，蓦地大笑一声，抬脚从她身旁走了过去，半点儿余光也没分给她，只不咸不淡地丢下两个字：“骗子。”

林疏星：“……”

过了一会儿，林疏星从厕所回来，看到那群男生全部围着许糯和齐念一圈坐开，周一扬挨着许糯，林嘉让挨着齐念，中间拼了两张桌子。

徐迟坐在窗边，也不参与他们的话题，低头玩着手机，额前的碎发垂下来，遮住眉眼，大片的日光倾泻在他身上，让他整个人都染上一层金色的光晕。

他旁边有个空位，桌面上放着她的书。

林疏星抿抿唇，走了过去。

坐在外面的男生立马站了起来，谄笑着道："你进你进。"

"谢谢。"

她斜跨进去，坐在空位上。

徐迟也没什么反应，手指飞快地点着屏幕，没几下就失了顺序，方块齐齐炸开。

屏幕里蹦出游戏失败四个字。

他一脸烦躁，把手机扣在桌子上，正在说话的男生都停了下来。林嘉让抽空看了他一眼，又咂舌："你别管他，他脑子有坑。"

徐迟："……"

林疏星捧着书没作声，只颤了颤眼睫毛，余光瞥见他又拿起手机。从未碰见过这手中情况的她，微不可察地蹙了蹙眉头，一时间也有些无可奈何。

过了一会儿，她搁在桌上的手机振动了一下，然后连着振动了几下。

她放下书，伸手拿起手机，点亮屏幕。

状态栏提示她收到四条短信。

徐迟："林疏星。"

徐迟："你骗我了。"

徐迟："我现在很生气。"

徐迟："你确定不想想办法？"

林疏星觉得好玩又好笑，捧着手机看了他一眼，后者对上她的目光，挑眉，随即低头点着手机。

没几秒，她的手机跟着振动了一下。

徐迟："你看我做什么？"

她一脸无奈，回了几个字过去："你为什么不好好说话，短信不要钱吗？"

徐迟："有钱。"

林疏星默了默，回了消息："你有别的社交账号吗？"

徐迟看到消息，飞快地在输入栏输入一串数字，准备发送的时候，手顿在发送键上没按下去。

他想了一会儿，把熟悉的数字一个一个删除，敲了几个字过去："没有。"

短信发送成功后，他退出界面，迅速地把手机桌面上的社交软件卸载了。

林疏星有些诧异，都这个时代了，竟然还有人没社交账号，但她转念一想，他这样的人好像不怎么会用这些聊天软件。

她把手机放在桌上，直接和他说话："你把手机给我。"

他刚准备递出手机，蓦地想起什么，手又缩了回来，勾唇笑道："你要我手机做什么？"

"我帮你申请个社交账号，"她抿唇，语气半真半假，"我没钱跟你发短信。"

他靠着椅背，手指在屏幕上点了点，把桌面壁纸随便换成了别的，才把手机递给她："我手机里照片可多了，你别偷看啊。"

林疏星懒得搭茬儿，接过手机，替他上奶茶店的无线网，接着点开应用商店，找到社交软件的应用程序下载。

登录，注册新账号，一气呵成。

"好了，昵称还有头像什么的，你自己弄一下吧。"林疏星把手机递给他，"那个联系人暂时只有我一个人，你要是想加别人，可——"

"不用，"他打断她，接过手机，"加你一个就够了。"

林疏星动了动唇瓣，没作声。

他笑了笑，不再多说，低头摆弄着新账号。

过了一会儿，林疏星收到一条新消息。

徐迟："你给我写备注了吗？"

她回道："嗯。"

"是什么？"

“徐迟。”

徐迟：“……”

坐在两人对面的林嘉让把两人的互动全听在耳里，当他听到徐迟说自己没有社交账号时，忍不住打开手机，看着前不久两人还在聊天的对话框，暗自啐了一声，给周一扬发了一条消息。

“徐迟这家伙为了讨好班长，脸都不要了。”

他等了半天不见周一扬回复，别过头看了一眼，周一扬正歪着头上赶着和许糯说话，脸上的笑容灿烂到刺目。

林嘉让：“……”

他又发了一条消息过去：“你也是。”

时间不紧不慢地走着，转眼四月就过了一半。

下午最后一节班会课，陈儒文晚了十分钟才走进教室，他手里拿着一沓东西。

他看到闹哄哄的教室，也没像往常一样怒气冲冲，红光满面地站在讲台上，一只手撑着讲桌，另一只手依旧习惯性地捡着粉笔头，乐呵呵道：“我跟大家说两个好消息。”

后排有男生打趣道：“老陈你中彩票了啊？”

陈儒文没理他，继续道：“第一件事，上周末的黑板报评选，我们班拿了第一名。而且，我们班的黑板报还被作为优秀黑板报列入学校的官网首页了。”

“到时候，文艺委员你把出板报的同学名单交给我，学校有加分。”

齐念应道：“好的。”

班级里静了片刻后，响起阵阵掌声。

林嘉让起哄道：“这里面也有我们迟哥一份功劳啊！迟哥晚上是不是得请吃饭啊？”

“对对对！迟哥要请吃饭！”

班里闹成一团，林疏星趁乱回头看了眼徐迟。

恰好此时，他正朝她那边看过去。

两个人的视线不偏不倚地撞在一起。

他勾唇轻笑，动了动唇瓣。

两人隔得太远，林疏星没看清他的口型，还在细想中，陈儒文又开口了：“第二件事。”

他想到这件事，脸上的笑意更甚：“前不久省内举办的‘博学杯’数学竞赛。”

林疏星回过神，看到陈儒文笑意满满的眸子，脑海里隐约冒出个念头，既紧张又有点儿期待。

“我们学校参加竞赛的有二十五个人，有五人得奖，其中三人并列第三，一名与其他参赛者并列第二。”

他顿了顿，直接点了名：“林疏星，总分一百四十九，全省第一。”

此言一出，底下一片哗然。

后来，不知道是谁带头鼓了掌，教室里接着响起成片的掌声，如雷鸣一般，久久不歇。

林疏星自己也有些意外，她原以为只能进入前十，没想到出人意外地拿了第一，还是以近乎满分的成绩。

她想到考试前付出的努力终于得到了回报，低头笑了笑。

许糯拉着她的胳膊，言语之间难掩激动：“星星，你真的超棒的！”

她弯唇笑着：“你再摇下去，我就要晕了。”

“可我就是替你高兴嘛！”

哄闹中，林疏星搁在口袋里的手机振动了一下。

她摸出手机看了眼，是徐迟发来的消息。

“班长，请吃饭啊。”

起哄到最后，晚上下课后出去吃饭的还是他们一群人，半道上碰见周一扬和十六班的几个男生。

徐迟和林嘉让跟他们站在路旁聊了一会儿，说到去吃饭几个人一拍即合，一大伙人浩浩荡荡地去了校外的餐馆。

小餐馆有两层，二楼是包厢，他们人多，直接要了个大包厢。

正值饭点，餐馆里到处是人。他们点完餐后，老板还特意说道：“不好意思了啊，各位同学，因为今天周五，店里人比较多，上菜的话可能会慢一些。”

“你们多担待，到时候我给你们打折。”

餐馆开在学校门口，平日里这些男生也常来这里吃饭，都大大咧咧地表示不介意。

老板乐呵呵地笑着下楼，没一会儿，就有服务员端着茶点和果盘上来。

大包厢空间大，角落里还摆了一张长条沙发，墙上挂着电视机。

男生们从旁边的柜子抽屉里拿出桌游卡牌，一大伙人围在桌边玩，包厢里热热闹闹的。

她们三个女生坐在沙发上聊天，男生把茶点和果盘都拿给了她们。

徐迟也坐在桌上，手里捏着三张卡牌，神神秘秘的，让人捉摸不透他到底拿了什么牌。

包厢内，暖黄的灯光垂下，他坐在光晕里，轮廓看起来都很温柔。

不知道是谁输得多了，牌桌上哄笑一片。

林疏星抽空瞟了一眼，徐迟坐在人群里，唇角扬起，兴许是他察觉到什么，扭头朝沙发这边看了过来，林疏星倏地别开了眼，端起茶杯凑到唇边。

徐迟轻笑，搓了搓眉尾，等新的游戏开始，才收回视线。

过了一会儿，服务员敲门，推着餐车进来：“您好，这边可以上菜了吗？”

林嘉让闻言，将手里的卡牌往桌上一扔，伸手把旁边人手里的卡牌一同拽下，叫嚷着：“吃饭了吃饭了，大家快把卡牌收起来啊。”

“林嘉让，你找死啊。”被拽了卡牌的男生愤懑地踢了他一脚，“我好不容易才拿到的好牌。”

“嗬，这不是要吃饭了吗，总不能让几个女生饿着啊。”他笑着躲开，跑了出去。

男生动手把桌子收拾干净。

徐迟起身往沙发这边走，停在茶几边上，低垂着眼看林疏星，他，见她手里拿着牙签，问道：“果盘好吃吗？”

“还行。”

他点头，在她旁边坐下，语气自然：“你拿一个给我。”

她皱着眉白了他一眼，“你不是有手吗？”

他笑了，头转过来看着她，低低地说：“你挑的水果比较甜。”

旁边有男生听见了，打趣道：“迟哥你快别恶心人了，我都快吐了。”

徐迟长眸微眯，睨了男生一眼，男生立马噤声。

林疏星受不了这气氛，起身拉着许糯和齐念往外走。

他坐在沙发上没动，长睫毛垂下，唇边弧度明显。

男生们把在桌游上的热闹气氛延续到饭桌上，一顿饭就只听见他们叽叽喳喳的说话声，比女生还吵。

“就这人，前阵子还说想要认识七中一个妹子，在人家校门口堵了一天，结果呢？”

说话的男生是十六班的李建，林疏星记起他是之前在奶茶店跟她搭讪的人。

这会儿他正说着桌上另一个男生的糗事：“结果啊，人家妹子把他当成变态狂，告诉老师了。”

饭桌上顿时哄笑一片，林嘉让毫不留情的嘲笑声回荡在整个包厢里。

林疏星是第一次听这样的事情，弯了弯唇角，没笑出声。

坐在她身旁的许糯笑到眼睛都弯成了月牙，拉着齐念咬耳朵，时不时跟她分享一些好玩的事情。

这种感觉让她觉得很新奇，心口处暖暖的，是打从心底开心。

过了一会儿，服务员将最后一道菜酒酿丸子送进来，然后拿起桌边的小票折了一下，道：“您好，这边的餐品已经上齐了。”

“谢谢小姐姐啊，”林嘉让转着转盘，“您给我们端点米饭吧。”

“好的，马上来。”服务员关上门走了出去。

林疏星看着压在桌边的小票，拿过来攥在手里她随便吃了两口菜后，和许糯说了声：“我去趟卫生间。”

“哦，好。”

她起身走了出去，徐迟看了眼，也跟着走了出去。

林疏星直接去了楼下的柜台，把小票递了过去：“您好，201号包厢买单。”

“好的，请稍等。”收银员接过小票核实了一下，道，“您好，总共352元，请问刷卡、扫码支付还是给现金？”

“扫码。”

她说完，低头点开手机，眼前突然伸出来一只手，手指骨节分明，手背隐约有青筋凸起，他站在她身旁，递出去一张卡，语气轻描淡写：“刷卡。”

林疏星愣了一下，想阻拦他：“是我请客。”

“我没有让女生请客吃饭的习惯。”徐迟勾唇看着她，把银行卡递过去，重复了一遍，“您好，刷卡。”

收银员接了银行卡，很快便结好账。

他拿着一沓收据和小票，在签名那一栏龙飞凤舞地写下徐迟两个字，道：“好了，走吧。”

他等了一会儿，见她依旧耿耿于怀，笑了一声：“你这么想请我吃饭啊？”

他停下脚步，目光掠过一旁的冰柜，走过去随便拿了一个雪糕：“那你请我吃雪糕吧。”

“好吧。”她自己也拿了一个雪糕，打开手机扫了扫旁边的二维码，付了10块钱。

“这下你开心了吧？”徐迟咬了一口雪糕，甜腻腻的味道在嘴里漫开，一向不爱吃甜食的他眉头蹙了蹙，“太甜了。”

“我没有不高兴。”林疏星拆开包装袋，低声道，“我只是觉得这顿饭该我请。”

“你的我的，至于分得这么清楚吗？”他回头看了她一眼，语气淡然，“反正都是同学，也没啥区别。”

林疏星搓了搓发热的耳朵，嘟囔了一句，“你能不能不要总是说这种话？”

“哪种？”他故意装傻。

“就你刚刚那种话。”

“我有说错吗？”他始终笑着，“祖国是我们共同的母亲，你和我都是中华儿女，还是同班同学，非要分得那么清吗？”

林疏星：“……”

吃完饭出来，夜空繁星点缀，街道旁的小吃街灯火通明。

时间刚过九点，林嘉让和几个男生都没回去的意思，吆喝着一起去旁边的四合打游戏。

周一扬半道上被人叫走，许糯和齐念家在一个方向，两个人从餐馆出来后就溜了。

还有两三个男生没去上网，各说各有事，只剩下一旁的徐迟和林疏星。

两个人在路旁站了一会儿，隐隐有了些闷热感。

徐迟脱了外套，将它拿在手里，轻声问：“你急着回去吗？”

“还行，不是很急。”宽大校服套在她身上，隐隐有些闷，问道，“你还有事吗？”

“嗯，我舅舅家的女儿周末过来，我想给她买点儿小礼物。”他有点儿苦恼，“我不太清楚女孩子都喜欢什么。”

林疏星有些诧异，他还有这样细腻的心思，问道：“你舅舅家的孩子多大？”

“七八岁吧。”他敛着眸，语气淡淡的，“我记不清了，好几年没见了。”

“那要不要先去商场看看？”

他点头：“好。”

学校附近就有一家大型商场，几百米的距离，两个人一道走过去。正值晚高峰，又碰上周五，商场里人还挺多。

林疏星按着寻常小孩喜欢的东西考虑，直接带他去了四楼的儿童商城。

“我也没给小孩子买过东西，”她拿了两个玩偶公仔，一只粉红豹和一只派大星，“不过买这些应该是不会出错的。”

徐迟的目光从玩偶挪到她脸上，低声问：“你喜欢哪个？”

“啊？”她两个都看了看，“粉红豹吧。”

他没什么意见：“那就这个。”

林疏星“嗯”了一声，把手里的派大星放回架子上。

两个人继续在商城里逛着，中途徐迟自己又选了几样东西，零零散散加起来花了不少钱。

等他们从商场出来，对面大厦的时钟显示差一刻过十点。

徐迟两只手拎着东西，说：“走吧，我送你回去。”

“不用了，我自己回去也可以。”

他没接话，自顾自地走到路边，拦了一辆出租车，把东西放在副驾驶座上，回头看她：“不过来？”

林疏星抿抿唇，走了过去。

上车后，徐迟跟司机报了地址，随后合眸靠着椅背，整个人看起来有点疲惫。

林疏星看了他一眼，没说话。

车内安静得有些过分，司机把收音机的音量开大了些，声音有些刺耳。

林疏星长眉轻拢，往前倾身，低声道：“师傅，麻烦把声音调小一点。”

“哦，好好。”

车内又静了下去。

等到了地方，徐迟醒了过来，抬手捏了捏眉心，递了一百元给司机，声音有些沙哑：“师傅，麻烦你在这等我一会儿。”

“哎，好的。”

两个人一起下车。

林疏星站在车外，见他一脸倦意，轻声道："时间不早了，你回去吧，我自己进去就可以了。"

他"嗯"了一声，从另一边绕过来，打开副驾驶旁边的车门，拎出一个袋子，递给她。

林疏星愣了一下，没接袋子："这不是给你……"

他笑道："给你的。"

林疏星伸手接过袋子，里面装的是她之前在商场里挑的粉红豹玩偶。她恍然大悟，难怪那时候他会问她喜欢哪个。

袋子拎在手里没什么重量，她咬了咬唇，说："谢谢。"

"嗯，回去吧。"徐迟没什么太大的反应，刚睡醒后的声音还有些涩哑，"晚安。"

林疏星点头后，转身往小区里面走，走到拐角处，她站在暗处，回头看了眼路边。

昏暗的灯光下，徐迟垂着头站在车边，晚风吹过，他的身影显得有些落寞和孤寂。

过了几分钟，他才拉开车门坐进去，出租车很快就转个弯，不见了踪影。

她在原地又站了一会儿，直到旁边有车驶过，她才重新抬脚往里走。

回到家后，林疏星坐在书桌旁，把袋子里的粉红豹拿出来搁在桌上，又侧身从柜子里摸出一个铁盒子。

铁盒里面放了一些东西，都是徐迟之前给她的。

林疏星把这些零零散散的东西全拿出来放在桌上，摆在粉红豹的旁边。

房间里静悄悄的，她就这么盯着这些小玩意看了十多分钟。

有些奇怪，她看到这些东西的时候，总会想到徐迟，想到他对自己说过的话做过的事。

明明是那么健忘的人，却能把一点一滴都记起来。

楼下隐约传来汽笛声，林疏星回过神，把这些东西全部收了起来，重新放回柜子里。

她起身把粉红豹放在床头，人跟着躺在床上。

口袋里的手机振动了几声，她掏出来。

许糯发来了消息，问她到家了没。

她回了消息，两个人有一搭没一搭地聊了起来。

中途，林疏星被林婉如叫下楼，她跟许糯说了一声，放下手机去了楼下。她再回来时，许糯已经下线，给她留了一条未读消息。

“星星啊，你现在跟徐迟是什么情况啊？”

她微愣，心底有些茫然。

隔天便是周末，林疏星有些宅，窝在家里看了两天动漫，偶尔做几张卷子。

一个周末就这样过去了，又是新的一周。

早读之前的教室乱哄哄的，抄作业的在教室里前后窜着借作业抄，写完作业的捧着早餐吃，各组的组长在过道上走来走去，叫喊着组员赶快把作业交上来。

女生坐在一起有说有笑，男生窝在一块打打闹闹，教室里热闹得堪比菜市场。

林疏星跟往常一样，在早读前十五分钟走进教室。

许糯看到她犹如看到救星，哭丧着脸道：“星星，你终于来了，快帮我抄一下英语课文，我来不及写了！”

她在座位上坐下，书包还没来得及放，手里就被许糯塞了一个本子：“救命！”

“知道了，我帮你写。”

“爱你呀！”

林疏星：“……”

林嘉让不知道从哪个角落钻出来，坐在旁边的位置上：“班长班长，物理卷子写了吗？借我抄抄呗。”

“写了，你等下。”林疏星停下笔，在书包里翻出物理卷子，刚递出去，从后面伸出一只骨节分明的手，把卷子夺了过去。

“谁啊，要死……”林嘉让不满地回过头，见徐迟站在一旁，目光沉沉地看着他，又默默地压下气焰，“给你给你。”

他站起身，又找别人借了一张卷子，路过徐迟身边时，故意在他耳边吼道：“不就一张卷子，你至于小气成这样吗？”

徐迟抬手刮了刮耳朵，没怎么在意。反倒是林疏星有些不太好意思，抿抿唇道：“你抢他试卷做什么？”

他道：“我也没写。”

“哦。”林疏星没再多言，拿起笔继续抄英语课文。

徐迟在过道上站了几秒，直接坐在她后面的空位上，视线投向她身上。

过了一会儿，他别开眼，用脚勾了勾她的板凳，语气带着点儿戏谑：“班长，你借我一支笔呗。”

林疏星头也没回，随便拿了支笔丢给他。

他笑了，声音懒洋洋的：“谢谢啊。”

林疏星：“……”

林疏星没接话，嘴角微不可察地撇了一下。

徐迟心情好，也不在意，垂眸看了眼摊在面前的试卷，随手在桌上翻了翻，找了一张一样的卷子放在边上，拿起笔对着抄了起来。

过了几分钟，早读预备铃打响。

徐迟停下笔，也懒得抄了，起身把试卷和笔一起还给她，顺便从口袋里摸了一颗糖放在她桌上，轻声道：“请你吃糖。”

林疏星抬起头看他，眉头稍皱，不明白他一个男生怎么一天到晚口袋里都装着糖。

“怎么，嫌少啊？”他收回手，没等她回答，又道，“糖要一颗一颗吃才不会腻。”

他顿了顿，略微弯腰，对上她的视线，狭长如墨的眼里映着她茫然失措的表情：“是吧？”

林疏星抿着唇别过头，嘟囔了一句，“无聊。”

周围有同学好奇地往这边看，徐迟见好就收，没再多说，拎着包回了自己座位。

没一会儿，负责督查早读的语文老师从外面进来，扫了圈教室，不满地说："上早读了啊，抄作业的同学把作业收起来，周末回去就知道玩，现在来抄有什么用。"

班里没人敢接话。

片刻后，教室里便响起琅琅书声。

林疏星从桌上翻出语文书，摊在面前，心不在焉地念着："《登高》，杜甫。风急天高猿啸哀，渚清沙白鸟飞回。无边落木萧萧下，不尽长江滚滚来。小楼昨夜又东风，故国不堪回首月明中。雕栏玉砌应犹在，只是朱颜改……"

坐在一旁的许糯："？"

你确定你背的是《登高》？

到中午放学的时候，林疏星被陈儒文叫去办公室，许糯和齐念一道出去吃饭。

临走前，许糯问她："你要吃什么？我们给你带。"

林疏星没什么胃口，随口应道："跟你们一样就行。"

"好，那我们先走了。"

她点点头："嗯。"

教室里还剩下几个女生在看书，林疏星收拾好东西后，出门去了楼上。

到了楼上，陈儒文还在改试卷。

她敲门进去。

陈儒文停下笔，语气和蔼："我找你过来也没什么大事，就是想问问你最近状态怎么样。"

林疏星抿了抿唇，说："还可以。"

"那就好，"他从抽屉里拿了几张报名表给她，"这些是下半年省内举行的一些竞赛，你回去看看，要是有多余的精力，就挑两个参加。"

陈儒文见她伸手接报名表，接着道："也不一定非要参加，毕竟马上要期中考试，再加上分科，估计也会忙。你回去后自己安排一下时间，有空的话还是多参加一些竞赛，毕竟到了高三，这些在保送成绩单上面都是加分项。"

林疏星习以为常，说：“好，我知道了。”

“行，”陈儒文又看了她一眼，想到最近听到的传闻，语气低沉了些许，“你现在才高一，主要任务还是学习，至于那些乱七八糟的事情，我不希望出现在你身上。”

林疏星一怔，对上陈儒文了然一切的目光，心下一凛，敛眸应道：“我知道。”

“好，你回去吧。”

她点头：“谢谢陈老师。”

等出了办公室，林疏星看着手里的一沓报名表，只觉得它们像一座大山，压得人喘不过气。

她在走廊上站了一会儿，才往教室走。

她中途路过三楼楼梯口，迎面碰到一群男生，他们没穿校服，一副吊儿郎当的模样。她没多停留，径直走下楼，从后门走进教室。

午休的时间转瞬即逝。

下午第一节课是物理课，物理老师迟了三四分钟才到教室，手里拿着一沓试卷。

“课代表，把试卷发一下，这节课我们讲习题。”

物理课代表走了上去，把试卷分给每个组的组长。

等到所有人的试卷都发完，林疏星才回过神，碰了碰许糯的胳膊：“糯糯，我早上交试卷了吗？怎么没我的试卷？”

“交了啊，组长过来收的。”

她话音刚落，就听见物理老师开了口：“有谁没拿到试卷的，站起来让我看一下。”

林疏星站了起来，紧跟着四组最后一排也站了一个人。

物理老师往左右看了看，笑道：“你们抄作业我见怪不怪，但我还是第一次见有人抄作业，把名字也抄了的。”

班级里的笑声更甚。

林疏星垂着头，耳朵有点儿红，站在那里只觉得有些难堪。

“你们上来把试卷拿下去吧。”

林疏星走过去，徐迟从另一边往讲台走。

两个人对视了一下，她极快地别开眼，随便拿了试卷回座位。

徐迟顿了一下，才拿起另一张试卷。

回到座位上后，他随手把试卷丢在桌上，回想起刚刚见她眼尾红红的，很委屈的样子。

他回过神，唇角微抿，朝一组那里看了过去，他见她始终垂着头，忍不住暗骂了一句脏话。

整节物理课林疏星都心不在焉，卷子上的题目她一道都没听进去，整个人有些恍惚，心底有讲不出的烦躁。

小半节课过去，坐在一旁的许糯察觉到她的不对劲，趴在桌上碰了碰她的胳膊："星星？"

"星星！"

"嗯？"她回过神，轻叹了一口气，压低了声音道，"怎么了？"

"你怎么心不在焉的？"许糯往她那边挪了点位置，头埋在书堆下，"你的眼睛有点儿红，不开心吗？"

"没有，"她垂着头，手指扣着指缝间的倒刺，低声说，"就是觉得有点不舒服。"

陈儒文的话，班级里同学们的笑声，都像一座座大山压在身上，她有点儿不堪重负。

她不喜欢这种感觉。

许糯了然地"啊"了声，安慰她道："你别多想了，那些男生就那样啊。你又不是不知道，碰到一点风吹草动就不得了，更何况这次的主角还是徐迟这种风云人物。

"他们就可劲地闹腾了。"

林疏星点点头，想了想，还是跟许糯说了中午的事情："老陈看我的眼神，让我觉得有点儿难堪，然后刚刚物理老师又那样。"

她长舒了一口气，继续道："就让我觉得很不自在，感觉什么隐私都没有。"

"怎么说呢，毕竟这种事情在老师眼里算得上是很严重的事情，再加上你是老陈重点关注的对象，他难免会对你要求严格。"

许糯捏了捏她的手指，说：“没事的，你以后和徐迟在教室里稍微保持一点儿距离就好了啊。”

“有些人就是喜欢讲闲话啊，让她们讲咯，她们就是嫉妒你！”

林疏星：“……”

林疏星被她的歪理逗乐了，弯唇笑了笑，心底的郁结也跟着散了不少。

“笑笑多好呀。”许糯直起身，掐了下她的指腹。

林疏星伸手拿起桌上的笔，道：“听课吧。”

“啊……听课好没劲。”

林疏星垂着头，唇边有了淡淡的笑意。

她想着自己是不是该找个时间，跟徐迟谈一下了。他总是这样不分场合地靠近她，时间久了，难免会有人说闲话。

她这样一想，心里的问题算是解了一大半，丢掉的心思也找了回来，开始认真听课。

一节课过去，紧跟着的三节课也像加了发条一般，转瞬即逝。

傍晚，晚霞斑斓绚烂，西边落日的余晖铺满了整个云层，鎏金色的光影笼罩着整个校园。

林疏星和许糯她们吃完饭回来，发现教室里除了几个学霸在看书，只剩下徐迟他们一群人坐在后面打闹。

忍了一下午的徐迟见她回来，起身朝一组这边走了过来，停在她旁边，屈指轻叩她的桌面，轻声道：“你跟我出来，我有话和你说。”

正好林疏星也准备和他谈一谈，几乎没怎么犹豫，点头应声：“好。”

他“嗯”了一声，从教室前门走了出去。

过了会儿，林疏星起身从后门走了出去。

傍晚，奶茶店里没多少学生，店外的大榕树在微风里掉落树叶，树下歪七扭八地靠着几辆自行车。

林疏星捧着奶茶坐在窗边，落日的余晖铺在肩头，整个画面就像发黄的老照片。

徐迟坐在她对面，桌上放着一杯没拆开的奶茶。两人僵持了一会儿，他先开了口："哭了？"

"嗯？"林疏星愣了一下，随即反应过来，有些不自在地强调了一遍，"没有哭。"

他点点头，没在这个问题上继续纠结，别开眼看着窗外来往的学生，手指搭在桌面敲了敲："试卷的事情是我的错，对——"

"我没有怪你，"她打断他，重复了一遍，"我没有怪你的意思。"

"是吗？"他笑了，端起桌上的奶茶准备喝，凑到嘴边才发现没插吸管，又放回去，拆了吸管插进去。

林疏星"嗯"了一声，放下手里的奶茶，指腹在杯壁擦了擦，斟酌片刻后道："我其实也有话和你说。"

他掀起眼皮，松开吸管，唇边沾了一点儿奶茶："什么？"

"就是……你以后在教室的时候，可不可以不要和我走得太近？"她顿了一下，解释起来，"教室里人很多，他们会议论。"

空气瞬间静默。

"所以呢？"徐迟的眸光里没了先前的暖意，语气沉沉，"就不要和我有接触？连正常的聊天都不行？"

"也不是。"她想了想，又不知道怎么说。

以他们两个人目前的状态，哪怕只是简单交流，在别人看来都是不合适的，是他们用来当八卦议论的谈资。

林疏星也不知道从哪儿开口说，他也不说话。

一时间，气氛有些僵。

徐迟捏紧了手里的奶茶，里面的奶茶顺着吸管溢了他一手。

他沉默了片刻，抬手把奶茶丢进旁边的垃圾桶里，从桌上抽了一张纸巾擦手，语气有些冷淡："我知道了，我以后会注意的。"

他站起身，借着身高优势垂眸看她，神态有些颓丧，还有些委屈："我其实也会累的。"

他话音刚落，没等她开口，他已经转身走出了奶茶店。

林疏星看着他站在奶茶店外，抬脚踢倒停在树下的自行车，又在原地站了一会儿，才重新往前走。

在夕阳的余晖里，他的背影被拉得很长很长。

她捧着的奶茶冰凉凉的，凉意顺着手心钻到心里。

其实不是这样的。

她想说，她只是不喜欢被人家议论。

……

她有很多话要说，可是他没有给她机会。

林疏星在奶茶店里坐了很久，直到繁星满天，她才抬手擦了擦眼睛，起身往外走。

她出门的时候，把那杯没喝完的奶茶丢进了门口的垃圾桶里。随后，她走到树下，帮他把之前踢倒的自行车都扶了起来，一边扶一边抹眼泪。

她从来没有一刻像现在这么委屈和难过。

林疏星回去的时候，陈儒文已经在班里了，班级里的气氛有着不同寻常的压抑和沉闷。

四组那里空了一排，她只扫了一眼便收回视线，低头说了一句报告。

陈儒文看着她，停了片刻才沉声道："作为班长就要做好带头的作用，带头迟到可不是什么好的行为。"他顿了顿，才松口，"进来吧，下不为例。"

林疏星抿着唇没说话，垂着头径直回了座位。

许糯凑过来，小声问道："你和徐迟怎么了？他前脚沉着脸回来，后脚就走了，中间还和老陈吵了一架，垃圾桶都被他踢倒了。"

这还是徐迟来五班后，第一次和陈儒文发生正面冲突，要不是他一怒之下踢倒了垃圾桶，五班的人都快忘记他之前是三中那个为所欲为、乖戾嚣张的徐迟了。

林疏星摇摇头，眼睛比下午那时候还红："糯糯，我现在不想说话。"声音也有些沙哑。

许糯摸了摸她的手背，没再多问。

班级里安静得不像话，幸好陈儒文只在教室里待了半节课。

他一走，班上的气氛顿时热闹了起来。

几个女生在一起聊着上课前的那场闹剧："徐迟真的好凶啊，他看着老陈，一点儿也没有害怕的意思。"

有人插了嘴："这算什么，人家以前在三中闹得比这事还大呢，都敢跟老师对着干。"

周围人一阵唏嘘，叽叽喳喳的议论声一直没有停下来。

林疏星垂着头坐在座位上，既不说话，也没什么动作，就那么安安静静地坐了一节课。

下课后，林嘉让坐到她后面来，拿笔戳了戳她的肩膀，小声问道："妹妹，你和阿迟怎么了？我从来没见他发这么大的火。"

她没回头，声音沙哑："我不知道。"

林嘉让一听这哭腔，也不好再问下去，只苦恼地抓了抓头发，说了别的："其实阿迟人挺好的，我都没见他对哪个女生这么关注过，你是第一个。"

"他平时跟我们在一块，只要一提到你，眼睛里都是笑，他真是认真的。"

林嘉让絮絮叨叨说了一堆话，可是到上课铃打响，林疏星也没有任何表示。

他叹了一口气，放下手中的笔，回去前，没头没脑地说了一句："阿迟他其实挺可怜的，你……唉，对阿迟好点儿吧。"

林疏星从头至尾没开口，垂着头不知道在想些什么。

过了一会儿，负责自习的老师从外面进来，班级里迅速安静了下来。

她抬手揉了揉眼睛，翻出桌上的报名表，又看了下日历，从里面挑了几张，把信息填好后，一起夹在书里。

随后，她从抽屉里翻出一张崭新的数学卷子做了起来。

许糯看了林疏星一眼，叹了一口气。

她有点儿搞不懂，之前还挺好的两人，出去了不到半个小时，就闹成这样了。

她又看了眼周一扬发来的消息，想了想，直接删除了对话，没再回复。

啧，男生真可怕。她想。

自从那天在奶茶店不欢而散后，徐迟便很少来教室上课，基本上一个星期出现三次已经是很频繁的了。

他也没在教室里找过林疏星，原本就是不相干的两个人，之前的种种都是他上赶着去挤进她的世界。

如今，他不去了，两个人几乎没有接触的机会。

林疏星偶尔在学校里碰见他，他也总是冷着一张脸，目不斜视地走过去，简直当她是陌生人。

与此同时，有关徐迟的处分也越来越多。教学楼底下的通告栏里，他的名字占了小半壁江山。

而在通告栏旁边，贴着的是学校里各个年级优秀学生的成绩和资料。

通告栏里，林疏星的名字和他的名字只隔了一寸的距离，可在现实里，两个人之间却像隔着千万里。

冷战来得猝不及防，时间也如流水一般转瞬即逝。

第五章　我们和好吧

四月最后一个星期一，是平城高中五十周年校庆，这天是一个大好的晴天，校园里热闹非凡，广播里一直在放音乐。

从国歌放到了校歌，又从校歌放到了五十年来每一届优秀班级的班歌。

林疏星一大早就和学生会的成员在校门口迎接从五湖四海赶回来的校友。

门口的大巴车、出租车和私家车几乎占满了街道，刺耳的汽笛声混着校园里的音乐声，热闹不已。

九点多，全校师生都聚集在操场上。

每个班级的学生自带板凳坐在台下，按着年级的顺序从左至右坐开，最中间的位置坐着从外地赶回来的校友。

校长最先发言，他从学校成立讲到这么些年平城中学如何从一个起不了风浪的职高成了如今平城最大的私立中学。

接着是教导主任发言，各种乱七八糟的抒情都来了一遍。最后是知名校友代表发言。

整个流程走下来，三个小时就过去了，散场的时候，差不多快十二点半了。

林疏星穿着新买的小皮鞋跑了一上午，新鞋不太合脚，脚后跟被磨出了两个水泡。

等闲下来后，她找了一个没人的地方，脱了鞋才发现那两个水泡已经磨破了，脚后跟那片血肉模糊。

之前她忙起来的时候没觉得疼，这会儿脱了鞋看到伤口，只觉得刺痛感一阵一阵从脚上传出来。

她轻嘶了几声，趿拉着皮鞋挪到水池边，拿餐巾纸蘸着水擦拭伤口周边的血迹。

旁边的林荫道上走过来一群人，徐迟走在中间，没穿校服，头上扣着一顶黑帽，看不清神色，他身旁跟着好几个男生，林嘉让也在里面。

林疏星最开始蹲在地上，水池的台子挡住了视线，两边谁也没看到谁。

过了片刻，她站起身，走在人群后面的林嘉让正好回头瞥了一眼，看到她站在那里，停下脚步喊道："班长，你在这儿干吗呢？"

走在他前面的人闻声，都跟着回过头，朝她这边看了过来。

徐迟站在人群后面，也回头看了一眼，两个人的目光在空中不偏不倚地撞上，他神色淡淡的，抬手压低了帽檐，默不作声地继续往前走。

身后的男生也都跟了上去。

林嘉让看到这情形，恨不得扇自己两巴掌。

他朝林疏星尴尬地笑了笑，指指前面，道："徐迟他就那样，你别介意啊。"

林疏星的手指掐着掌心，摇摇头，语气冷淡："没关系。"

林嘉让想替徐迟说几句好话，可一想到某人刚刚那副德行，又没了开口的底气，只苦恼地抓了抓头发，道了句："那班长我先走了啊。"

她"嗯"了声，拧开水龙头，洗着残留在指缝间的血渍。

这会儿是中午，球场人多，林嘉让带着人进去，跟靠在门边的一伙人商量了一会儿，直接把人家场地占了。

一群人抱着球走，他还道了句："兄弟们对不住了啊，你们迟哥最近心情不太好，要是找不到地方打球，会出事的。"

一伙人：“……”

坐在一旁的徐迟捞起脚边的球朝他砸了过去，语气冷淡：“滚。”

林嘉让眼疾手快，接起球抱在怀里，吊儿郎当地笑道：“得，我马上就滚。”

他拍着球，招呼着大家上场打球。

徐迟坐在旁边的长椅上，背靠着篮球场的铁丝网，低头玩着手机，帽檐遮住他脸上的情绪。

周围满是篮球落地的声音，咚咚咚的。

他用了往常一半的时间结束一局游戏，有些烦躁，抬手搓了搓眉尾，眼睛看着远方，失了焦距。

他就这么坐了一会儿，起身脱了外套，把帽子调整了方向，反扣在脑袋上，从旁边人手里抢了球进场。

林嘉让嘿嘿笑着，卷起衣服下摆擦脸上的汗，从后面朝他走过来：“怎么，不玩你的《贪吃蛇大作战》了？不做球场独一无二的安静美男子了？”

他控着球从身侧跑过，语气淡淡的：“废话这么多。”

林嘉让嗤笑一声，无所谓地耸耸肩，快步跟上他，企图把球夺回来，他胳膊一闪，躲了过去。

他们俩你来我往，一伙人在球场打得热火朝天。

一群人打了半个多小时，徐迟把球传给同伴，摆摆手从场上退了下来，额上都是运动后流的汗水，顺着脸颊滚落下来。

他边走边掀起衣服在脸上擦，腰腹间纹理整齐的腹肌暴露在空气里，周围相识的男生朝他吹了声口哨，促狭地笑道：“迟哥，身材不错啊。”

他放下衣服，睨了对方一眼：“你想死啊。”

男生嬉笑一声，抱着球走远。

徐迟走到旁边的长椅上坐下，林嘉让买完水回来，扔给他一瓶纯净水。

他接过纯净水，拧开喝了一半，剩下的直接浇在头上。冰凉的水顺着脖颈滑到衣服里面，黑发湿漉漉地贴着脸颊。

林嘉让在他旁边坐下，手里拎着一罐冰可乐，看了他一眼，问道："你好点儿没？"

徐迟和林疏星冷战的这段时间，林嘉让看着他一点点变得沉默寡言。

有时候林嘉让喊他出去玩，他也是一副死气沉沉的模样，没一点儿生机，脾气也比往日更暴躁。

朋友都说他好像变回了之前在三中那个成天只知道打架闹事的徐迟了。

"我说你差不多就行了啊，"林嘉让背靠着铁丝网，长腿随意敞着，语气也没了之前的吊儿郎当，"都是一个班的，不至于闹得这么尴尬吧？"

徐迟弓着腰，手肘搭在膝盖上，头发上的水珠顺势滴在塑胶地上。他垂着眸，眼睛盯着那一小块水晕，一声不吭。

林嘉让见他这样，叹了一口气，妥协道："得，我是懒得管了，你们爱怎么闹就怎么闹吧。"

他说完，站起来，手抓着篮球网晃了晃，不经意间瞥见不远处的人，喊道："周一扬，你们俩去哪儿？"

球场外面的两人闻声，皆停下脚步。

许糯看到坐在林嘉让旁边的徐迟，扯了扯周一扬的衣服，低声道："你和林嘉让说，我们去医务室看班长。"

他"哦"了一声，重复了一遍："去医务室看你们班长。"

"啊？"林嘉让下意识看了眼徐迟，见他直起身，故意大声问道，"我们班长怎么了？"

"好像受伤了吧，挺严重的。"周一扬睁着眼说瞎话。

两个人一唱一和。

最后，林嘉让轻啧一声，说："那你们快点儿去吧，医务室小，我就不去凑热闹了。"

"得，走了啊。"

林嘉让扬了扬手指，算是回应。

等周一扬和许糯走远后，林嘉让重新在长椅上坐下，手指搭在膝盖上敲了敲，嘴里念念叨叨："班长怎么突然就受伤了呢？明明之前还好好的啊，怎么会呢？不应该啊，还伤得这么严重，路都不能——"

他的话还未说完，身旁的人忽地站了起来，捞起外套就往外走。

林嘉让嗤笑一声，看着他脚步匆匆的背影，明知故问道："阿迟，你干吗去啊？"

"看病。"

医务室。

这是林疏星开学来第二次来这儿，之前膝盖受伤的时候，她因为换药，三天两头往这里跑，校医都认识她了。

包扎的时候，校医随口问了句："之前送你来的那个小男生呢？这次怎么没陪你一起过来？"

林疏星闻言，神色一僵，下巴搭在膝盖上，垂着眸道："我跟他又不熟。"

校医也是过来人，对她的反应了然于心，摇头轻笑道："你们这些小孩啊，真的是屁大点儿事都要闹个矛盾。"

她抿抿唇角，抱着腿不再吭声。

过了一会儿，校医处理好她的伤口，叮嘱道："好了，这几天你注意点，洗澡的时候不要沾水，尽量穿宽松和后跟软一点儿的鞋子。"

"知道了，"林疏星点点头，声音温和，"谢谢。"

校医起身走了出去，医务室里静悄悄的。

林疏星坐在靠窗边的病床上，屈膝搭着下巴，抬头看着外面，神情有些恍惚。

走廊外传来脚步声。

没多久，许糯从外面进来，坐在她对面的床榻上，有些担忧地看着她："你怎么样了？"

"没事，都已经包扎好了。"林疏星朝她弯了弯唇，笑意却不达眼底，“对了，我现在脚受伤了，估计也穿不了高跟鞋，你帮我向班里同学借一双运动鞋，晚上校庆表演得穿。”

许糯点点头，习惯性地摸了摸她的手背：“四点半的时候还有最后一场彩排，你能去吗？”

“能。”她看了眼手机，还差几分钟到两点，“我先睡一会儿，到时候过去找你们。”

“那好，我先回去帮你借鞋，等会儿在大礼堂见吧。”

她“嗯”了一声，等许糯走后，掀开被子躺了下去，垂眸盯着墙角的一个黑点看了好长时间，直到眼睛酸涩才阖上眼，慢慢睡着了。

她醒过来的时候，搁在枕头旁边的手机正不停振动，她伸手拿了起来，来电显示的陌生数字下写着推销两个字。

她直接挂了电话，躺在床上没动。

窗外的阳光穿过枝叶照下来，鎏金色的光芒铺满了整个病房。

大概过了六分钟，林疏星从床上坐起来，伸手去拿搁在床头的水杯，手伸出去的刹那，她顿住了。

她的杯子旁边多出一颗糖，浅绿色的包装在阳光下凝成一个光点，熠熠生辉。

林疏星有些愣怔，低头去穿鞋，才发现原先摆在床边的小皮鞋不知道什么时候换成了帆布鞋，鞋跟也被折了下去。

她穿上鞋，坐在床边想了会儿，伸手把糖拿过来，拆开喂到嘴里，舌尖卷着糖在嘴里滚了滚。

熟悉的半甜半涩的薄荷味在她的舌尖漫开。

校庆正式表演前的彩排只是走个形式，也算是最后确认一下每个节目的时长和人数。

彩排很快结束，正式表演定在晚上七点。六点半，学校老师和学生进场。

平日里空旷寂静的礼堂不到七点就坐满了人，音乐声从礼堂各处的音响里传出来。

礼堂外面热闹非凡，后台却是忙得不可开交。

参加表演的人，需要提前换好礼服化好妆。后台的空间小，女生的化妆包乱七八糟地放在一张桌子上。

“哎哎哎，谁看到我的眼影盘了？”

“口红口红！我的口红怎么不见了？”

叽叽喳喳的声音响个不停。

节目顺序按照年级班级来，五班的大合唱排在第五个。

林疏星换好礼服出来时，外面的主持人已经在说开场词了，班里负责化妆的女生拉着她坐在一旁：“班长，快点快点，马上就到我们了。”

她笑道：“我们是第五个出场，还早着呢。”

林疏星急急忙忙化好妆，起身把位置让给即将上台的同学，自己拿着曲谱去了外面的走廊。

旁边的女生路过时提醒她：“同学，你的鞋带松开了。”

林疏星低头看了一眼，才发现左脚的鞋带不知道什么时候散开了，拖在地上还沾了一点儿灰。

她穿着长裙，不太方便蹲下去，她想了一会儿，索性直接脱了鞋，准备拿起来提在手里系。

眼前忽地蹲下来一个人，林疏星一愣，慢吞吞地直起身，一只脚踩在地上。

徐迟穿着黑色T恤，低着头蹲在她面前，默不作声地系好鞋带，又把鞋推到她脚边。

林疏星抿着唇，把鞋穿了回去，拎着裙摆的手不自觉地攥紧又松开，声音很小：“谢谢。”

徐迟轻“嗯”了一声，从地上站起来，目光掠过她身上的露肩礼服，眉头微不可察地蹙了一下，却也没再多说。

震耳欲聋的音乐和欢呼声回荡在走廊里。

林疏星抬起头，看着他棱角分明的脸，才惊觉已经很久没和他说过话了。

上次在奶茶店不欢而散后，他在教室里都会刻意避开她，也不会像之前一样主动找她。偶尔在学校外碰见，他也是一副懒得搭理人的模样。

两人沉默片刻，都敛眸看着彼此，谁都不开口说话。

礼堂里，主持人声情并茂地报着节目：“下面有请高一（4）班的李东阳、陈渊齐、马思凯为大家带来小品表演《打击盗版，人人有责》。请高一（5）班的同学做好下一个节目的准备。”

主持人话音刚落，礼堂里面响起阵阵掌声。

等四班的小品演员登场后，五班参加大合唱的同学在后台忙成一团，班里的男生从门口探出一个脑袋，朝走廊这头吼道：“班长，快点回来，马上到我们班节目了。”

“哦，来了。”林疏星应了一声，抬眸又看了徐迟一眼，什么也没说，拎起裙摆就往里面走。

到后台门口时，她停下脚步，回过头，看见他站在那里没动，走廊上的白墙壁倒映着他瘦削的身影。

她忽地想起，很久前的一个夜晚，他也是这样一声不吭地站在那里，看起来形单影只，像被全世界抛弃了一般。

“徐迟，”林疏星站在那里，抿了抿唇，轻声地喊出他的名字，对上他看过来的视线，手指攥紧了裙摆，声线有些不稳，“我们和好吧。”

徐迟闻言，眼皮微动，似是有些难以置信，动了动唇瓣：“什么？”

“我们和好吧。”她抬起头，就这么直直地对上他的视线，重复了第三遍，“我们和好吧。”

他无意识地动了动喉结，神情有些怔然，一时间也不知道是紧张还是什么，半天都没说一句话。

台上四班的小品表演已经接近尾声，林疏星被同学催了几次，忙应了一声：“哦，我马上就来了。”

她抽空回头看了眼徐迟，笑着道：“你不说话，我就当你答应了。”

她说完，不等他有什么反应，转过身，趿拉着鞋往里面走。

暮春的夜晚，满目繁星。

走廊里吹过一阵和煦的春风，窗外梧桐的落叶被这细碎的动静拂落，风卷着它落在走廊上。

徐迟垂着头，看着叶子上的纹路，看着看着就兀地笑了。起先唇边只有一个浅浅的弧度，慢慢地，弧度愈来愈大，笑意兜不住。

他站在那里，一会儿拿手捂脸，一会儿又抬手搓搓后脖颈，整个人乐得像一个傻瓜一样。

晚上十点，校庆表演全部结束，在校长和几个老师的歌声里，参加表演的学生集体上台谢幕。

林疏星在后台换完衣服出来，才知道徐迟和林嘉让他们几个男生自掏腰包在校外的餐馆订了位置。

“明天放假，今晚去玩啊！”林嘉让在门口吆喝着，“男生今晚谁先走谁是狗。”

林嘉让话音刚落，周围响起一片欢呼声。

林疏星手里还拿着刚换下的礼服，她在人群里随便扫了一圈，不经意间对上徐迟的目光。

她抿抿唇，想到之前说的话，不自在地别开眼。

正好许糯和齐念也换好衣服出来，三个人在一旁说着话。

不远处，徐迟歪着头靠着门框，垂眸盯着她看了一会儿，温和地笑了一声，心情大好。

十多分钟后，班里的人都换好衣服出来了，一伙人浩浩荡荡地往校外走，一路上说说笑笑，气氛热闹非凡。

等到了吃饭的地方，由于人太多，没有合适的包厢，林嘉让和老板商量后，索性就在大厅用屏风圈了一大块地方，在里面摆了五张桌子。

落座的时候，林嘉让他们趁着林疏星去卫生间，和周围人来回倒腾，成功把她和徐迟排在一起。

过了一会儿，林疏星回来，看着全场剩下的唯一空位：“哎？”

林嘉让坐在椅子上，朝她招招手，嬉皮笑脸道：“班长班长，我们这里有空位，你快来我们这边坐啊！”

徐迟坐在位子上，唇边挂着笑容，没什么太大的反应。他伸手帮她把椅子拉开后，才回头看着她，懒洋洋道：“今晚你是打算站着吃饭？”

林疏星：“……”

等她坐下后，他的手搭在她的椅背上，歪着头凑过去，低声道：“这可不能怪我啊，位子是他们安排的。”

林疏星捧着茶杯没理他，嘴角微不可察地撇了一下。

他慢悠悠地收回手，眼底笑意不减。

一群人在大厅坐开，都是一个班的，话题也少不了，男生聊着篮球，女生聊着八卦。

过了七八分钟，他们点的烧烤和龙虾陆陆续续端上来，一群人拿起筷子继续聊。

徐迟戴上手套，动作利索地剥了几个虾肉放进林疏星碗里。

林嘉让看见了，就叫嚷着他也要。

徐迟往他那里丢了一颗花生米：“有吃的都堵不上你的嘴。”

桌上哄笑一片，林疏星的脸有些热，她低头默默吃着菜。

等到散伙，已经过了十点。

徐迟不知道怎么回事，趴在那里好像睡着了，林疏星留在店里陪着他。

林嘉让带着人把班里的部分女生送回学校，部分回家的也安排了同路的男生。

全部安顿好后，他重新回了餐馆，看着趴在桌边的徐迟，和林疏星打着商量：“妹妹，我先把迟哥送回去，再过来送你回家，行吗？”

林疏星抿抿唇，跟着站起身：“他家跟我家是顺路的，我们可以一起。”

“啥玩意？”林嘉让没明白，问道，“你家也住在后面这小区？”

空气静默了一瞬。

“什么？”她有些莫名其妙，“徐迟家住在这边？”

“是啊，”林嘉让扶着徐迟，“他好早之前就住在这边了。”

林疏星有些怔然，她蓦地想起那些天，他晚上送自己回家，隔天早上又过去接她。

她咬着唇，没有再回话。

到最后，林疏星和林嘉让一起送徐迟回的家。

一进屋，两个男生直接倒在沙发上，林嘉让喘了一口气，把挂在身上的人掀开，有点虚脱：“累死我了。”

林疏星紧跟着进了屋，她把手里的东西放在桌上，在墙上摸了半天才找到客厅灯的开关。

她朝沙发走过去，徐迟歪倒在一旁，似乎有点儿不舒服，唇瓣微抿，眉头也轻蹙着。

林嘉让这会儿忙活好了，人就有点晕，他躺在沙发上，不知不觉就睡着了。

两个人以一种很奇怪的姿势倒在一起，很安静地睡着。

林疏星站在旁边看了一会儿，无声地笑了一下，她上前把两人分开，吃力地架着徐迟的胳膊，把人挪到了旁边的沙发上。

林疏星拾掇好徐迟后，转过身看了眼躺下来的林嘉让，伸手拿了一床毯子搭在他身上。

随后，她又走到徐迟跟前。

不知道是不是因为身体舒展开，他之前拧着的眉头已经松开了。

林疏星蹲在原地看了徐迟一会儿，正准备起身的时候，徐迟蓦地睁开了眼，眼尾泛着红，哑着声道：“林疏星。”

她微愣，应了声。

他听见回答，却笑了出来，翻了个身，面朝着她道了句：“我果然是在做梦啊。”

客厅里只开了壁灯，暖黄色的灯光混着窗外皎洁的月光，让照进屋里的光影斑驳又模糊。

徐迟说完那句话后，又阖上眼沉沉地睡了过去，面容沉静，呼吸也逐渐平稳下来。

林疏星有些愣怔，她沉默了好一会儿笑了一下，小声地道了句：“大傻子。”

屋里的时钟嘀嗒嘀嗒地转着。

林疏星把盖在林嘉让身上的毯子松开，给两人都搭了一点。

临走前，她顺手把屋内的空调调成了制热模式。

屋里静悄悄的，林疏星出门的时候，回头看了眼客厅里睡得昏沉的徐迟，抬手关了壁灯，合上门走了出去。

隔天早上，平城的天阴了下来，淅淅沥沥地下着雨。

徐迟从梦里惊醒的时候，屋外的绵绵细雨已经变成了瓢泼大雨。他揉着太阳穴，从沙发上坐起来，脑袋里有几个不连贯也不是很清晰的梦境片段。

空调还在运作，屋内有些闷。

林嘉让不知道什么时候从沙发上滚了下来，卷着毯子躺在茶几和沙发之间，呼噜声连串，睡得极沉。

他轻笑一声，抬手搓了搓有些发酸的脖颈，起身去厨房倒了一杯水，边喝边往自己房间里走。

不一会儿，房间里面就传来哗啦啦的水声，等到停下来的时候，已经过了半个多小时。

徐迟湿着头发从屋里走出来，毛巾搭在脖颈上，眼尾还是有点儿红。

他在沙发上坐下，用沾水的手在林嘉让脸上拍了拍，声音冷淡：“林嘉让。”

躺在地上的人“嗯”了一声，抬手抓了抓脖子，不舒服地哼着，到最后眼皮都没舍得掀开。

过了片刻，林嘉让醒过神，从地上爬了起来，头发乱糟糟的堆在头上，像鸟窝一样。他揉揉眼，环顾了四周，声音哑着：“我怎么睡在这儿？”

徐迟嗤笑一声没搭话，弯腰拿起手机，点亮屏幕，通知栏里有几个未接电话和一条消息，全部来自林疏星。

他点开消息看。

“我帮你们请了假，醒了再过来吧。”

他勾唇笑了一下，弓着腰拿起旁边的遥控器，按几下把空调关了，随口问道：“昨晚你送我回来的？”

“还有班长。”提到林疏星，林嘉让猛地一拍脑袋，大声道，“糟了，昨晚我忘记送班长回家了。”

他嘴里念念叨叨：“完了完了……”

坐在一旁的徐迟拿手机的动作停了，有关于昨晚的那个梦，脑袋里有了更加清晰的片段，清晰到他觉得有点儿不像梦了。

他抿着唇，给林疏星回了消息：“下午我过去上课。”

林疏星隔了半小时才回过来三个字：“知道了。”

徐迟背靠着沙发，犹豫了一会儿，低头在编辑栏敲了几个字发过去：“昨晚我好像梦见你了。”

这次林疏星回得很快，依旧是三个字：“不是梦。”

中午放学的时候，雨已经停了，校园里满是雨后初歇的气息。初夏将近，林荫道上隐隐约约传来蝉鸣声。

林疏星和许糯、齐念在校外吃了饭，回教室的路上又绕去小卖部买了一堆小零食。

等她们到教室门口，午休的铃声正好敲响。

三个人轻手轻脚地进了教室。

许糯和齐念这两天在学编绳，一进教室就坐在一块弄那几根花花绿绿的绳子。

林疏星过几天有一场竞赛，她没跟着凑热闹，从包里翻了一张数学卷子摊在桌上。

午休时间过了大半，班里的同学陆陆续续地醒了。

走廊外没了巡查的老师，也多了些嘈杂的脚步声。

“徐迟——”

教室外面蓦地响起熟悉的名字，林疏星捏着笔的手一顿，下意识扭头往后看。

徐迟站在后门那里，背抵着门框，和外面的人说话，笑声一阵阵传过来。林疏星只看了一会儿，便收回视线，继续写试卷。

过了片刻，后门处没了动静，她正好也停下笔，往后抻着脖子，脑袋枕在后桌的书上面。

身旁有人停下，窗外有风吹过，风里有淡淡的薄荷味。

林疏星的头一偏，正好对上徐迟的目光。

林疏星蒙了。

徐迟看着她茫然失措的眼神，嘴角漾开一抹笑，漆黑的眼眸里也染上了笑意。

他抬手把奶茶放在她身旁的空处，她愣了一下。

他反倒像个没事人，手往兜里一放，转身往四组那里走。

过了片刻，她慢吞吞地坐直身体，背靠着桌子，没有吭声。

后座的男生打完球回来，看到摆在桌上的奶茶，一脸惊讶地说："谁的奶茶？不吱声我喝了啊。"

林疏星闻言，缓过神，转身从他手里把奶茶夺了回来，轻描淡写地说道："我的。"

男生："……"

坐在四组的徐迟听到那边的动静，一时没忍住笑出了声。

他低头按亮手机，手指在屏幕上点了几下，而后抬头往一组这边看了一会儿，等上课了才收回视线。

下午的时间不紧不慢地过着。

课间休息，林疏星坐在位子上，右手手指替许糯勾着编绳，另一只手摸出手机，无聊地刷着空间动态。

她把手机放在桌上，低着头，手指慢吞吞地滑着屏幕，不点赞也不评论，纯粹是在打发时间，时不时看看许糯的杰作，还笑着吐槽两句。

"走走走，"当她第三次看过去的时候，许糯忍不住从她手里收回编绳，"我们之间没爱了，真的。"

她淡淡地笑着，也没说话，脑袋枕在胳膊上，继续刷着动态，手指往下滑了一页，看到下一个动态，然后愣住了。

下午一点五十三分，徐迟发布了一条动态。

徐迟：都是你的。

林疏星下意识往后面看了眼，四组那里徐迟的位子是空的，只有校服孤零零地放在桌上。

她抿抿唇，刚把视线收回来，就看到林嘉让从前门进来，后面跟着四五个男生，徐迟走在最后面。

几个人一起，从一组这边的过道绕到四组那边。

他走在最后，手指搭在她的桌沿轻轻敲了几下，顺势从她桌上拿走了一支黑色水笔。

林疏星："……"

第三节课是数学课。

快下课的时候，陈儒文合上教案，沉声道："最后几分钟，我说几件事。"

底下的同学闻言，都停下手里的事情，抬头看着讲台。

陈儒文站在讲台一侧，从桌上拿起手机："下个星期一期中考试，考场号和座位号已经出来了，我等会儿发到班群里。"

他继续说："下学期即将文理分科，想必大家也知道了，我们班已经确定是理科班，如果有想选文科的同学，可以去我办公室拿一下分班意向表。"

"分班的事情可大可小，你们回家和家长商量一下，结合自身的情况，认真地考虑考虑。"

班里顿时议论纷纷。

陈儒文也没多说，看了看时间，道："还有两分钟，你们自己看看书吧，考场座位安排表我已经发到群里了。"

他话音刚落，班里的同学都从抽屉里摸出手机，找自己考试的位置。

陈儒文扫了一圈教室，点了十来个名字："高威、陈年年、李东辉、匡小伟……宋松雅，请以上同学把手机交上来。"

众人："……"

陈儒文收完手机，下课铃声应时响起。

陈儒文从讲台底下拿了一个盆子装手机。

临走前，他交代了一句：“期中考试后，全年级名次进步或者是保持不变的，自己去我办公室拿手机，退步的就别想了。”

班里蓦地响起一阵阵哀号声：“不是吧？”

许糯趴在桌上，翻着考场座位安排表，唏嘘一声：“还好我刚刚在看小说。”

林疏星：“……”

教室后面，林嘉让翻到图片末尾，才找到他和徐迟的考场，忍不住吐槽道：“得，我又在多媒体教室考试，那破教室的监考贼严。”

旁边的张子浩听到后顶了回去：“你在哪儿考试和监考严有关系吗？”

“滚。”

徐迟一直没吭声，他低头翻着考场座位安排表，在第一行找到林疏星的名字，后面是她的考场号，01。

他又看了看自己的考场号——80。

偏偏此时林嘉让还不怕死地凑了过来，指着考场座位安排表说：“哎，阿迟，你看你跟班长在这上面的位置，是不是世界上最远的距离？”

他狠狠地瞪他一眼：“你想死？”

“我闭嘴我闭嘴。”林嘉让在嘴边做了一个拉拉链的动作，不再说话。

徐迟放下手机，心头没来由很沉重。

五一假期最后一天，林婉如身体不舒服没去剧院，留在家里休息。

晚上吃饭的时候，林疏星跟她提了分班的事情：“老师让我们问问家长的意见。”

林婉如闻言，放下筷子，抬头看着她，目光柔和：“你自己想学什么就学什么，妈妈尊重你的决定。”

她抿抿唇，说：“我知道了。”

林婉如笑了笑，重新拿起筷子，夹了一块排骨放到她碗里，柔声道：“你多吃点儿。”

“谢谢妈妈。”

简短的对话结束，饭桌上又安静下来，只剩下碗碟碰撞的清脆声。

林疏星垂着头，心不在焉地扒拉着碗里的米饭，快见底的时候，她夹起那块排骨，随便啃了几口就放在一旁。

吃完饭，她回了房里。

林疏星在床上躺了一会儿，快八点的时候，她在桌边坐下，从书包里翻出化学书和练习册放在桌上。

她还没开始复习，搁在一旁的手机就先响起来了。

是徐迟打来的电话。

她微愣，放下手中的笔，接通了电话：“喂？”

“是我。”

听筒里传来呼呼的风声，他的声音掺在里面不太明晰。

“我知道。”林疏星开了免提，放在一旁，重新拿起笔，随手做着练习册的题目。

徐迟笑了笑，随口问道：“吃饭了吗？”

“吃过了。”

他又跟着问：“吃的什么？”

林疏星停了刻，才重新开口：“你有事吗？没事我要挂电话了。”

“怎么，”徐迟在笑，声音里染上笑意，“我没事就不能给你打电话？”

彼此都沉默了几秒。

林疏星抿抿唇，说：“我挂了。”

徐迟低低地笑着，妥协道：“好吧，我不说了。”他顿了顿，道，“你在做什么？”

林疏星翻着书，说道："在复习。"

"复习什么？我跟你一起。"

她蒙了一下，迟疑了一会儿才道："化学。"

电话那头安静了一会儿，林疏星听到他那边有关门的动静，紧接着之前呼呼的风声没了，他的声音重新传过来："我没带书回来。"

林疏星："……"

林疏星不知道怎么说了。

过了一会儿，她停下笔，抬眸看着窗外的月亮，软声道："明天上午先考语文，你可以先看看语文的古诗词。我这里有文档，你要吗？"

他"嗯"了一声。

林疏星抿抿唇，侧身打开电脑，发了一个文件夹给他："这些都是要考的，你先背着。"

"好。"

她话音刚落，系统便提示她，对方已接收文件。

过了几秒，听筒里传来徐迟的声音，断断续续的："独立寒秋，湘江北去……鹰击长空，鱼翔浅底……"

她弯了弯唇，继续做着题目。

夜色渐浓，窗外的蝉鸣声也消停了。

当林疏星写完最后一道题时，电话那端已经没了动静。她伸了伸懒腰，拿起手机，低低地喊了一声："徐迟？"

"嗯，"他应了一声，"怎么了？"

"我要睡觉了，"她揉了揉发酸的眼睛，手无意识地敲着桌沿，看了眼桌上的时钟，"快十二点了。"

徐迟"嗯"了一声，说："那你睡吧。"

"好，你也早点休息。"

他笑道："嗯，晚安。"

林疏星默了默，也说了句："晚安。"然后挂了电话。

徐迟随手把手机丢在桌上，人靠着椅背，双手交叉垫在脑后，眼睛盯着窗台的那盆薄荷叶，静静地看了一会儿，忽地笑了。

高一的期中考试总共考九门，分三天考。

上午考完语文，林疏星和许糯她们去食堂吃饭。她们坐下没多久，徐迟他们几个人跟着在她们旁边的空位上坐下。

中间隔着一条过道，他们说话的声音几乎都能听见。

“我真怀疑监考老师们的眼睛都装了雷达，我刚把手伸到口袋里，还没摸到小抄呢，人就在我边上站着了。”

说话的是十六班的李建，人长得猴精猴精，说话的时候，眉毛都快拧出疙瘩了。

林嘉让接了话，一脸沉重：“感同身受，深有体会。”

徐迟坐在一旁没搭话，他拎着一罐可乐，慢悠悠地喝着，眼睛时不时看向坐在自己斜对面的某人，唇边始终是含着笑意。

林疏星偶尔一抬头，碰上徐迟的目光，他又漫不经心地转了过去，和旁边的男生说话。

她抿抿唇，也不在意。

三天的考试很快就要过去。

最后一场考的是英语，林疏星的英语是弱项，两个小时勉强写完试卷。她大致检查了一遍，考试结束铃就打响了。

第一考场里都是学霸，一大半人提前交了卷，像她这样挨到最后才交卷的，只有几个人。

等监考老师收了试卷，她才拿上笔袋，往教室走。

在教学楼下，迎面走过来一群人。

徐迟走在前面，穿着红色的球服，额上绑了一根同色的发带，黑发湿漉漉的，还在滴着水。

他看到林疏星，把手里的篮球丢给旁边的男生，讲了几句话后，他朝林疏星走过来，随口问道：“刚考完？”

林疏星点点头：“嗯，我才出来。”

“考得怎么样？”他又问。

她想了想，说道：“还可以。”

徐迟两只手覆在腰上，漆黑的眼眸直直地看着她，唇边带着笑意："那走吧，回教室。"

"好。"

夕阳的余晖铺满校园，偶尔吹过的风里，带着不知名的花香和淡淡的薄荷味。

两个人到教室刚坐下，陈儒文就从外面进来了，他数了一下教室里的人数，还算满意，说道："期中考试就算过去了，考得好与不好都已经是改变不了的事情，你们都别再想了，现在的主要精力就放在接下来的期末考试，还有即将到来的高二。"

他顿了顿，继续道："放假前从我这里拿了分班意向表的同学，现在把表交上来。"

他话音刚落，从教室的前后左右站起来七八个人，大部分是女生，成绩在班里属于中游水平。

陈儒文收了表，垂首捋着翘起来的边角，沉声道："不管学文学理，只要肯努力，到哪儿你们都是金子。"

班级里沉默着，走廊外却脚步声不断。

他看了看班里的学生，叹一口气，大手一挥，道："行吧，你们都去吃饭吧，晚上正常自习。"

他人一走，班里的气氛顿时热闹了起来。

同学们刚刚考完试，心里没了紧绷感，说起话来语气也比前几天轻松许多，大家有说有笑地出了教室。

林疏星和许糯今天值日，就没出去吃饭。

徐迟他们也没走，林嘉让和张子浩在聊天，也不知道说了什么，张子浩一巴掌拍在他脑后。

两个人闹成一团，在教室前后你追我打。

林嘉让从林疏星身侧跑过，把她手里的扫把夺了过去："班长，借用一下，等会儿还给你。"

他随即回头，朝张子浩招呼过去。

林疏星也没多说什么，从讲台的抽屉里拿了一块抹布，去了厕所。

两个男生在教室后面拿着扫把挥舞，来回打了几次，张子浩顺手拿起桌上的篮球朝林嘉让扔了过去。

他往边上一躲，球径直往前飞。

砰的一下，篮球正好砸在林疏星的脑门上，篮球受到阻力，落在地上，咚咚响了两声，便朝门外滚了出去。

场面静止了一瞬。

林疏星捂着鼻子，林嘉让先反应过来，把扫把一丢，就凑了过去："妹妹，没事吧？"

张子浩也蒙了，人还没动，身侧忽地闪过一道身影。

徐迟站在林疏星身旁，瞥见她指缝里的血迹，脸色倏地沉了下去："你们在搞什么？"

林嘉让搓了搓脑袋，没吭声，许糯她们几个听到动静都凑了过来，担忧地问道："没事吧？"

徐迟没说话，两个闯了祸的男生也没说话。

林疏星略昂着头，声音有些小："我没事，去厕所洗一下就好了。"

她说完，碰了碰徐迟的衣袖："你跟我一起。"

徐迟"嗯"了一声，神色依旧不大好。

林疏星抄了几捧凉水浇在脸上，鼻血已经不再流了，只是鼻梁那里还有点痛。

她低头洗着残留在指缝里的血渍，回头看了眼始终黑着脸的徐迟，低声道："我没事了。"

徐迟靠着墙，目光投向她的鼻梁处，依旧一言不发。

林疏星关了水龙头，甩了甩手上的水珠，站到他面前，犹豫了一会儿才道："这事不怪他们两个，张子浩也不是故意的。"

徐迟抿了抿唇角，从口袋里摸出一包纸，抽了一张递给她，转移了话题："你把脸擦擦。"

她点点头，伸手接过纸，边擦边看着他的表情："我还没问你，你背的古诗词这次语文考到了吗？"

徐迟"嗯"了一声，看了她一眼，重新抽了一张纸递给她。

转眼又过了一周。

出成绩的那天早上，林疏星因为前天晚上熬得太晚，早上没爬起来，她到教室的时候，陈儒文已经进教室了。

她站在门口，说了声报告。

陈儒文扭头看了她一眼，什么也没说，拿着成绩单说道："这次期中考试，我们班有十五名同学进了年级前一百名，其中八名是年级前五十，两名是年级前十。总的来说，你们这次考试要比上学期期末考试进步很多。"

他说着看了眼林疏星，继续道："我现在报一下你们的成绩，有没有退步，自己心里有个数。"

班里同学的心顿时提了上去，目光灼灼地看着讲台。

陈儒文抖了抖手里的成绩单，从高分到低分念着："林疏星，总分902；何开宇，总分853；汪玉茹，总分841……

"……林嘉让，总分189；徐迟，总分102；张子浩，总分79。"

教室里的风扇呼啦呼啦地转着，陈儒文念完成绩后，班级里的同学开始议论纷纷，有人欢喜有人忧。

陈儒文往台下走了一步，然后把成绩单交给坐在第一排的学生："你把这个贴到后面黑板上。"

他说完，回头看着站在门口的林疏星，沉声道："班长，跟我来趟办公室。"

林疏星抿抿唇，书包都没放，跟在他身后出了教室。

走到楼梯口时，两人迎面碰见刚从楼下上来的徐迟和林嘉让。

陈儒文面色一沉，语气也不大好："你们两个也跟我来办公室。"

徐迟闻言，下意识看了眼林疏星。

两个人的视线在空中交汇，过了几秒，又各自挪开。

等到了办公室，陈儒文回头看着神色各异的三人，沉声道，"你们两个在外面站着，班长先跟我进来。"

林嘉让无所谓地耸耸肩，乖乖靠墙站着，徐迟看了看林疏星的背影，也跟着站了过去。

办公室的门没有关，陈儒文进去后又把窗户打开了，说话声不大不小地传到走廊外。

“你这次期中考试其他几科都没问题，就是这个英语，全年级前十名里面，只有你的成绩低于120分。”

陈儒文起身倒了一杯水，继续道：“现在没分科，在成绩上面是拉不出什么差距，可到了高二高三，你的英语如果还是这样，就很拖后腿了。”

林疏星抿着唇角，也有点儿无奈。

对于英语，她也下过功夫，可一直就是不上不下的，考试的时候也没想着糊弄过去，可最后还是那么点分。

她叹了一口气，手指扣着校裤上冒出来的线头：“我会想办法把英语成绩提上来。”

陈儒文点点头：“你中午去找下英语老师，她有事找你。”说完，他扭头朝窗外喊了一声，“你们俩进来吧。”

林疏星顿了顿，道：“陈老师，我先回去了。”

陈儒文看了她一眼，等徐迟和林嘉让进来后，才说了一句：“不用，你在这儿待着。”

林疏星闻言，往边上站了点。

陈儒文放下手中的杯子，看向两个男生的目光要比之前冷淡很多：“你们知道这次期中考试你们俩考了多少分吗？”

林嘉让嘻嘻哈哈的，始终没个正行：“这我们哪知道啊。”

陈儒文从抽屉里拿了一张成绩表放在桌上，声音冷淡：“十个重点班，就我们班出人才。”

“九科总共1050分，你们两个加上张子浩，都没班长一个人考得多。我就想不通了，都在一个地方学习，怎么差距就这么大呢？”

林疏星闻言，看了眼徐迟，他站在那里，脸上没什么表情，垂着头不知道在想什么。

办公室里静了一瞬。

陈儒文的目光投向徐迟脸上："这个时候什么该做什么不该做，自己心里要有个数。"

他重新端起茶杯，喝了一口茶，才道："行了，你们都回去吧。"

三个人一前一后出了办公室，林嘉让走在前面，回头看了眼沉默不语的两人，挑挑眉，几步一跨，就没了人影。

走廊上传来阵阵读书声，林疏星抿抿唇，先开了口："其实，这次的试卷挺难的。"

她低头看着地上的影子，瞎扯道："我也错了很多。"

徐迟见她一脸认真，原本有些沮丧的心情顿时好了大半，他勾唇轻笑道："你安慰我呢？"

"没有，"林疏星耸了下肩膀，"我就实话实说。"

他脸上挂着蔫坏的笑："林疏星，你怎么那么好玩。"

林疏星撇撇嘴，懒得跟他说下去。

徐迟也没在意，他抬头看着远方，漫不经心地说道："你不用安慰我，我没觉得难过，因为——"

林疏星听他的语气就知道他肯定没什么好话，心头咯噔一响，抢在他开口前说道："我先回教室了。"。

"哎——"徐迟没拦住人，在原地站了一会儿，才从后门走了进来。他的目光在她挺直的背上停留了两三秒，唇边挂着清浅的笑，不紧不慢地回了座位。

林嘉让一早回了教室，等他坐下来，转过头冲他问道："你跟班长在后面干吗呢？"

徐迟把包丢在桌上，没接话。

林嘉让换了一个姿势，背靠着墙，手搭在徐迟的桌子上："你觉不觉得老陈早上那番话是故意当着班长的面说给我俩听的？"

他叹了一口气，说："我总觉得老陈同志看你的眼神不太友善啊。"

"他看你就友善了？"徐迟不咸不淡地接了一句。

林嘉让默然："好像也没好到哪里去。"

他说完，自我安慰："也是，像我们这种家里安排进来的人，哪个班主任看到都不舒坦。”

他说完，也没了继续说下去的念头，转过去继续玩游戏。

徐迟沉默地坐在位子上，他回想起陈儒文的话，神色有些莫名难辨。

他从桌上拿了一支笔，在纸的空白处写下他和林疏星的期中成绩，随后又把9科的总成绩写在一旁。

3个数字里，那个102看起来莫名有点滑稽，像是一道无形的鸿沟悬在中间。

日子就这样不紧不慢地过着。

6月，平城的天气逐渐从暮春的暖和变成初夏的燥热，瓦蓝澄澈的天空万里无云，炙热的烈阳悬在空中，热气从四面八方涌过来。

平城高中作为今年高考的考点之一，在考试前两天，学校通知学生将教室里所有的东西都清空。

放假前一天傍晚，广播里放着音乐，窗外是让人聒噪的蝉鸣声，教室里乱哄哄的，同学们各自忙着收拾课桌。

林疏星和许糯、齐念趴在走廊外的栏杆上，看着不远处高三教学楼飘下的如雪花一般的碎纸屑。

慢慢地，有歌声从那边传过来。

声音一浪盖过一浪。

高一高二的学生听到声音，都从教室里出来，站在走廊上，静静地听着远处传来的歌声，那是他们体会不到的疯狂。

林疏星从人群里钻出来，迎面碰见刚从楼下上来的徐迟，他刚打完球，浑身湿淋淋的，额前的黑发还在滴水，手里拎着一罐可乐。

他没停下脚步，径直进了教室。

林疏星抿抿唇，回了座位，开始收拾东西。

学校有要求，每个班的学生离校前要把教室打扫干净，前后黑板上不允许有任何字迹，留在教室里的28张桌子，桌面也必须整洁。

林疏星刚收拾好东西，班里的劳动委员就开始分配任务、全班同学热火朝天地忙活了半个多小时，才把教室收拾干净。

陈儒文在他们走之前来教室看了一圈，站在讲台上说："我耽误你们几分钟，开个小班会。"

班里的一部分桌子都搬出去了，有些同学干脆就站着，心里忍不住催促陈儒文讲快点。

林疏星的桌子被挪到了前面，她懒得往前跑，直接和许糯挤一张板凳，手搭在后面的桌上，手机在口袋里嗡嗡振动。

她偷偷摸出手机看了一眼。

是林嘉让发来的消息："妹妹，晚上一块出来玩啊。"

她垂着头，敲了几个字："不去了，我得把书拿回家。"

林嘉让回得很快："你可以把书放阿迟家，等会儿活动结束了，我找人帮你们搬书，就这么说定了啊。"

林疏星："……"

她什么时候跟他说定了？

班会结束后，林嘉让从别班叫了三四个男生过来帮忙搬书，一大群人浩浩荡荡地往校外走。

他们走在前面，林疏星和许糯、齐念三个人背着包跟在后面，夕阳的余晖染红了天际的云，一群人照在地上的影子被无限地拉长。

徐迟家离学校不远，过一条马路就到了。

到楼下时，他想起上个月的电费还没交，就把钥匙给了林嘉让，让他们先上去，自己折身去了趟物业。

男生进了屋，把书放下，林疏星跟着进门，她抿了抿嘴角，把书包放在一旁。

林嘉让从冰箱里给他们一人拿了一瓶水，说道："大家都别回去了，晚上一块吃饭。哎，你们谁等会儿给周一扬打个电话。"

张子浩抬手示意了一下："我打，正好我跟他说个事。"

林嘉让点点头，拧紧纯净水的瓶盖，抬头看了下时间："那行，我们几个就先到店里去吧。"他站起身，若无其事地说道，"班长，你在这里等一下阿迟吧，要不然我们都走了，他回来没钥匙。”

林疏星点了点头：“好。”

过了七八分钟，门铃被按响，她跑过去开门。

林疏星一开门，屋内屋外的两个人都愣住了。

徐穆国看了眼门牌，确定自己没走错后，目光沉沉地看着林疏星，声音浑厚有力：“你好，请问徐迟是住在这边吗？”

林疏星有些愣怔，点点头：“他是住在这儿。”

“那他——”

徐穆国话还未说完，旁边的电梯响了，徐迟从里面走了出来。

他看到徐穆国，脸色倏地一沉，快步走了过去，挡在林疏星跟前，语气比水还寡淡：“你怎么在这儿？”

徐穆国被气笑了，沉着脸对上他的目光：“我来看我儿子还需要理由？”

徐迟没接话，不咸不淡地哼了一声。

而后，他拉着林疏星，直接把人带到自己房间，软下语气说道：“你待在这里别出来。”

林疏星饶是再迟钝，也意识到此时的气氛不对劲，点头“嗯”了一声。

他勉强扯出一个笑容，转身走了出去。林疏星看着紧闭的房门，有些茫然。

不知道他们是不是还站在门口说话，她坐在房间里，一点儿也听不见外面的声音。

过了一会儿，门外传来摔门声，紧跟着响起东西掉在地上碎开的声音，噼里啪啦的。

林疏星眼皮一跳，手搭上门把，开了一道细缝。

房间门正对着阳台，屋外的天色已经暗了下来。

徐迟一个人站在那里，手搭在栏杆上，垂着头不知道在想些什么，背影显得有些落寞和孤寂。

林疏星只看了一眼，就把门关上了，安静地坐在屋里。

漫长的时间被黑夜衬得煎熬，突如其来的铃声在这寂静的房间里响起，声音响亮且刺耳。

林疏星回过神，从口袋里摸出手机接通电话。

林嘉让咋咋呼呼的声音从手机那端传过来："妹妹，你和阿迟怎么回事啊？菜都上齐了，你们俩是不来了吗？"

当她捏着手机，纠结着怎么开口时，房间的门被打开，徐迟沉着脸走进来，把手机接了过去，语气淡淡的，听不出什么情绪："是我。"

房间里没有开灯，只有窗外一抹月光。月光照在他的脸上，将光明与黑暗分割开来。

"我有事，不过来了。"

电话被掐断，徐迟把手机还给林疏星。他往前走了几步，坐在床边，背对着她道："林嘉让他们在上次吃饭的地方，你自己过去吧，我有点儿累了。"

林疏星捏着手机，动了动唇瓣，"哦"了一声。

她说完，拉开门走了出去，愣愣地站在客厅，身后的房间安静得像是没有人在里面。

林疏星站了片刻，朝阳台走了过去。

那里一片狼藉，几个小花盆碎成了片，泥土散在地上，几株花苗埋在里面，叶子落了一地。

她叹了一口气，抬脚朝门口走去，临出门前，将搁在桌上的钥匙带走了。

徐迟一直待在房间里，不开灯也没什么反应，就那么静静地坐在那里，神情寡淡。他垂眸看着窗外的景色，眼里无神。

朗月悬在黑漆漆的夜空中，漫长的时间过去，他俯下身，两只手紧紧攥着，手背上青筋凸起。

突然，屋外传来一阵刺耳的声响。

徐迟回过神，抬起头看了眼紧闭的房门。

他默了默，起身往外走。他拉开门，客厅里黑漆漆的也没开灯，阳台有窸窸窣窣的动静传来。

他伸手在墙壁上摸了摸。

咔嗒一声，客厅里瞬间灯火通明。

蹲在阳台上的林疏星一脸茫然地站起身，别过头，看到站在后面的人，吓了一大跳。

她静了片刻，然后用手背蹭了蹭鼻子，有些不太好意思："对不起啊，我刚刚没看到，又摔碎了一个花盆。"

徐迟抿唇，目光投向她脸上，声音有些沙哑："你怎么在这儿？"

"啊？"她愣了一瞬，但很快反应过来，脑袋里想了无数个理由，却又不知道从何说起，只好生硬地岔开话题："你吃饭了吗？我刚刚去楼下买了点水饺，你要吃吗？"

他垂下眼，轻"嗯"了一声。

林疏星松了一口气，语气轻松："水饺放在茶几上，你先吃，我去洗个手。"

徐迟点点头，走到沙发旁，直接在地毯上坐下，他拿了一份水饺放在自己面前。

过了一会儿，林疏星洗完手出来，看到自己那份水饺的辣酱和醋包都弄好了摆在一旁。

她看了眼低头默默吃着东西的徐迟，哑然失笑，弯腰抽了一张纸巾擦手，在他身旁坐下，拿起筷子就开始吃。

安静的客厅里，两个人都只顾着吃东西，也不说话。

徐迟吃了一半，停下筷子，他意识到气氛有些过于沉闷，伸手拿起桌上的遥控器，打开了电视，随便找了一个节目播放。

房间里顿时热闹了一点儿。

等吃完饺子，外面的天已经完全黑了。

林疏星擦擦嘴，把塑料盒放进袋子里，然后打了个结。徐迟顺手接了过去，起身拎着两个盒子往厨房走。

他再回来时，又在刚刚的位置坐下，把拿在手里的酸奶丢给她，说道："家里没零食。"

林疏星不怎么介意，"哦"了一声算作回应。

电视机里的节目还在播放。

林疏星扭头看他一眼，他的背抵着沙发，姿态松散地看着电视，偶尔还会扯扯嘴角，笑意在唇边稍纵即逝。

暖黄色的灯光落在他脸上，温柔得一塌糊涂。

过了一会儿，徐迟搁在桌上的手机嗡嗡地振动起来，林疏星看了眼又收回视线。

他拿起手机接通电话，轻“嗯”了几声后，就挂了电话，手指在桌边敲了敲，随后站起身，轻描淡写地说道：“我下去扔个垃圾。”

林疏星觉得奇怪，抬头看着他：“我回去的时候，可以顺便帮你把垃圾带下去的。”

他摇摇头：“我喜欢这个时间下去扔垃圾。”

林疏星咋舌：“好吧。”

他说完，转身朝厨房走去，把垃圾袋扎好，一只手拎着，另一只手抄在兜里：“我下去了，门没关。”

林疏星回头看了他一眼，点点头：“我知道了。”

大概过了十来分钟，徐迟从楼下上来。

徐迟关门的时候，林疏星听到动静，扭头朝门口看过去，见是徐迟，又把目光挪了回来。

他趿拉着拖鞋朝客厅走过来，在原来的位置坐下，把手里的袋子放到林疏星面前。

林疏星愣了一下，拆开袋子一看，里面放了两杯奶茶和一个水果盒子蛋糕，还有些别的零零散散的小饼干。

她有些惊讶，转头看他：“你刚刚下去买的？”

“订的外卖，”他侧过身，从袋子里拿了一杯奶茶，“你把吸管给我。”

她“哦”了一声，把吸管递给他。

徐迟接过吸管，撕开包装袋，插进奶茶里，吸了一口后，看了眼林疏星，道：“我又不是吃的，你看我做什么？”

她撇撇嘴，挪开了视线。

两个人都没再说话，安静地看着电视。

林疏星小口地喝着奶茶。

过了一会儿，徐迟又开口："蛋糕不吃吗？"

她咬着吸管说："吃不下了，有点撑。"

他"嗯"了一声，没再吭声。

两个多小时的综艺节目结束，林疏星看了眼墙上的时钟，差几分钟就到十点，她把喝完的奶茶丢进旁边的垃圾桶里，又擦了擦嘴，才道："我该回去了。"

徐迟看了她一眼，站起身说："我送你。"

"不用了，"林疏星拿起自己的书包，"我打车回去，很快的。"顿了顿，她抿唇安慰道，"徐迟，你别不开心。"

他闻言，抬眸对上她有些担忧的目光，心头忽地一热："我没事。"

林疏星还想说什么，眼前突然一下全黑了下来，屋里没有一丝光亮。

她吓了一跳："怎么了？"

"不知道。"徐迟往前走了几步，手在墙壁上摸了摸，按了几次开关，屋里的灯没有丝毫反应。

他放低声音："你待着别动，我去阳台看看。"

黑暗里，两人都看不清彼此。

林疏星点点头，"嗯"了一声。

徐迟摸黑朝阳台走过去，旁边的几栋楼都还亮着灯，他回头朝玄关处看过去："估计是跳闸了，没事，我先送你下楼。"

"不用，"林疏星说道，"停电了不方便，你还是先找人来看看吧，我先走了。"

屋里没有一丝光亮，林疏星走得急，开门的时候还不小心碰到了门边的鞋架。

咣当一声响。

徐迟听见了，轻笑道："你跑这么急做什么，我又不干吗。"

林疏星脸一热，什么也没说，径直从屋里跑了出去。

她在小区门口打了一辆车，出租车疾驰在马路上，路旁的树影一闪而过。

林疏星打开车窗，热风扑面而来。过了一会儿，她搁在口袋里的手机嗡嗡振动了两下。

徐迟发来了消息，只有一张图片。

是她刚刚弄倒的鞋架，木质的支架被摔散，上面摆着的几双鞋都掉在地上，东一只西一只的。

林疏星："……"

她揉揉脸，只觉得丢人。

过了一会儿，徐迟又发来一条消息，内容很简单，只有两个字："晚安。"

林疏星盯着这两个字看了一会儿，莫名觉得好笑，随后竟真的笑出了声。

星期五，林疏星早上去学校又迟到了。

负责早读的英语老师什么也没说，抬手指了指外面，示意她出去站着。

她捧着书乖乖站在外面。

许糯拉开窗户，坐在里面和她说话："你最近怎么回事？总是迟到。"

"我睡晚了。"林疏星心不在焉地念着单词，几分钟内连续打了好几个哈欠，困得不行。

许糯还想说话，余光瞥见英语老师正往这里走，立马转过头，装作认真读书的样子。

早读过了一半，英语老师让林疏星进了教室。

她刚坐下没多久，徐迟和林嘉让他们几个才姗姗来迟，英语老师把他们拦在门口，不咸不淡地说了句："出去站着吧。"

几个男生在外面一排站开。

林疏星扭头看了眼，正好对上徐迟漆黑的眼眸，她愣了下，抿唇收回视线。

耳旁隐约传来一声笑。

她埋着头，暗暗嘟囔了一句：真要命。

下午最后一节课是体育课。

傍晚的操场，太阳收敛起刺眼的光芒，万里无云的天空被蒙上一层鎏金色。

树上的蝉鸣声聒噪不断，微风徐徐。

塑胶跑道上，时不时闪过几道蓝白色的身影，旁边的篮球场偶尔也会传来欢呼声。

体育老师点完名后，收起点名册，说道："跟以前一样，女生八百米，男生一千米，跑完自行活动，不许回教室。"

他说完，吹了声口哨："去吧。"

班里的同学分成男女两队。

林疏星被许糯和齐念一前一后夹在中间，边跑边聊着天。

渐渐地，队伍逐渐没了秩序，男女生混在一起，还有些同学为了偷懒，直接从操场中间穿过去。

林疏星和许糯她们始终不紧不慢地贴着圈内跑。

她们跑了一半，高二有几个一起上体育课的班级也都拥进跑道，一群人蜂拥而过。

她们三个人被人流冲散。

林疏星停下脚步喘了一口气，额前出了一层细密的汗，她拿手当扇子，在脸边扇了扇，热意从脚底涌上来。

徐迟从后面窜出来，站在她面前，低声问道："怎么了？"

她摇摇头，继续往前跑。

他也一起跑，随口问道："你在躲着我？"

林疏星闻言，脚步一乱，矢口否认："没。"

"那你跑什么？"

"不是老师叫我们跑的吗？"她有些莫名其妙。

他笑道："我说的是前几天。"

林疏星抿唇没接话，默默加快了步伐。

徐迟跟上去："你为什么躲着我？"

林疏星："……"

“怕我找你赔鞋架？”

林疏星：“……”

他低笑：“我哪敢让你赔。”

林疏星：“……”

林疏星忍不住揉了揉额角，伸手推开他，声音软软的，没什么压迫力：“你好烦啊。”说完，她直接从操场中间跑开了。

徐迟往后退一步稳住身形，敛眸看着她落荒而逃的背影，抬手刮了一下眉尾，笑了。

林嘉让从他旁边跑过去，摇头叹气：“世风日下，究竟是道德的沦丧，还是人性的泯灭。”

徐迟：“……”

跑步结束后，班里的女生都懒得动，坐在操场旁边的树荫底下乘凉，而男生们好不容易有个休息时间，大部分人都抱着篮球去了球场。

许糯和齐念坐在一起折星星，前阵子的编绳同志已经“牺牲”了。

林疏星对这些提不起兴趣，坐在一旁，看她们俩把一张小字条翻过来又折回去。

反反复复，颠来倒去。

林疏星：“……”

她无聊得很，索性头一歪，搭在齐念肩膀上打瞌睡，眼皮微阖，也没真的睡着，旁边有几个女生在聊少女心事。

离下课还有五六分钟的时候，体育老师从别班老师那里聊完天回来，重新点了一遍人数，皱着眉道：“你们班男生呢？怎么就这几个？”

有同学举手接话：“他们都去打球了。”

体育老师朝球场那边看过去，那里全是人，也分不清是哪个班的，他合上点名册，说：“体育委员不在，班长去把人叫回来，等会儿下课了。”

林疏星应道：“好。”

她拍拍裤子上的灰，站起身往篮球场走。

球场里人很多，高一高二的都有，二三十个篮圈下没有一个是空的，人跑来跑去，球也在半空中飞来飞去。

林疏星一路战战兢兢地往里走，生怕被飞来横球砸中脑袋。

球场旁边的长椅处围了七八个不良少年，有几个染着头发，手上拿着可乐。

他们看到林疏星一个人，接二连三地朝她吹口哨，嬉皮笑脸的样子让人看着作呕。

其中两个人扔了手里的易拉罐，直接朝她走过来："嘿，你是哪个班的？我怎么以前没见过你？"

林疏星拧起眉头，还未说话，旁边突然飞过来一个篮球，嘭的一声，不偏不倚，正好砸在男生的脑袋上。

男生捂着头号了一声，他身后的一伙人都围了上来。

篮球又掉回地面上，一路滚，停在某人脚边。

所有人的眼睛都顺着篮球看过去。

徐迟俯身捡起球，几步走到林疏星身边，面无表情地看着面前的男生，忽地抬手把球往他脚上一砸，语气狠厉嚣张："你想死啊。"

那伙人经常在这边打球，都认识徐迟，知道他是不好惹的人，也没敢说什么。有人出来打圆场，捡起地上的球还给徐迟："迟哥迟哥，对不起，他是第一次来这边，不懂规矩，你别介意。"

他说完，抬手拍了拍刚刚逗弄林疏星的那个男生："你还不给人道歉！"

男生也是敢怒不敢言，不情不愿地扯了一个笑，说："对不起。"

林疏星撇了下嘴角，没理睬他，别过头和徐迟说话，声音软软的："体育老师喊你们集合了。"

他垂着眸，看了她几秒后，回应道："一起走。"

出了球场，前面一百米就是集合的地方。

徐迟抬手搓着脖颈，别过头看了她一眼，随口问道："你没事吧？"

她点点头，抬头看他：“你刚刚要是失手砸到我怎么办？”

他笑了一声，顿时松了一口气，手放下来，在她脑袋上揉了揉，语气淡淡的：“我发现你挺认真的。”

“什么？”

“傻得认真。”

林疏星：“……”

第六章　有我陪着你

六月余下的日子，过起来不紧不慢，一眨眼才到中旬。

周一早读前，学生们还是很忙碌，有抄作业的，吃早饭的，还有无所事事在教室前后乱晃的。

林疏星这阵子隔三岔五就有一场竞赛，物理数学轮着考，忙得焦头烂额，各科欠了一堆卷子要做。

她早上刚到教室，还没来得及喘口气，就开始补作业了。

林嘉让和徐迟不知道用了什么办法，把座位换到了一组这边，只有上数学课时，他们才回到四组。

他们俩基本上是踩着点进教室的，偶尔过了点，也无所谓，在走廊站一会儿，等老师不注意，人就溜了。

今早有了例外，早读铃还没打响，两个人就出现在教室后面。

林嘉让把包摔在桌上，人跟着趴上去，勾着腰和许糯说话："哎，许小糯，你的化学卷子写了吗？借我抄抄呗。"

"给，"许糯也忙着补其他科目的作业，伸手从抽屉里拿了一沓写完的试卷丢在他桌上，"自己找。"

"行吧。"

徐迟放下包，玩了一会儿手机，才抬脚勾了勾林疏星的板凳，漫不经心地说道："班长——"

他的话还未说完，林疏星忽地转过身，拿了好几张还没写的英语试卷放在他桌上，抿抿唇，语气诚恳："班长拜托你帮她写几份作业。”

她说完，手一缩，又转过身，继续埋头补作业。

徐迟抬手刮了刮眉毛，垂眸看着手边突然多出来的试卷，蓦地笑了。

随后他摇摇头，似是认命般，伸手从桌上拿了一支黑色水笔，对着答案开始勾选卷子上的选项。

抄作业的时间过得飞快。

林疏星才补完早上要交的作业，下课铃就响了，她停下笔，伸了下懒腰，习惯性地往后仰，脑袋却被人从后面用手托住了。

她微愣，还未有所反应，身后传来徐迟的声音："书要倒了。"

她"哦"了一声，坐起来，回头帮他把书重新放好，然后当着他的面重新躺了回去。

徐迟："……"

课间休息时教室里也是热热闹闹的，调皮的男生拿着扫把你追我赶，女生三两结伴坐在一块谈天说地。

头顶的风扇呼呼地转着，吹出徐徐凉风，窗外的天空很蓝，万里无云，飞机划过，留下一道细细长长的白晕。

教学楼旁边的树林郁郁葱葱，清晨的阳光从枝叶罅隙照进走廊，一点儿余光挤进了教室。

林疏星迷迷糊糊地打着瞌睡，微风吹起她脸侧垂下的头发，在空中荡漾了一圈后又垂在脸上。

徐迟停下笔，身体往前倾，单手横置在旁边的书上，另外一只手抬起，动作轻柔地替她遮挡太阳。

窗外有风，他唇边的笑似是比这风还柔和。

临近期末，文理分科也差不多分好了。

五班是理科班，这段时间，晚上的自习课已经全部换成了数学、物理、化学、生物。

星期一是物理晚自习，快上课的时候，天还没有完全黑下来，残阳的余晖铺满了整个教室。

林疏星从陈儒文办公室里拿了几张试卷回来，齐念去了画室，许糯一个人坐在位子上，一边折星星一边和她闲聊几句。

她没什么事，也拿了一张折纸在手里玩。

过了一会儿，一群刚打完球的男生风风火火地从教室后面进来，身上都是汗味。

徐迟在位子上坐下，仰头喝完一瓶水。林嘉让跑回来在他旁边坐下，抬手拍了拍许糯的肩膀：“有纸吗？给我两张。”

许糯从抽屉里摸了一包还没拆开的纸巾给他：“都给你，别管我要了。”

“小气样。”他嘀咕一句，抽了一张纸巾擦脸。末了，他趴在桌上看许糯折东西，好奇地问了一句：“你这是在干吗？”

许糯没好气地应道：“折星星。”

“给我一个玩玩。”他俯身从她桌上拿了几张纸，还顺便丢了两张在徐迟桌上。

“哎呀，你拿那么多纸，你会折吗？”

林嘉让护犊子般拿着东西往后缩：“不会我可以学啊，”说完，他又靠回来，“好姐姐，你教教我呗。”

“滚，谁是你姐姐。”

“好妹妹。”

许糯：“……”

林疏星笑着坐在一旁，看他们两个活宝左一句右一句叫嚷着，凳子冷不丁被人往后勾了勾。

她扭头看过去。

徐迟往前靠过来，半个身体前倾，左手攥成拳叩在书上，视线对上她的，不紧不慢地说道：“你把手伸过来。”

林疏星没多想，乖乖把手伸了过去：“怎么了？”

徐迟唇边的笑意半分不减，他把左手朝她伸去，声音有点儿低，温温柔柔地念道：“星星。”

“什么？”

他张开五指，从手心里掉出一颗折好的纸星星。

他收回手，声音染上笑意，斜斜地靠着后面的桌子，戏谑道：

“我给你一颗星星。”

林疏星迟缓地收回手，抿抿唇，随口说道，“你折得很好看。”

徐迟认可地点点头，脑袋又凑了回来，道：“好看归好看，可你紧张什么？”

林疏星咬着唇，往后退了一点儿，嘴硬道：“不关你的事。”说完，她便转过身，还故意把板凳往前面挪了点。

徐迟看着她的动作，手指搭在桌沿敲了敲，勾起唇笑着。

临近七点，物理老师夹着书从外面进来，说道：“大家把下午发下来的试卷拿出来，我给你们讲一下最后一道大题的几种解法。”

教室里顿时响起阵阵翻试卷的声响。

物理老师有个怪癖，讲题目之前总喜欢自己把黑板再擦一遍。

他擦完黑板，打开旁边的投影仪：“在讲题目之前，我先给你们看几个关于机械守恒定律和弹簧运动的模型。”

幕布缓慢降落，降到一半的时候，嘎吱一声停了下来，紧跟着教室里的风扇也停止转动，讲台上的灯也灭了。

外面的走廊上有欢呼声传来——“停电了停电了，晚自习不用上了，回家咯！”

物理老师一脸蒙，说：“你们在教室里待着，我出去看看。”

他一走，教室里顿时热闹起来。

林嘉让把手里的书一丢，扭头和徐迟说话：“哎，要是真停电了，我们出去玩？”

他说完，又问坐在前面的两个女生：“晚上出去玩吗？”

许糯伸了个懒腰：“老师还没说放学呢，等真不上课再说吧。”

大概过了八分钟，物理老师从外面进来，他看着教室里眼巴巴望着自己的学生，叹了一口气，道：“算了，放学吧。”

“呀！陈哥万岁！”男生们齐声欢呼。

物理老师拿上教案，临走前交代了一句：“回去注意安全。”

“知道啦！”

林嘉让快速收拾好书包，站在位子上，朝他们三个人抬了抬下巴："去不去玩啊？"

许糯挽着林疏星，咂咂嘴："走吧。"

四人小分队有说有笑地往校外走，一路上碰见好些人，大家都因为这突如其来的停电显得异常兴奋。

皎洁的月光铺满了整个校园，一大群人刚走到校门口，身旁的路灯却突然一盏接着一盏亮了起来，紧跟着教学楼那边也亮起了灯。

他们四个人停了下来，周围也有不少人跟着停下来。

有人问了一句："回去吗？"

旁边有老师骑车驶过，铃铛脆生生地响，他笑着喊了声："还回去干什么，快跑啊。"

周围人应声大笑。

有男生吹着口哨，飞快地踩着自行车从人群中窜出去："抱歉啊，同学们，让一下！"

人群中，林疏星忽地被徐迟虚一拉，换到了道路的内侧，身旁自行车飞驰而过。

她愣了一下，抬起头。

徐迟正侧着头和林嘉让说话，唇边挂着笑，仿佛这是一个再正常不过的动作。

平城高中地理位置好，出了校门往左边走五六百米，就有一条步行街，吃喝玩乐应有尽有。

四个人刚到街口，迎面就碰见周一扬带着好几个男生站在超市门口。

"嘿！"林嘉让走过去，勾着周一扬的肩膀，"你小子出来玩也不喊我们？"

周一扬个子高，被他一勾，个头矮了一截。

周一扬才直起身，就看到徐迟和两个女生往这边走过来，他眼睛一亮："哟，这大晚上的，你们怎么也出来了？不上课了？"

徐迟停下脚步，一只手插兜，神情冷淡地说："停电了。"

他们男生在一块聊着，两个女生在旁边说话。

林嘉让看了看这一圈人，抬手抓了一下头发：“这么多人在这站着也不是回事啊，我们找个地方坐会儿呗。”

十来个人去哪儿都吵，思来想去索性去了一个更吵的地方——楼上的 KTV。

他们人多，林嘉让要了一个大包间，点了一堆饮料，考虑到有女生，又另外点了几份小吃和果盘。

一群人分开坐在包厢里。

两个女生被徐迟和周一扬左右夹着坐在旁边的长条沙发上，林嘉让孤零零坐在男生堆里。

他没滋没味地唱了几首歌，看着坐在一旁无动于衷的四个人，咂咂嘴，问道：“有什么好玩的游戏吗？喊上你迟哥、扬哥，我们一块玩玩啊。”

旁边有男生接了句：“I never。”

“啥玩意？”林嘉让踢了踢说话的男生，“是中国人吗？能不能用中文跟我交流？”

李建笑着道：“你找死啊，谁不知道你让哥英语全年级最差。”

“滚。”

先前说话的男生搓了搓脑袋，解释道：“I never 是从来没有的意思，就是一个人说一件自己从没做过的事情，如果在场有人做过，就受惩罚。如果大家都没做过，那就说这件事的人受惩罚。”

“听着还挺有意思啊。”林嘉让坐起来，把徐迟他们都招呼过来，开始凑堆玩游戏。

他和众人打着商量：“男生输了就大冒险，女生输了就从说真心话和大冒险选一个，可以吧？”

“好好好……”

徐迟斜斜地靠着沙发，歪头看着林疏星，问道：“你想玩吗？”

她点点头，还有点儿兴趣。

他坐起来说：“那就玩吧。”

小茶几旁边坐满了人，开始玩的时候，又有人加了一条规矩：最后一个接受完惩罚的人，要另外再说一句真心话。

大家都没反对，李建号着先开始。他想了半天，才坏坏地笑着道：“我从来没有牵过别人的手。”

大家愣了几秒，反应过来后立马抓起桌上的爪子花生朝他丢过去：“李建，你这是什么鬼问题？”

李建笑着躲开，回嘴道：“我怎么知道你们这么小，就干这么伤风败俗的事情。”

坐在一旁的徐迟摩挲着杯壁，凑到林疏星耳边，声音低低的：“你呢？”

林疏星睨他一眼，没作声。

他笑了一下，拿起杯子一饮而尽。

林嘉让会来事，手指点着徐迟：“迟哥最后一个喝完的啊，来吧来吧，大家有什么想问的就问他。”

李建不怕死，直接就问：“迟哥有牵过别人吗？”

林疏星不经意地抬头看了他一眼。

徐迟注意到她的动作，唇角微勾，声音低沉悦耳：“没有。”

几个男生暧昧地笑着，显然不信徐迟的话：“迟哥，不会吧这么听话？”

徐迟看了眼林疏星，抬手点了点桌面，语气淡淡的：“还玩不玩？”

“玩玩玩。”

徐迟被他们刻意针对，整场下来杯子就没空过。

玩了几轮后，林嘉让见他喝了太多饮料，索性换了攻击对象：“我从来没有考过年级第一名。”

林疏星默了默，端起面前的杯子抿了一小口：“我选真心话。”

林嘉让暗中搞事：“班长，你觉得我们迟哥人怎么样？”

林疏星：“……”

徐迟的眼皮跳了跳，放下交叠的双腿，坐姿也没有之前那般闲散，手指无节奏地轻敲着桌面。

场面静了下来。

良久，林疏星抬起头，动了动唇瓣。

包厢里，大家互相看着彼此，谁都没有说话，有男生意识到此时的气氛有些凝重，伸手把音乐都关了。

一时间，这里面只有各自的呼吸声，以及走廊外面隐约传来的鬼哭狼嚎。

过了许久，林疏星抬起头，动了动唇瓣："挺好的。"

场面只静了一秒，便重新闹腾起来，林嘉让不怕死地凑过去："就只是挺好的吗？"

林疏星摇摇头，端起面前的杯子喝了一口，声音柔和："说了只能问一个问题的。"

周一扬朝林嘉让丢了一个枕头："你这张嘴什么时候能安静下来，我就感谢上天了。"

"去你的。"

男生还想再说，徐迟一眼看过去，他脖子一缩立马噤声，吆喝着旁边人继续玩。

游戏还在继续。

徐迟仰头把杯子里的饮料一饮而尽，手指继续搭在桌沿轻轻敲着。过了一会儿，他站起身，一言不发地走出了包厢。

林疏星回过头，只看到他推门出去的身影，她想了想，还是没跟出去。

大概过了六分钟，徐迟从外面回来，清俊的脸上湿漉漉的，额前的碎发也被水沾湿了，有水珠顺着脸颊滑落下来，没入看不见的地方。

他又跟着玩了几局游戏，不管输赢，杯子都会空一次。包厢里的灯光变换着，他唇角的笑意却是一直没变过。

游戏玩久了就没什么意思了，散场的时候，有几个男生饮料喝多了，直接跑去了洗手间。

林嘉让和李建抱着麦克风，扯着嗓子鬼哭狼嚎。

包厢里都是他俩的歌声，难听得要命。

有人忍不住了，喊道："你们俩能不能闭嘴？人家唱歌要钱，你们唱歌是要命啊！灵魂歌手也比不上你们夺命歌手来得强势啊！”

林嘉让恍若未闻，继续哼哼唱唱，兴致高昂了还勾着李建的肩膀晃来晃去。

灯光昏暗，徐迟和林疏星坐在角落的沙发上，也不说话，静静地听这难听的歌声，各自想着事情。

徐迟拎了一罐可乐，慢悠悠地喝着。

可乐还剩一半的时候，他把易拉罐扔进旁边的垃圾桶里，俯身朝林疏星靠过去，又问了林嘉让那个问题："只是挺好的吗？"

她没反应过来："什么？"

"对我的评价。"他的声音在她耳边萦绕。

林疏星强撑着，转头反问："你觉得呢？"

包厢里的灯光依旧不停变换，徐迟别过头和她对视，在她眼睛里看见一个小小的自己。

两个人谁也没说话，但徐迟突然笑了起来，眼角眉梢都染上笑意："不着急，我总会知道的。"

林疏星什么也没说。

包厢里歌声不断，唯独这一处很安静。

两个人静静地坐在沙发上，像有一层无形的屏障将两人包裹其中，谁也没说要先离开。

一行人从 KTV 出来时已经快十点了，屋外不知道什么时候下过一场雨，地面上是坑坑洼洼的积水，时而还有凉风吹过。

林嘉让带着另外几个顺路的人先走了，周一扬和徐迟两两相望，达成默契——别跟着我。

随即他拉着许糯去了别的地方。

等人都走后，徐迟看向林疏星，低声问道："逛一会儿吗？"

他的语气自然得就像在问她吃没吃晚饭一样，她愣了一瞬，才点点头："好。"

两个人顺着街道往前走，夜风有些凉。

徐迟只穿了一件黑色 T 恤，露在外面的一截手臂被风吹得冰凉，他也丝毫不在意，只垂眸看着地上两人站在一块的影子，无声地笑着。

路口有红灯，他们俩停下来，身后传来急促的铃声，林疏星被徐迟拉到里边。

她抬眼问他：“你冷不冷？”

“不冷。”说完，徐迟不知想到了什么，抿抿唇，推翻了之前的回答，“好像又有点冷。”

林疏星：“……”

他脸上挂着笑：“要不你给暖暖？”

“嗯。”林疏星说着就要把外套脱了给他。

“别别别，”徐迟笑着拦住她的动作，“我不冷。”

林疏星揉了揉脸，说：“不早了，回去吧。”

“我送你。”

林疏星想了想，也没拒绝。

徐迟在路边拦了一辆出租车，伸手拉开车门，等她坐进去后，自己才跟着坐进去。

出租车一路飞驰，路面溅起无数水花。

林疏星看着窗外，又看了看坐在身旁的徐迟，只觉得往常回家的这段路变得有趣许多。

林立的高楼大厦，万家灯火，影影绰绰的树荫，好像都因为身边这个人多了些别的意义。

同样，这个夜晚也是。

出租车还是停在熟悉的位置，徐迟给司机多付了钱，让他在路口等着，自己跟着林疏星下车。

两个人站在小区门口的树荫下，树荫深处传来蝉鸣声，他的喉结跟着滚了滚，有些不舍，问道：“再走一会儿？”

林疏星弯唇笑了，推着他的胳膊说：“回去吧，明天还要上课。”

徐迟没动，微低着头，踢着脚边的石子，不知道在想些什么。过了一会儿，他开口，声音很低：“我不想回去。”

夜色渐浓，晚风微微拂动，空中似乎又飘起了雨，站在树下的两人却依旧没动。

林疏星有些哭笑不得，抱怨了一句：“你怎么这样啊。”

“我本来就这样。”徐迟唇边漾开一抹笑，“你怎么这么容易上当。”

林疏星：“……”

两个人站着聊了一会儿，他终于意识到时间已经很晚，低声道：“好了，我放你回去。”

林疏星“嗯”了一声，语气有点像在哄小孩：“不早了，你也快回去吧。”

“好。”

晚上洗完澡，林疏星拿了吹风机，坐在桌边吹头发，嗡嗡的声音在房间里响了几分钟便停下来。

她摸了摸头发，手指从发顶顺到发梢，慢腾腾地磨蹭了一会儿，才起身将吹风机收进柜子里。她关了房间里的灯，躺在床上，看着天花板上的光影发呆。

林疏星又想到了徐迟，觉得他有些幼稚，但又很有趣，忍不住拿被子盖在脑袋上。

“嗡嗡——”

搁在书桌上的手机突然振动了两下，林疏星掀开被子，趿上拖鞋，在试卷底下翻出手机。

是徐迟发来的消息，他问她：“睡了吗？”

她在桌旁的椅子上坐下，脱了鞋盘着腿，靠在椅背上给他回消息：“还没有，怎么了？”

他没有回复，而是直接给她打了电话，低低的声音从听筒里传出来：“你怎么还不睡？”

“我等会儿就要睡了。”林疏星把腿放下去，又反过来问他，“你呢，怎么这么晚了还不睡？”

他笑了笑，声音温柔：“我睡不着，就给你打电话。”

林疏星：“……”

弯月被乌云遮住，月光从中穿过，变得黯淡，周围的星星仿佛也失了光芒。

窗户没关严，凉风徐徐吹来。

林疏星起身关上窗户，声音低沉："徐迟。"

电话那边的人应了声。

她接着拉上窗帘："我要睡觉了，明天还要上课。"

"嗯，那明早我去接你。"

"不用了，你来回跑很麻烦的。"她拒绝完他，又补上一句，"学校门口有一家早餐店的馄饨很好吃，明天早上要一起去吗？"

他笑了一下，声音很低："好，一起。"

林疏星松了一口气，指腹在手机边缘摩挲着，声音有些低，也有些温柔："那……晚安。"

"晚安。"

翌日是一个大好的晴天，林疏星早上起床的时候，屋外的阳光已经从窗帘缝隙挤进了房间。

她赤脚踩在地板上，俯身拉开窗帘，窗外树木葱郁，微风徐徐，大片的日光彻底照进屋里。

林婉如在外面敲门："星星啊，该起床了。"

她推开门走进来，看到站在窗边的林疏星，愣了一下，才笑着道："你已经醒了啊，那快点去洗漱，下来吃早餐。"

林疏星估计没想到林婉如这个时候会在家，反应慢了几拍："哦，我知道了。"

林婉如替她把床上的被子捋好，突然"哎"了一声，问道："这娃娃你什么时候买的？"

她回过头，看到林婉如手里的粉红豹，眼皮跳了跳，道："好早之前买的。"

"是吗？"林婉如也没多问，将粉红豹放回了原位，然后往浴室看了一眼，"妈妈先下去了，你收拾好下来吃早餐。"

"知道了，妈妈。"

十多分钟后，林疏星洗漱好下楼。林婉如坐在餐桌边看报纸，她对面的空位上已经摆好了碗筷。

林疏星走过去喊道：“妈妈。”

“好了啊。”林婉如收起报纸放在一旁，拿起筷子夹了一个饺子放在林疏星的碟子上，说：“吃吧”

“嗯。”

母女俩话不多。

再加上林婉如不喜欢在吃饭的时候说话，一时间桌上只有碗碟碰在一起的清脆声。

林疏星还记着昨晚和徐迟的约定，吃完饺子后，又装样子盛了小半碗白米粥，三两勺就解决完了。

她放下勺子，擦了擦嘴角，低声道：“妈妈，我吃好了，先去上学了。”

林婉如抬起头，有些惊讶：“你就吃这么一点儿？”

“嗯，我不太饿。”林疏星面不改色地撒谎，伸手拿起旁边的书包，“我先走了。”

“好吧，路上注意安全。”

“知道了。”

出了家门，林疏星站在台阶上，回头看了眼孤零零坐在桌边的林婉如，咬了咬唇角，收回视线往小区大门走。

对于林婉如，林疏星谈不上恨。

毕竟在那些没有父爱的岁月里，她曾把所有的爱都给了自己，只是后来造化弄人，上天给了她太多打击。

她不恨林婉如，但也没法再亲近起来。

表面的伤口可以恢复如常，可心里的阴影却是一辈子的，她所能做到的仅此而已。

林疏星刚走出小区，就看到徐迟扶着自行车，站在昨晚的树荫底下，依旧穿着黑色T恤，裤脚往上撸了一截。

他看到她，好像笑了一下，而后便推着车朝这边走过来。

林疏星迎上去，将他搭在车把上的校服拿在手上，声音软软的:

“你怎么在这儿啊，不是说了不用来接我吗？”

徐迟左脚踩着地，书包松松垮垮地挂在肩上，笑意在眼底打转：“我想来就来了。”

林疏星撇了一下嘴角，径直坐到自行车后面：“走啦。”

徐迟笑了一声，抬脚踩上自行车，语气轻松欢快：“走咯！”

“你骑慢点儿！”

“我不要！”

林疏星：“……”

嬉笑声和着清脆的铃铛声逐渐远去，直到汇入车流，再也听不见。

“呲——”

自行车在早餐店门口停下，徐迟停好车，问道：“只要吃馄饨吗？”

林疏星点点头，没和他说自己已经吃过了：“我不是很饿。”

“好。”他扭头和老板说话，“要两份鸡汤小馄饨，谢谢。”

店老板应道：“好嘞，马上就来！”

两个人往店里面走。

昨晚林嘉让和徐迟他们分开后去了网吧。后来，周一扬送完许糯回来找他，两个人在网吧玩了很久才从里面出来。

到了学校，他站在路边，揉着乱糟糟的头发，拍了下周一扬的肩膀：“我们去那边吃点东西再回去吧。”

周一扬没意见，说：“走。”

两个人进了旁边的早餐店，林嘉让灌了一杯水，才道：“老板，要两份牛肉面。”

在门口忙活的老板朝里面应道：“马上来！”

过了一会儿，老板把面端上来。

两个人各自接过面，从桌上抽了一双筷子，呼哧呼哧地吃了起来。林嘉让不小心烫到舌头，龇牙咧嘴道：“哎哟，烫烫烫。”

“你找死啊。”周一扬懒得说他，从旁边的水壶里倒了一杯水给他。

“辛苦辛苦。”他笑着接过水，仰头喝了一口，突然瞥到正在往里面走的两个人。

扑哧一声，林嘉让喷了周一扬一脸水。

周一扬屏住呼吸，把筷子往桌上一拍：“你想死啊？”

“不是，咯咯咯，你看门口那是谁？”林嘉让缓了一口气，往他身后招呼了一声，“阿迟！”

与此同时，刚走进店里的徐迟和林疏星闻声看了过去，见是他们俩，徐迟回头问她：“过去吗？”

林疏星也没想避着他们，点点头：“嗯。”

他嘴角噙着笑，径直朝他们走过去。

林嘉让“嘿”了一声，立马端着碗给他们俩让位置：“来来来，坐这儿。”

徐迟往旁边退了一步，让林疏星先进去。

两个人坐了下来，林嘉让也没兴趣吃面了，托着腮看他们：“你们这……”

徐迟微微侧着身，右胳膊搭在桌沿，目光冷淡地看着他：“吃你的面。”

“嘿，你这人。”林嘉让大大咧咧也不在意，打趣道，“唉，好好的白菜就这么被猪盯上了啊。”

徐迟：“……”

林疏星：“……”

周一扬：“……”

林疏星抿抿唇没接话。

徐迟也没说话，面不改色地抬起脚，往左前方伸过去，然后往下用力一踩。

“啊！”林嘉让咬着牙，差点儿蹦起来。

林疏星被他吓了一跳：“怎么了？”

他狠吸一口气，看了眼徐迟，梗着脖子道：“没事。”

几个人聊了一会儿，老板把小馄饨送了上来。

徐迟端给林疏星一碗馄饨，又递给她一个勺子，轻声道：“吃吧。”

徐迟吃得很快，吃完也不着急，和两个男生有一搭没一搭地说着话，见林疏星吃完，动作自然地递了一张纸过去。

林疏星接过纸，小声说：“谢谢。”

徐迟笑道：“你跟我还这么客气？”

林疏星没搭理他。

一旁的林嘉让和周一扬简直没眼看，匆匆吃完剩下的面，便起身走了：“你们俩慢慢聊。”

徐迟：“……”

林疏星：“……”

入夏后，平城的气温一天比一天高，到了六月下旬，隐约冒出酷暑的影子。校园里的树木郁郁葱葱，绿荫深处的蝉似乎也在抱怨这高温天气。

临近期末，这意味着在学校的日子没剩下多少，林疏星把时间掰碎了用，一部分用来看书复习，另一部分用来陪徐迟学习。

不过说来也奇怪，自从两人和好后，她觉得徐迟在教室的时候，反倒没有像以前那样缠着她。

只有偶尔上课时，他懒洋洋地靠着后桌，拿脚勾她的板凳，等着她不满地回头看他。

某些傍晚，两个人在校园里逛着，鎏金色的余晖铺满天空，他的神情似手比这光影还要温柔。

就这样到了周五，林疏星跟往常一样骑车去两人常去的早餐店，徐迟还没到，她先进去找了空位坐着。

她等了半个多小时还没见他来，就摸出手机给他打电话，他也没接。

林疏星出了早餐店。已经快要上课，校门口的大门已经关了一半，她边走边给他发消息。

林疏星到了教室，发现他和林嘉让的座位都是空的，不同的是，林嘉让的书包搁在桌上，应该是出去了。

林疏星回了座位，没几分钟，林嘉让就回来了，看到她一个人，还有点惊讶："哎，班长，阿迟没来啊？"

她"嗯"了一声，从书包里把书拿出来："早上他没去张姨那里，我给他打电话也没打通，你知道他去哪儿了吗？"

张姨是那个早餐店的老板娘，他们这阵子经常去，都混了个脸熟。

林嘉让大大咧咧的，也没怎么在意，歪头挠着脖子道："他估计是在睡觉吧，以前经常这样，没事。"

她点点头，没再多问。

上午两节课结束，林疏星跑完步回来，从包里摸出手机，发现通知栏有两个未接电话，十分钟前打的，全都来自徐迟。

她喝了一口水，把手机揣在兜里，去了楼下。

大课间的跑操刚结束，教学楼底下学生来来往往，林疏星顺着一楼的走廊往前走，边走边打电话。

嘟嘟声刚响，徐迟就接通了电话，她停下脚步，喊道："徐迟？"

他"嗯"了一声，说话时嗓音有些沙哑："刚刚你怎么没接电话？"

"我去楼下跑步了，"林疏星听出他的不对劲，低声问道，"你怎么了，不舒服吗？"

徐迟又"嗯"了一声，好像说话都很费力："有点发烧。"他安静了几秒，又道，"早上你是不是等我了？"

"嗯。"林疏星听着他有气无力的声音，还是有点不太放心，"你现在怎么样了？"

"还好，我刚吃了药，准备睡一觉。"

林疏星捏紧了手机，叮嘱他："那你记得盖好被子，不要开空调了。"

"好。"他的声音低低的。

她抿抿唇，刚想说话，教学楼里铃声突然响起，清脆的声音盖过了听筒里的呼吸声。

林疏星等铃声结束后，才继续说道："晚上下课后我过去找你，你想吃什么？我帮你买。”

他低笑道：“都可以。”

“知道了，”她折身往回走，“那我回去上课了，你好好休息。”

“嗯。”

徐迟说完，通话就结束了。

徐迟懒洋洋地靠在床头眯了一会儿，随后拿起床头的遥控器，关了空调，掀开被子躺了下去。

在知道徐迟生病后，林疏星总觉得下午的时间变得十分漫长。

上课的时候，她总是忍不住去看时间，偶尔还会看着窗外发呆，导致化学老师叫她时，她都没有第一时间反应过来。

“星星，星星？”许糯碰了碰她的胳膊，将她神游的心拉回来，“老师喊你。”

林疏星回过神，匆忙站了起来，耳根不自觉地红了。

化学老师也没在意，指了指黑板：“你上来做一下这道题。”

她在上面解题目，化学老师从讲台走下去，边走边说：“你们也都做一下，我等会儿找几个同学说一下班长做得对不对。”

坐在底下的学生都拿了草稿纸出来，林疏星捏着粉笔，快速阅读完题目，提笔写下解题过程。

她写完解题过程，把粉笔放下，直接回了座位。

化学老师站在教室后面，看完她的答案，随便叫了几个学生分析。

等说完把这道题，他才道：“这几天天气很热，我希望大家能克服困难，上课的时候注意力多集中集中。”

说完，化学老师特意看了林疏星一眼。

林疏星：“……”

后面两节课转瞬即逝。

放学后，林疏星跟陈儒文请完假，回教室和许糯说了一声，收好书包去了徐迟住的小区。

小区门口有一家二十四小时营业的生活超市，她进去买了点儿小米跟食材，出来后，又绕去旁边的药店买了药。

等她买好东西，已经快六点半。

她提着袋子走进小区，门口的喷泉哧哧地喷着水，有几个小男孩趴在池边捞里面的锦鲤。

当林疏星到徐迟家楼下的时候，她才想起自己没钥匙，于是摸出手机给他打电话，但没人接。

她把东西放在一旁的台阶上，自己蹲在一旁玩手机。

徐迟早上吃完药，裹着被子睡到了下午，醒来的时候浑身都是汗，烧虽然没完全退下去，但比睡觉之前好了很多。

他掀开被子坐起来，拿起床头的空杯子去厨房倒了一杯水，喝完出来，看到外面微微暗下来的天空，忽地想起来一件事。

他走回房间，在被子底下找到手机。

他打开手机一看，通知栏有三个未接来电，全是林疏星打来的，最近的一个是半个小时前。

徐迟抿了抿唇角，拿上钥匙，边往外走边给她回电话。他开门的瞬间，电话正好接通："你醒——"

林疏星看到站在门内的人，愣了愣，才继续道："你醒了啊。"

他"嗯"了一声，喉间有些干涩："你等了多久？"

"也没多久，"林疏星提着袋子往里走，问道，"我去买了小米，晚上吃粥行吗？"

她等了几秒没听见徐迟回答，刚想回头，他突然走了过来，声音有些沙哑："对不起。"

她低笑道："怎么了？"

徐迟没吭声，弯腰接过她手里的袋子，把药放在桌上，问了句："晚上煮粥吗？"

"嗯，行吗？"林疏星怕他不喝粥，刚刚在外面等他的时候，还特意看了看附近有什么外卖。

徐迟倒也不挑，点点头："我来弄。"说完，他便提着东西进了厨房。

她愣了一下，匆忙换好拖鞋，跟了过去。

徐迟把袋子里的小米拿出来倒了一半在锅里，淘了两遍后，放回去插上电，定好模式，回头见她一副惊奇的模样，笑道："怎么了？"

林疏星摸了摸鼻子，说："没事。"就是看大佬洗手做羹汤的模样有些稀奇罢了。

煮粥要半个多小时，趁着这空当，林疏星翻出自己刚买的体温计，拿酒精球擦了两遍，递给坐在沙发上的徐迟："量一下。"

徐迟接过体温计，拿在手里看了几秒，准备往嘴里放。

"哎，你干吗啊？"林疏星阻止他的动作，"这不是口腔体温计，你夹胳膊底下就好了。"

徐迟："……"

等徐迟夹好体温计，林疏星看了眼时间，叮嘱道："夹五分钟，别松了啊。"

他"嗯"了一声，拿起旁边的遥控器，按开了电视，扭头问她："你想看什么？"

"都可以。"林疏星平时不太爱看电视，最多就是看看动漫，相比较而言，她还是更喜欢看纸质漫画。

徐迟点点头，随便找了一个综艺节目播放。

两个人看着屏幕，有一搭没一搭地说着话。五分钟很快过去，徐迟把体温计递给林疏星。

她接过体温计看了眼，眉头微皱："还是有点低烧啊，你早上吃的什么药？拿给我看看。"

"药在我房间。"他没什么印象，只记得包装盒上好像有退烧药三个字。

她穿上鞋，说："我去拿药。"

徐迟看了她一眼，又收回视线，他懒洋洋地靠着沙发，电视里的人在笑，他也跟着笑，心情很好。

林疏星进入房间后，借着客厅的灯光在墙壁上找到开关，咔嗒一声响，灯亮了起来。

房间里的摆设很平常，没什么特别的地方。

他应该是刚起床，被子也没叠，桌旁的椅子上放着他的校服，窗台旁摆了两盆薄荷。

书桌上堆了很多书，最上面放着一个绿色的药盒，她走过去看了一眼，也就是一般的退烧药，效果也一般。

林疏星把药拿在手里，垂眸看到桌上的书，仔细一看，竟然是初中八年级的物理书。

她微愣，随手翻开一本，书页的空白处写满了笔记，字迹是徐迟的。

书里还夹着好几张试卷，林疏星看了眼内容，都是这学期的物理单元测试和平时用来当作业的卷子，上面的空白处同样写满了内容。

她看得出来，他是用了心的。

林疏星没在房间里多待，把试卷重新夹回书里，一起放回了原来的位置，拿上药盒走了出去。

徐迟听到动静，回头看了她一眼，嘴角噙着笑："你找到了药吗？"

林疏星点点头，走过去在他旁边坐下："这个药以后别吃了，没什么效果，我给你买了别的退烧药。"

她一边说着话，一边把搁在茶几上的药袋拿过来，从里面翻出一盒胶囊，递给他："这个要饭前吃，你现在先吃一次。"

徐迟"嗯"了一声，起身去厨房倒了一杯水，出来的时候从冰箱里给她带了一盒洗好的草莓："这是我昨天买的，本来想早上带给你。"

她伸手接过草莓，顺口说了句："谢谢。"

他撇了下嘴角，说："废话。"

林疏星："……"

两个人继续看电视，林疏星盘着腿，学着他懒洋洋的模样，靠着沙发，时不时往嘴里塞一颗草莓。

徐迟吃完药，喉间一片苦涩，眉头忍不住皱了起来，他伸手想要去拿盒子里的草莓。

林疏星侧身护住草莓，对上他的目光，温和道："你不能吃这个，这是凉的。”

他瞥了她一眼，说：“你给不给？”

她摇头。

“行吧。”他慢慢地收回视线，等她不注意的时候，蓦地靠了过去。

林疏星被他吓了一跳，等回过神，往后缩的同时还不忘护着草莓：“不会给你的。”

徐迟无奈道：“好吧，不吃就不吃。”

林疏星嘟囔着踢了他一脚：“我是为你好。”

他被踢得疼了，伸手揉了两下脚，漆黑的眼眸浮上笑意：“小气样。”

林疏星没理他。

徐迟勾着唇，丝毫不在意，站起身朝厨房走去：“洗洗手，吃饭了。”

他没走两步，脑袋被飞来的枕头砸中。他停下来，捡起掉在脚边的枕头，回头看着坐在沙发上的人，语气带着点威胁的意味：“你不想吃了？”

林疏星闻言，立马穿上鞋，朝他跑来。

徐迟看着她的动作，轻轻地笑出了声。

徐迟喝完粥，把锅和碗筷一起泡在池子里，拉着林疏星在沙发上坐下：“明天阿姨会过来收拾。”

林疏星抿着唇，也没再坚持。

电视还在循环放着之前的节目，两个人也都没想着换台，就这么静静坐在沙发上看着，林疏星还时不时跟着笑几声。

徐迟没她那么认真，时不时看两下手机。

林疏星看了他一眼，问道：“不无聊吗？”

他摇摇头。

她笑了一下，眉眼很温柔：“对了，马上就要到暑假了，你有什么安排吗？”

“嗯，我应该会去杉城看外公，”徐迟歪头刮了刮耳朵，声音有些懒散，“怎么了？”

林疏星往他身旁挪了挪，手托着腮，目光投向他脸上：“我想找你出来。”

徐迟挑挑眉：“嗯？”

“学习。”她默默接上后半句话。

他愣了一下，缓过神后，低低地笑着，温和道：“你小时候吃什么了，长大了这么可爱？”

她皱着眉道：“我是认真的，你去看外公多久回来啊？”

徐迟想了想，垂下眼帘：“这几年外公的身体一直不是很好，平时我也没有时间，所以暑假可能会留在那边。”

林疏星默了默，看着他颓丧的模样，突然后悔自己刚刚提起这个话题，但话已经说出口，也没了收回的余地。

她抿着唇，声音有些软，却很有力量。

“你别怕，我会一直陪着你。”

六月最后三天将举行高一高二的期末考试，跟期中考试一样，按着年级排名分班考试。

考场座位安排表上，林疏星和徐迟跟期中考试的教室一样，她在第一考场，他在最后一个考场。

考试前一天，他们依旧正常上课。

徐迟早上到教室后，看到贴在后面黑板上的考场座位安排表，心里还是有一点点不舒服。

林疏星紧跟着他进的教室，见他站在那里不动，凑了过去：“怎么了？”

“没事。”他摇摇头，没继续耿耿于怀，转身把书包往桌子上一丢，人跟着坐下来，从抽屉里翻出语文书，开始背古诗词。

林疏星还站在原地，扭头看了看贴在墙上的那张考场座位安排，抿抿唇，朝他走了过去，停在他桌旁的过道上。

徐迟抬眼看她，低声道：“怎么了？”

“看你可爱。”说完，林疏星像做贼心虚一样，立马窜回了座位，速度快得像一阵风。

徐迟怔了怔，看着她趴在桌上当鸵鸟的背影，勾起唇，缓缓地笑了起来。

林嘉让从外面进来，见他笑得一脸灿烂，揉着眼睛问道：“这大早上的，你在笑啥呢？”

林嘉让话音刚落，徐迟就看到坐在前面的人倏地僵直了背，嘴角的笑意更深了些。

他懒洋洋地靠着桌子，目光停留在她背后，不紧不慢地说道：“我在笑，有只猫啊，它胆子小，挠完人就跑了。”

林疏星：“……”

林嘉让没听出来他话里真正的意思，还真以为教室里进了猫，惊讶道：“猫？哪里有猫啊？学校不是不允许学生收留流浪动物吗？”

徐迟道：“我的猫。”

“你什么时候养的猫？”林嘉让觉得奇怪，“之前我去你家的时候怎么都没见过？”

徐迟抬头，瞥见林疏星泛红的耳朵，声音染上笑意：“她怕人，平时都不待在家里。”

“那真是稀奇了，我长这么大还没见过这么个性奇怪的猫呢，有机会一定要见识一下。”

林嘉让说完，拍了拍林疏星的肩膀：“哎，班长，你去他家的时候，见过那只猫吗？它真的有那么怕人吗？”

林疏星：“……”

徐迟在一旁毫不掩饰地笑着，肩膀都跟着轻轻颤动，漆黑的眼里隐约有水光浮现。

林疏星被他笑得脸又热了几分，忍不住嘟囔了一句，语气有些急躁，还有些女孩子特有的娇嗔：“好笑吗？”

徐迟怕再笑下去就把人惹恼了，往前微微弓着腰，手背抵在唇边，轻咳几声后缓声道：“不好笑。”

林疏星撇了一下嘴角，垂眸摆弄他桌上的笔，没吭声。

徐迟凑过去，趴在她眼前，低声问道："生气了？"

她没说话，从桌上拿了一支笔，在他胳膊上画了画。

他抬起胳膊看，上面写了四个字——徐迟浑蛋。

旁边还画了一只乌龟。

徐迟无可奈何，笑了一声，眼尾上扬："画得挺像。"

林疏星抬头，有些莫名其妙："像什么？"

他指着那只乌龟，道："像王八。"

她嘀咕了一句："明明是乌龟。"

徐迟一怔，嘴角弯出弧度，目光投向她脸上，温温柔柔的。

最后一场依旧是考英语，林疏星一如既往挨到考试最后一刻才交卷。

老师收完试卷走人，考场里闹哄哄的，许是因为即将到来的假期，每个人都很兴奋。

林疏星对假期没什么期待，她低头收好书包，从教室后门走了出去，边走边给徐迟发消息。

她走到角落，低头只顾着看手机的她突然被人拉进了旁边的空教室里。

林疏星吓了一跳，等看清眼前的人，高悬着的心才倏地放下去，软声道："你怎么在这儿？"

他的考场在高三那栋楼，离这里还有段距离，如果不是提前交卷，这个时间不可能出现在这里。

果然，下一秒他就给出了答案。

"我提前交卷了，"徐迟解释道，"我写完了才交的。"

"这么厉害啊。"

他挑眉道："你损我呢？"

林疏星笑了笑，凑近看到他眼眶下的一圈青色，心软成一片："没有，我夸你呢。"

徐迟跟着她笑，对上她的目光，说："有没有奖励？"

"奖励你一套试题吧。"

徐迟："……"

林疏星笑道："好了，快点回教室，等会儿陈老师该来了。"

徐迟一脸无奈，但也拿她没办法，只好跟着她走出去。

他们到教室没一会儿，陈儒文就捧着茶杯过来了，不过他没说什么，大概就是要他们好好利用假期补差补缺，不要总想着出去玩。

他临走时才松了口："祝你们有个愉快的假期。"

同学们齐声欢呼："哦！老陈万岁！"

陈儒文笑了笑，没在教室多留，交代完事情就走了。

班级里闹哄哄的。

他们几个男生一早就约定好考完试一起出去玩，老陈一走，林嘉让就着急地背上书包，吆喝道："班长，许小糯，快点，走了走了。"

许糯嫌弃地应道："知道了。"

她把手机揣在口袋里，背上书包："我问了念念，她晚上还得去画室，估计没时间出来玩。"

林嘉让闻言，有些失望地摇摇头："啧，这么久没见到齐念同学，我还真有点想她了。"

许糯、林疏星、徐迟："……"

四个人有说有笑地往校外走，林嘉让一路上都在找许糯的碴儿，两个人打打闹闹，玩得不亦乐乎。

徐迟和林疏星紧紧地跟在后面。

夏日的微风里带着热意，树荫里的蝉鸣没了往日的聒噪，夕阳的余晖笼罩着整个校园。

他们的身影被拉得很长很长,整幅画面像失了焦距的老照片。

等他们到了校门口，周一扬和另外几个男生已经叫好车在路边等着了。

林嘉让跑过去，像一个小孩一样告状："扬哥扬哥，管管许小糯，我被她打了一路，胳膊都要废了。"

周一扬闻言，抬眸对上许糯的视线，没说废话，直接将林嘉让锁住，示意她："我给你拉着，你过来打吧。"

林嘉让："？"

周围男生起哄着，笑成一片。

林疏星也浅浅地笑着，扭过头准备和徐迟说话，却意外地看到了站在不远处的人。

她有些愣怔，下意识喊了句："昭阳哥哥。"

徐迟愣了一下，顺着她的视线看过去，眼睛微微眯着，他认出了站在那里的人，眸光里的笑意登时散得一干二净。

第七章　短暂的旅途

盛夏的傍晚，空气里跟随着燥热的影子，连微风都裹着热气，只是在柏油路上走一走，热意便冒了出来。

林疏星看着正朝这边走过来的周昭阳，对上他的目光，抿了抿唇角，静静地等他停下来，才问道："你怎么在这里？"

周昭阳没说话，定定地看了她几秒，又别过头看了看徐迟，眸光不自觉地黯淡了几分。

片刻后，他垂眸看着她和徐迟，声音有些低沉："我来找老师，顺便接你回家。"

林疏星没有任何动作，反而在他看过来的时候，下意识地往徐迟身侧靠了靠。

等她回过神，看到周昭阳沉下去的目光时，反倒松了一口气，语气淡淡的，听不出什么情绪："我等会儿跟同学出去玩，晚点再回去。"

周昭阳抿着唇角没说话。

气氛有些沉闷。

马路旁，林嘉让他们已经在车里坐好，见徐迟和林疏星还站在那里，探头喊了句："阿迟，班长，你们俩干吗呢？快上车啊！"

徐迟回头应了一声，捏了捏她的手指，道："我去车上等你。"

"不用，"林疏星抬头看着周昭阳，犹豫了一会儿，还是说道，"昭阳哥哥，我们先走了。"

周昭阳闻言，身体倏地一僵，眼眸里最后一点光芒也灭了，一瞬间如同从盛夏回到了凛冬，寒意从心底涌出，喉间一阵发涩：“好。”

林疏星“嗯”了一声，没再多说，跟着徐迟坐进旁边的出租车里：“师傅，走吧。”

“好嘞。”

出租车发动了。

徐迟从后视镜里看着周昭阳，看到他捂着脸蹲下来时，抿了抿唇角，静静地收回了视线。

林疏星歪头看着他，轻声问道：“怎么了？”

徐迟没看她，胳膊抵着窗棂，眼睛看着窗外，神情冷漠，“你哥好像很难过。”

林疏星哑然，无意识地抠着手指，也不知道该怎么跟他说，只轻轻说了句：“别多管闲事。”

徐迟：“……”

两个人都没有再说话，车厢内只有广播和窗外的汽笛声。

过了一会儿，司机似乎察觉到后面两个小朋友的气氛不对，默默地把收音机的音量调小了。

等到了吃饭的地方，两个人下了车，徐迟沉着脸自顾自往店里走。

林疏星站在原地愣了一会儿，才跟上他的脚步。

包厢在三楼，两个人进去的时候，林嘉让抬头看过来，指了指自己对面的两个空位：“喏，位置都给你们留好了。”

徐迟“嗯”了一声，在其中一个空位坐下，林疏星垂着眼帘，默不作声地在他旁边坐了下来。

林嘉让把菜单放在圆盘上，转到两人面前：“阿迟，班长，你们看看有什么想吃的。”

徐迟玩着手机游戏，头也没抬，语气冷漠：“我不用。”

“你这人……”林嘉让懒得吐槽他，看向林疏星说，“妹妹，你看看想吃什么，尽管点，阿迟付钱。”

林疏星扯了扯嘴角，声音有些低："没关系，你们点吧，我都可以。"

"好吧。"

徐迟坐下后，一直低着头玩手机，偶尔被点到名，才会抬起头不咸不淡地接上两句话。

林疏星几次想跟他说话，但见他一副拒人千里的模样，又不知道怎么开口了，话在嘴边转了几圈，最后还是重新咽了回去。

包厢里的气氛很热闹，几个男生大大咧咧的，也没注意到徐迟和林疏星之间有什么不对劲。

过了一大半会儿，他们点的餐陆陆续续送上了桌。

"来来来，吃饭吃饭。"林嘉让先拿起筷子，夹走了一只鸭腿，"我就不跟你们客气了啊。"

"就你手快！"

林嘉让："……"

林疏星没什么胃口，随便吃了点东西就放下筷子，捧着桌上的冰镇果汁一小口一小口地吸着。

果汁是鲜榨的，里面有好几种水果，喝起来酸酸甜甜的，她喝完两杯后，还有些意犹未尽。

她正准备再倒一杯果汁的时候，坐在她旁边的徐迟突然伸出手，将放在转盘上的果汁瓶拿下来，放到了他的左手边。

随后，他扭过头，冷淡地看着她，薄唇轻启："果汁是冰的，你喝那么多想生病吗？"

林疏星听到这话，突如其来一阵委屈，眼睛跟着就红了，声音也低低的："你不是不准备跟我说话了吗？"

徐迟觉得好笑，垂眸盯着她的眼睛看了一会儿，语气不自觉就软了下去："我什么时候说过这样的话，你可别冤枉我。"

他说完，靠近了她一些："你哭什么，我又没欺负你。"

"可你都不跟我说话，"林疏星抿着唇，眼睛红红的，"我为刚才的事跟你道歉，你能原谅我吗？"

徐迟人往后靠着椅背，语气冷淡："你做了什么对不起我的事情吗？”

“什么？”林疏星愣了愣，不明白他这话是什么意思。

徐迟也没多解释，低声道：“你又没有做对不起我的事情，我干吗要接受你的道歉？”

他抬手搓了搓眉尾，不紧不慢地说道：“我不和你说话，确实是因为当时有点生气，怕一时冲动说了伤害你的话，不是故意不理你。”

林疏星看着他，心软得一塌糊涂，动了动嘴唇：“徐迟，谢谢你。”

他笑道：“怎么，现在你准备道谢了？”

林疏星：“……”

聊完之后，彼此都沉默了一会儿。

林疏星心里的郁结散开，心情好了很多，低声道：“你还记得之前在 A 市的时候，你问我的那个问题吗？”

徐迟抬眼嗯了声。

林疏星摸了摸眼睛，犹豫了会儿，还是说道：“那个人是周昭阳。”

徐迟沉默了片刻，挑挑眉，语气冷淡，“你之前不是说他是你哥哥？”

林疏星皱眉道：“我没撒谎啊，他确实是我哥。”

徐迟跟着皱了皱眉，脸色倏地变得很难看，心底冒出一个令人难以置信的念头：“你……”

“你想哪里去了，”林疏星抿唇失笑，“他是我继父的儿子，跟我没有血缘关系的。”

他轻啧一声，不咸不淡地说道：“怪不得他今天这么反常。”

林疏星：“……”

等他们吃完饭出来，已经快八点多，天空完全黑了下来，繁星满天，路旁的高楼大厦灯光璀璨。

徐迟和林嘉让打了声招呼后，直接带着林疏星走了，两个人沿着外面的林荫道漫无目的地往前走。

路旁的树里蝉鸣聒噪，还有些奇奇怪怪的叫声。

林疏星看了看徐迟，也没说话，等他扭头看过来，她就收回视线。过了几秒，她又抬头看他。

两人这样静静走了一段路后，徐迟捏了捏她的手指，问道："你老看我做什么？"

"你长得好看。"

这话倒是真的，他的长相用特别好看来形容也是不为过的，剑眉星目，笑起来还有梨窝，只不过不深，只有凑近了才能看见。

林疏星盯着他看了一会儿，不知道想到了什么，脸莫名就热了起来，别开眼不再看他。

徐迟见她耳根泛红，挑挑眉，戏谑道："你的耳朵怎么这么红？"

她掩耳盗铃般揉了揉耳朵，低声道："热的。"

"是吗？"他语气平淡，快速碰了她的耳朵一下，一本正经地说道，"嗯，确实是热的。"

林疏星的耳朵更热了，她快步往前走。

徐迟笑着跟了过去。

十点多，出租车依旧在熟悉的小区门口停下。

林疏星下了车，站在路边，低头和坐在车里的人说话："好了，时间不早了，你直接回去吧。"

徐迟坐在车里没动："你把你的手机给我。"

林疏星把手机递给他，问道："怎么了？"

他默不作声，低头在屏幕上点了几下后，把手机还给她，唇边隐约有笑意："我走了。"

出租车掉了个头，在岔路转个弯就不见了踪影。

林疏星在路边站了一会儿才往回走，还没走几步，手机突然振动起来，她摸出来看了眼。

是徐迟打来的电话，只不过林疏星原先给他的备注不知道什么时候改成了——迟哥。

手机还在振动，林疏星看着屏幕上的“迟哥”两个字愣了几秒，然后才想起来接电话：“喂。”

电话那端安安静静的，没人说话。

林疏星把手机拿下来看了眼，还是在通话中，她皱了皱眉，迟疑地喊道：“徐迟？”

她等了一分钟，还是没人说话。

她又道：“迟哥。”

她话音刚落，电话那端便传来他低低的笑声。

林疏星扯了扯嘴角，说：“你刚刚拿我手机，就是为了把你的备注改成这个？”

徐迟“嗯”了一声，说：“不行吗？”

林疏星哪会不知道他藏的什么心思，小声嘀咕了一句：“小气鬼。”

他也不在意，低声笑着，语气听起来很欢快：“你到家了吗？”

“还没有，”林疏星低头踢开脚边的石子，有一搭没一搭地和他说着话，“你到哪儿了？”

徐迟扭头看了眼窗外，说：“刚过了一个红灯。”

她“哦”了一声，随口问了一句：“你什么时候去杉城看外公？”

“明天。”

她有些惊讶：“这么着急吗？”

徐迟嘴角一弯，语气轻松：“怎么，你舍不得迟哥吗？”

林疏星低声道：“少给自己脸上贴金啦，你难得回去一趟，多陪陪外公吧，有事给我打电话。”

他仍然笑着，声音低了：“知道了，迟哥我不在身边监督你，学习你可别偷懒。”

林疏星低头看着自己的影子，轻声问道：“知道了，徐老师。”

他没说话，只顾着乐，笑声更加清晰地从听筒里传过来，林疏星听着笑声，有些不自在地揉了揉脸，小声说：“我不跟你说了，我到家了。”

她说完，不等他说话，就把电话挂了。

徐迟听着耳边的忙音，自个儿乐了半天，他低头按亮屏幕，登上社交软件，给她发了一条消息。

林疏星收到消息的时候，刚刚换好鞋，准备上楼。

林疏星边走边回复消息，听到周围传来的动静，她收起手机抬起头，然后愣住了。

周昭阳不知道什么时候回来了，就站在楼梯口，神情不明，语气也低沉得很："你回来了。"

林疏星"嗯"了一声，抿着唇继续往楼上走，胳膊却被他拉住了。

她扭过头，轻声道："松开。"

"疏星。"周昭阳的脸色有些苍白。

林疏星攥紧了手，用力把胳膊抽了回来："我想我之前应该把话说得很清楚了，我不会再追着你跑了。"

说到这里，她似乎觉得有些可笑："你以前不是对我避之不及吗？说我不知廉耻。怎么，现在你想起来我的好了？"

周昭阳脸上的血色一下褪得干净，紧抿的唇瓣动了动："不是你想的这样，我当……"

"够了，过去怎么样，我不想知道，"林疏星打断他，叹了一口气，"一个人的电影我演够了。"

"我没有，"周昭阳往前走了一步，目光沉沉地看着她，"我从来没有想过让你一个人演独角戏。"

他步步紧逼，将她逼到无路可退。

林疏星的背抵着栏杆，忍不住攥紧了手，目光冷冽地看着他："你让开。"

"你为什么就是不相信呢？"周昭阳捏住她的肩膀，俯身凑到她眼前，神情有些崩溃，"你为什么不能再等等我？啊？"

林疏星皱着眉，肩膀处阵阵发疼，止不住挣扎："周昭阳，你放开我！"

周昭阳恍若未闻，眼睛赤红，就是不肯放手。

"你放开！"

两人争执间，林婉如突然从外面开门进来，看到摆在鞋架上的男士鞋，笑着往里走："昭阳，你回来怎……"声音戛然而止。

周昭阳跟着回过神，他看着林疏星，神情有些痛苦："对不起……"

林疏星红着眼睛推开他，冷声道："你满意了？"

两人说话间，林婉如已经沉着脸从楼下走了上来，眼睛在两人之间看了看，忽地抬手打了林疏星一巴掌，语气透着失望："我就是这么教你做人的？"

"阿姨——"

"你闭嘴！"林婉如冷声打断他，敛眸看着林疏星，"你这样做对得起你周叔叔吗？"

林疏星对上她的目光，一字一句道："我没有。"

"你——"林婉如气急，扬手作势还要打她，周昭阳眼疾手快拦住林婉如，沉声道，"阿姨，这件事错的是我。"

林疏星掐着手指，重复了一遍："我没有做对不起周叔叔的事情，现在、以后都不会。"

她说完，抹了抹眼睛，直接上楼了。

林婉如的眼尾也有些红，她叹了一口气，扭头看着周昭阳，有些失望："你之前是怎么答应我的，你都忘了吗？"

他摇摇头，说："我没有忘，但我做不到。"

楼梯口不是说话的地方，林婉如整理了情绪，恢复了以往的冷静自持："你跟我到书房来。"

林疏星回了房间，背抵着门坐在地上，弯腰将脸埋在腿间，小声地哭泣着，房间里黑漆漆的，哭声在里面回荡。

过了好久，她搁在口袋里的手机亮了。

她抹了抹眼睛，把手机拿出来。

徐迟道："我到了。"

林疏星咬着唇，眼泪滴在屏幕上。她伸手抹干眼泪，敲了几个字过去："嗯，我知道了。"

他没再回消息，直接打来了电话。

林疏星的眼泪模糊着视线，她盯着来电显示看了好长时间，怕他听出自己不对劲，没敢接电话。

通话未接通，徐迟给她发了一条消息，只有一个问号。

林疏星吸了吸鼻子，从地上站起来，拿着手机进了浴室。她拧开水龙头，往脸上浇了几捧水。

她站在洗漱台前，看着镜子里的自己，深呼吸了几次，才拿起手机给他回了电话。

徐迟接得很快："刚刚你怎么没接电话？"

林疏星听到他的声音，忍不住又想哭，她紧抿着唇角，伸手将水流调得更大些："我在洗脸啊。"

他笑道："好了没？"

"嗯，好了。"她抿着唇，随口问道，"你干吗呢？"

"收拾行李，"徐迟把行李箱往旁边一踢，直接坐在地板上，懒洋洋地说了句，"收拾东西好麻烦。"

林疏星笑了一下，声音压得很低："那你先收拾吧，我要去洗澡了。"

他"嗯"了一声，说："好，早点休息。"

她抹抹眼睛，说："你也是。"

"嗯。"

挂了电话后，徐迟往后靠着床尾，眼睫毛微垂，不知道在想些什么。过了一会儿，他起身拿上车钥匙，出了房间。

深夜，林疏星洗完澡出来，从抽屉里拿出吹风机，插上电随便吹了几下后，又将它放了回去，还没吹干的头发湿漉漉地垂在肩上，发梢的水珠渗进衣服里。

她抱着膝盖坐在椅子上，神情恍惚地看着窗外。

门口传来敲门声，声音停下来之后，周昭阳的声音跟着传进来："你睡了吗？今天的事情是我做得不对，我跟阿姨已经说清楚了，你不要有负担。"

"我给你拿了冰袋，你把脸敷一下。"

房间里重新恢复安静。

林疏星有些烦躁，抓了抓头发，起身走过去开了门。她看着周昭阳的目光，除了之前的冷淡，又多了一丝厌恶。

“滚。”

她说完，嘭的一声把门关上，顺手把灯也关了。她走到床边，掀开被子躺了下去。

门口再没有动静传出。

林疏星翻了个身，看着天花板，上面有月光照进来的影子，它随着风不停改变形状。

过了一会儿，她搁在床头的手机亮了，是徐迟打来了电话。

她没怎么犹豫，接通了电话：“徐迟？”

“嗯，是我。”他的声音低沉，“你还没睡吗？”

“没。”

他又问：“有空吗？”

林疏星有些不解：“怎么了？”

“你有空的话，就出来接我一下，”徐迟低笑声，“你们小区的围墙建那么高，翻起来还挺容易。”

林疏星有些蒙，她掀开被子，边低头找鞋边问他：“你怎么来了？你不是明天还要去杉城吗？”

“去杉城是下午的票，不着急。”他仍旧笑着，“你有空过来接我吗？”

“有的，”她的声音有些着急，“你在哪儿，我这就出门了。”

“在……”他扭头看了看四周，瞥见旁边一栋楼，“我在儿童活动中心的门口等你。”

“我这就过来了。”

林疏星挂了电话，衣服都没来得及换就直接跑出了门，她从来没有这样急切地想要见到一个人。

小区里的儿童活动中心在西门那边。

林疏星一路跑过去，远远地看到一个熟悉的人站在那里，眼眶忽地发酸。

她伸手抹了抹眼睛，快步走过去。

等到快要靠近的时候，林疏星想起什么，慢慢停在他面前，隔着一步的距离。

两个人都没有说话，就这样静静地站了一会儿。

徐迟走近一步，借着路灯看到她微肿的脸颊，脸色忽地一变，语气冷冽："谁打的？"

徐迟的脸色实在算不上多好，原本他在电话里听到她声音不对劲时，心底就隐隐有些担忧，偏偏她一直强撑着不肯说。

挂了电话后，他实在放心不下，一路飞驰过来。人是见到了，也确实是哭了，这脸上的伤，也仿佛在他心底放了一把火。

他又问了一遍："谁打的？"

林疏星垂下眼帘，因为哭得久了，声音有些嘶哑："我妈妈。"

她没等徐迟多问，继续说道："我妈妈看到我和周昭阳起争执，估计猜到了什么，就……"

"好了，别说了。"

接下来的话不用她说，徐迟也能猜到。

他看着小姑娘红着眼睛的模样，低声问道："疼不疼啊？"

林疏星听到这话，眼睛又酸胀了，几乎是一瞬间，眼泪跟着吧嗒吧嗒地落了下来。

她哭得很小声，也很压抑，似乎不想把这脆弱的一面露给他看。

徐迟无奈地叹了一口气，用温热的掌心揉了揉她的脑袋："在我这里，你想哭就哭，哭多久哭再大声都没关系。"

他说完，又道："但是再久也不能超过五分钟啊，我怕我会忍不住打人，到时候，天王老子也拉不住我。"

林疏星抬起头，泪眼盈盈地看着他，声音哽咽："五分钟太短了。"

徐迟蓦地笑了，递给她一张纸巾："五分钟，多一秒都不行。"

林疏星故作不开心，撇撇嘴，垂下眼帘，不经意间瞥见他手上的伤口，有些惊讶："你的手怎么受伤了？"

徐迟没让她细看，把手收回来往兜里一插，轻描淡写道："没事，我不小心刮了一下。”

他说完，见她又是一副泫然欲泣的模样，哑然失笑，妥协道：“刚刚我翻墙的时候没注意到上面铺了一层玻璃碴，手就碰上去了。”

林疏星没有吭声，她借着昏暗的路灯，看清他手上长长的一道伤口，眼泪又忍不住落下来。

“哭什么。”徐迟只觉得她滚烫的泪水滴进了他心里，烫得他的心脏发痛。

他抽回手，温声道：“这点小伤口不算什么，我又不疼。”

林疏星恍若未闻,像打开了心底最委屈的地方,哭得喘不过气。

小区里只有一家二十四小时营业的便利店。

林疏星进去买药的时候，店里的营业员见她眼睛红肿，脸上有伤口，再看了看站在外面的人，就小声地问了句：“需要帮忙吗？”

“啊？”林疏星被她弄得有点蒙，一时没反应过来。

营业员也有些尴尬，纠结了半天才支吾道：“小区里有二十四小时值班的保安,您要是有什么需要的,大声喊就可以了。”

林疏星算是明白了，敢情人家当她碰上家庭暴力了，抿唇礼貌地笑了一下，说，“谢谢你啊，不过外面那个人不是坏人，他很好的。”

她说完，拿上药，低声道：“拜拜。”

营业员尴尬又不失礼貌地看她走出店铺，目光一直跟着，当看到那个男生把外套脱下来披在女生身上时，才收回了视线，继续看自己的电视。

夜风微凉，小区里几乎没有人活动，林疏星和徐迟就坐在便利店外面的长椅上。

路旁的灯光亮如白昼，草丛里的蟋蟀此起彼伏地叫着，倒也不显得安静。

林疏星从袋子里拿出消毒水和棉签，三两下拆开后，拿起他受伤的那只手，轻声道：“可能会有点疼。”

他“嗯”了一声，不怎么在意。

她捏着棉签，微微低着头，小心翼翼地擦拭着他的伤口，额前的头发顺着垂在脸侧。

徐迟看了看，伸手替她把头发别到耳后，随口问道：“暑假你打算做什么？”

林疏星抿了抿唇角，稳定心神：“老陈之前说我的英语一直这不上不下，到了后期可能会拖后腿，我打算趁着暑假去报个辅导班。”

徐迟靠着椅背，语气懒洋洋的：“你报名了吗？”

“还没，我想先休息几天再去报名。”她拧开一瓶红药水，塞到他手里，“你帮我拿一下。”

他接过红药水，握在手心里，低头盯着她手上的动作：“你想不想出去玩？”

林疏星一愣，棉签在他手心里拉出一道细长的红线，抬头对上他的目光，问了句：“去哪儿啊？”

徐迟支起脑袋，看着远方，不紧不慢地吐了两个字：“杉城。”

杉城是京安省最南边的一座依山傍水的小镇，从平城到那边没有直达的飞机，高铁也没有，只有最原始的绿皮火车。

火车在轨道上咣当咣当走了五个多小时，到杉城站的时候，天色已经完全暗了下来。

广播员的声音在车厢前后回荡：“各位旅客，列车已经到达杉城站，请下车的旅客拿好自己的行李……”

在这吵闹声里，还在睡梦里的林疏星被徐迟叫醒，她揉了揉眼睛，扭头看了眼窗外，声音软绵绵的：“到了吗？”

他“嗯”了一声，把她的书包拿过来，说道：“走吧，下车了。”

“哦。”

杉城的火车站不大，客流量却很多。

下了火车之后，徐迟一只手提着行李，一只手抓着林疏星的胳膊，顺着人流往出站口走。

“累吗？”他问。

林疏星摇摇头，说：“还好。”

杉城的环境比平城要好很多，气温也比平城低四五度，微风都带着凉意。

不知道是不是错觉，林疏星觉得这儿的月亮都比平城的圆，她这样想了一会儿，忍不住笑了出来。

徐迟别过头看她，眼里也带着笑意，问她：“你笑什么？”

“没什么。”她抿了抿唇角，好奇地看着车站四周的建筑，“我们晚上住哪儿啊？”

“镇上的客栈。”

前几年有几个开发商来这里，打算把杉城改造成旅游景点，在镇上盖了好几栋古风客栈。

没想到工程进行到一半，其中一个开发商卷着钱直接跑路了。

没了资金，景点也没法继续开发，剩下的几个开发商索性直接留在杉城，把那几间客栈经营了起来。

也是赶上了好时候，去年，政府将依山傍水的杉城纳入规划改造，一番大力宣传后，杉城也逐渐成了有名的旅游景点。

那几栋古风客栈也跟着成了这里的特色。

出租车刚在客栈门口停下，里面立马有人出来帮忙搬行李，小哥哥很热情地冲林疏星笑：“是来旅游的吗？”

她点点头，笑了一下，张口刚说了个“是”字，就被徐迟拉走了，她嘟囔：“哎，你干吗啊？”

徐迟觑了她一眼，语气冷淡：“你出门怎么一点儿警惕心都没有，见着人就搭话？”

林疏星慢慢反应过来了，露出狡黠的笑容，“可这又不能怪我，是小哥哥……咝——”

她抽回手，开始嘟囔：“你掐我做什么？”

他冷声道：“让你长记性。”

林疏星撇了下嘴角，故意凑到他跟前，笑意在眼底打转：“长什么记性啊，迟哥？”

徐迟闻言，停下脚步，别回头看她，笑意不减："你真以为我治不了你是吗？"

林疏星立马投降："我错了。"

徐迟笑了笑没再说什么。他走到前台，把手机和证件一齐递过去："您好，我之前在网上预订了房间。"

"好的，请稍等。"

订好的房间在三楼。

徐迟和林疏星进房间后，都瘫在沙发上没有动。

他们坐了一下午火车，这会闲儿下来，林疏星才发觉有些饿。她拿起旁边的书包翻了翻，摸出一袋吃，吃完摸摸肚子，还是饿。

她趴在沙发上，看着起身准备去收拾行李的某人，语气有些可怜："徐迟，我饿了。"

徐迟闻言，往外看了一眼，然后对上她的视线，低笑道："你先去洗澡，洗完我带你出去吃饭。"

"好！"林疏星喜滋滋地跑进房间，拿上自己的衣服进了浴室。

屋里，徐迟看着她急匆匆的身影，抬手刮了刮眉心，弯腰将行李箱收起来，心情好极了。

林疏星心里想着吃饭，进浴室不过十分钟就湿着头发出来了。

房间里没人，她擦着头发往外走，接着站在沙发旁边，低低喊了声："徐迟？"

没人应她。

她嘀咕了一句，转身进了浴室，把脏衣服随便揉了揉。她出来晒衣服的时候，徐迟才回来。

"你去哪儿了？"

"我去楼下借吹风机了。"徐迟把门关上，朝沙发这边走，见她湿着头发，温和道，"你快过来，把头发吹了。"

"哦。"林疏星关上窗户走过去，准备去拿他手里的吹风机。

他避开她，说："我帮你吹。"

林疏星没意见，乖乖地在沙发上坐下。

他开了吹风机，对着旁边的空气吹了一会儿，直到吹出热风才朝着她的头发吹，边吹边用手顺着头发，动作很熟稔。

热风暖洋洋的，吹着很舒服。

林疏星盘腿坐在沙发上，手指抠着指甲，说话声被风声盖过一点，问道："你是不是经常帮人吹头发啊？"

"嗯？"徐迟关了吹风机，"你说什么？"

她扭头看他，重复了一遍："你是不是经常帮人吹头发啊？"

徐迟眉眼微垂，语气冷漠，听不出什么情绪："嗯，我帮我母亲吹过。"

"那你妈妈肯定觉得特别幸福。"林疏星的语气里有些艳羡，她和林婉如从来没有过这样温馨的画面。

他低声道："也许吧。"

林疏星没注意到他的语气有什么不同，手指卷着发梢，随口问道："我之前听你说，你妈妈是医生，那她在平城吗？"

吹风机的声音停了，房间里跟着安静下来。

徐迟攥紧了手，又松开些许，重新开了吹风机，声音夹在风里，有些模糊不清："她已经去世了。"

徐迟沉默了一下，继续说道："胃癌晚期，查出来不到三个月就去世了。"

他的声音平和，已经听不出多余的情绪。

林疏星蒙了，扭头看着他，咬咬唇，有些后悔："对不起……"

"傻啊，又不关你的事。"他关了吹风机，"要换衣服吗？不换就去吃饭了。"

林疏星低头看了看自己的 T 恤短裤，问他："我这样穿可以吗？"

徐迟卷着吹风机的电线，漫不经心地扫了她一眼，瞥见她露在外面的细胳膊细腿，眉头微皱，一本正经地瞎扯："穿长袖吧，晚上外面冷。"

"啊……那我去找找衣服。"林疏星下了沙发，噔噔噔跑回了房间，在行李箱里翻了一件长款的薄纱披肩。

她穿好披肩后跑出来。

徐迟闻声看过去："……"

好歹胳膊和腿都遮了一点，他微皱的眉头稍微松了点，也没多说什么："走吧。"

"好嘞。"

晚上小镇灯火通明，街道两旁的东西琳琅满目，摊铺连着摊铺，从街头至结尾，一眼望不到尽头。

徐迟和林疏星从旁边的小道走过，走过几个街口，进了巷子旁边的兰轩阁，一栋三层的古色古香的小木楼。

一楼的大厅中间搭了一个方台，两人路过时，林疏星的眼睛频频看过去，徐迟在一旁解释道："这是戏台，节假日的时候会有表演。"

林疏星觉得新奇，问道："暑假没有吗？"

他摇摇头，牵着她往旁边的木质楼梯走去，楼梯口支起了木窗，吹来微微凉风。

二三楼都是仿制的古代厢房，穿着马褂的服务生推开走廊尽头的兰苑的门，侧身俯首，姿态很足："这边请。"

徐迟点点头："谢谢。"

厢房里摆设简单，一张小方桌，墙边堆砌着石器书架，上面摆着好几本蓝皮封面的《诗经》。

书架旁边砌了两个圆墩子，顶端镶了瓷盆，里面埋着土，左右各种了几株兰花。

林疏星在屋里转了一会儿，就在桌边坐下。窗外有一个绿水清湖，上面摇摇晃晃划过几艘小木船。

她趴在窗栏上，看着远处的高山绿树，惊喜得不得了："这里看起来比平城好玩多了。"

徐迟放下茶杯，唇角略弯，扬了扬眉角，手指轻叩着桌角："这就觉得好玩了？"

"对啊。"

林疏星生在平城长在平城，从小到大每次出门都是林婉如安排的，包括去什么地方，住在哪里，吃什么东西，久而久之，她也没了出门的兴趣。

过了一会儿，服务员进来上菜。

麻辣小龙虾、清蒸鲈鱼、油焖小青菜、冬瓜排骨汤，都是一些家常菜，也是杉城的特色菜。

“吃吧。”徐迟拿起旁边的塑料手套，戴在手上，动作熟练地剥了一只虾，蘸了汤汁，递到她碗里，“尝尝看。”

林疏星拿起筷子，夹着虾吃了起来。

他勾着唇角，问道：“好吃吗？”

“有点辣，”林疏星说完，端起旁边的冰镇梅汁喝了几口，“不过还是蛮好吃的。”

徐迟又剥了几只虾放到她碗里：“这里的虾都是家养的，不是特别香，明天我带你去捉野生的虾吃。”

她有些惊讶：“自己抓吗？”

徐迟“嗯”了一声，褪下手套：“小时候我住在这边的时候，经常跟外公去山后面的河道里捉虾，运气好还能摸到河蚌。”

他用手比了比河蚌的大小：“大概有这么大。”

林疏星听了觉得好玩又新奇，一顿饭吃下来，拉着徐迟问了一大堆关于他小时候的趣事。

她知道他上能爬树摸鸟窝，下能入河比憋气时，忍不住咋舌：“我感觉你小时候比现在好玩多了。”

徐迟低笑一声，眼睛微弯：“那时候我很皮，经常挨打。”

“你现在也很皮。”

他轻啧了一声，手指点着杯沿：“我没你皮，上课看漫画书。”

林疏星：“……”

林疏星吃饱了，困意跟着涌了上来，她坐在那里说话，连打了几个哈欠：“好困。”

“回去？”

她点点头：“明天再逛吧。”

“嗯。”

徐迟和林疏星一前一后走出厢房，之前的服务生过来带他们去楼下买单。

夜色渐浓，悬月越发明朗，微风里带着凉意，街市里依旧亮着灯，来往的人络绎不绝，热闹非凡。

林疏星出来后，被凉风吹了吹，困意消了一半，一路走走停停，买了一堆小玩意。

“你看这个，”她拿了一个小鹿面具戴在脸上，眨了眨眼睛，“好看吗？”

徐迟的喉结轻滚，柔声道：“好看。”

她笑了笑，摘下这个面具，又去选别的面具。

他站在一旁，低头看了眼摆在摊上的面具，挑了一个戴在脸上，轻声道：“林疏星。”

“嗯？”林疏星毫无防备地扭头。

他正好弯腰低头凑过去，血腥可怕的恶魔面具倏地在她眼前放大了数倍，为了增强效果，他还故意加了音效：“嘿！”

林疏星伸手戳着他面具上多出来的一只假眼睛，撇了撇嘴角：“幼不幼稚啊。”

他笑了，笑声隔着面具传出，多了些别的感觉：“你的胆子这么大？”

“啧！”她伸出大拇指和食指，给他比了五厘米左右的长度，“就这么一点大。”

徐迟：“……”

林疏星穿着人字拖出门，在回客栈的路上，她提着之前买的面具跑在前面，故意去踩他照在地上的影子。

徐迟慢悠悠地跟在她身后，手里也拎着几样东西，路边的灯光落在他身上，整幅画面温暖又柔和。

林疏星连着跳了几下，左脚没站稳，忽地往前一滑，人字拖中间的东西崩断了。

林疏星：“……”

徐迟从后面赶上来，低头看了看她的拖鞋，忍不住笑出声，故意打趣道：“你怎么不跳了？”

林疏星撇撇嘴，懒得搭理他，脚勾着坏了的拖鞋，小步地往前挪动着。

徐迟笑着刮了刮耳朵，两步一跨就跟了上去，在她面前停下来：“我扶你。”

她没动。

他扭过头，眼底晕开笑意：“快点啊。”

林疏星低头看了看自己的拖鞋，也没再磨蹭，让他扶着自己。

徐迟别过头看了一眼，对上她的目光，唇角微勾，慢慢站起身，把手里的东西换了另一只手拿。

走了一段路后，林疏星的困意又慢慢涌上来，她揉了揉眼睛，垂眸看着地上的影子，轻声道：“我爸爸以前特别喜欢这样带着我出去玩。”

他“嗯”了一声，没多问。

“后来，他走了……”林疏星把脑袋换了一个位置，垂下眼帘，声音平和，“妈妈、周叔叔，还有好多人都说他已经不在这个世界上了，可我总觉得他还在，只不过换了另外一种方式陪着我，就跟你妈妈一样，在另外一个地方默默地守护着你。”

说完，她搂了搂他的脖颈，小声问道：“徐迟，你会一直陪着我吗？”不会再像父亲那样突然离去，而是一直陪着我，直到很久很久。

徐迟没直接回答，眼睛看着远方：“我爸妈准备结婚的时候，我爸其实是不同意的。他当时已经有了喜欢的人，是我爷爷以死相逼，他才娶了我妈妈。”

“结婚之后，他基本上待在部队里，偶尔回来，和我妈妈是说不上几句话就开始吵架，两个人就这样一直吵吵闹闹地过着，直到我出生，他们的关系才稍微有了改善。”

可是好景不长，徐迟十二岁那年，徐父以感情不和为由，跟妻子提出了离婚。

一向心高气傲的徐母自然接受不了这样的事情，她半个月内就和他办好了离婚手续，带着徐迟离开了徐家。

半年后，以工作为生活重心的徐母身体出现问题，被查出胃癌晚期，还没挨过那年冬天，她便离世了。

“后来，我在她房间里收拾东西，意外发现她的日记本。”徐迟停下来，缓了几秒才继续道，“我那时候才知道，她对徐穆国一直是爱着的。可笑的是，她到死都没告诉过徐穆国。”

两个人吵吵闹闹那几年，她的感情是真的，可琴瑟之好，却只有她一个人动了真情。

客栈的招牌近在眼前，徐迟放慢了速度：“自那以后，我就再不相信这世上有什么真情了。”

他停下脚步，将她放在台阶上，目光停留在她泛红的眼尾，指腹挨上去，温柔道：“直到去年冬天，在那个黑暗肮脏的巷子里，在我奄奄一息的时候，你出现了。

“然后你用一个笑，点燃了黑暗里的我。”

林疏星眼皮一跳，呼吸倏地急促了些许，有些难以置信地看着徐迟：“那个男生是你？”

徐迟“嗯”了一声，说：“那天是我爷爷八十大寿，家里人都忙着给老爷子庆生，没人记得那天也是我妈妈的忌日。我一个人去了墓园，回来的时候，在学校附近碰见了以前在三中的死对头。”

说到这儿，他停下来看了林疏星一眼，想了想，避重就轻地说道：“之后的事情你差不多也知道。”

林疏星红着眼睛，有眼泪涌出来，她伸手抹了抹，道：“我看见你被修理得好惨。”

徐迟低笑一声，满不在意地道：“嗯，是很惨，我养了很久的伤。”

她的眼泪止不住，啪嗒啪嗒全滴在他的手背上，又心疼又委屈地说道：“你当时还好凶，我给你药，你也好凶。”

徐迟看着她哭，心脏一抽一抽地疼，揶揄道：“你还说我是怪物。”

林疏星撇了下嘴角，声音哽咽：“谁让你那时候坐在垃圾桶旁边的，脾气还那么差，我给你药，就想欠了你几百万一样。”

两个人回了房间，林疏星出门前洗过澡，回去后随便洗了洗，就躺在床上玩手机。

徐迟从外面进来，也没说什么，拿上衣服进了旁边的浴室。

过了十多分钟，他拿毛巾搓着头发从里面出来，在房间里转了一圈，又去了外面。

不一会儿，客厅里传来吹风机嗡嗡嗡的声音。

林疏星这才把视线从手机上挪开，她看着站在门外的那个人，有些不自在地摸了摸脸颊。

吹风机的声音只响了几分钟。

徐迟吹好头发后，随手把毛巾丢在一旁的沙发上，在外面站了一会儿才重新进了房间。

他从房间抱了一床被子，出门时，空出手摸到墙边的开关：“我关灯了。”

她“哦”了一声。

房间里关了灯，在寂静昏暗的环境里，他的声音和动作都被无限放大。

徐迟睡在客厅的沙发上，卧房的门开着，安静的环境里彼此的呼吸声很清晰，凉风从窗缝里挤进来，吹起半拉的窗帘，帘摆在半空中悠悠荡着。

林疏星还不怎么困，坐起来，隔着黯淡的光影朝徐迟那边看去，只可惜沙发靠背太高，她什么也看不见，只是听着呼吸声，像是睡着了。

她没伸手去拿搁在床头的手机，在这样的环境里，她不自觉将动作放慢了很多，不知怎么的，就有了些偷偷摸摸的感觉。

她刚拿到手机，还没来得及解锁，徐迟沉沉的声音便在房间里响起来：“还不睡？”

林疏星愣了一下，说：“你不是睡着了吗？”

“没怎么睡熟。”他的脸往枕头里埋了埋，而后坐了起来。

她“哦”了一声，没再说话，手指无意识地揪着被单。

房间里又安静了几分钟。

徐迟重新躺回去，问了句：“你睡不着吗？”

她“嗯”了一声：“我不是很困。”

“聊会儿天？”他问道。

林疏星有些想笑，语气跟着放松下来：“你是准备给我一份来自深夜的心灵鸡汤吗？”

他轻啧了一声，说：“没有鸡汤，只有睡前故事。”

林疏星：“……”

徐迟拿起手机看了眼，已经凌晨一点多，再熬下去，两个人明天就不用出门了。

他故意威胁道：“鸡汤和故事都明天再说，你再不睡我就过来了。”

林疏星立马乖乖躺回去：“睡了。”

徐迟低笑一声，在黑暗里往她那边看了一眼，语气淡淡的：“晚安。”

“嗯。”

这下房间里才彻底安静下去。

林疏星本以为会一夜都睡不好，没想到恰恰相反，她一觉醒来，已经到了第二天中午了。

屋里的窗帘拉开一半，阳光从另外半边照进来，落在床尾。

她看得出来，天气很好。

她揉了揉眼睛，撑着手臂坐起来，弓着腰，脸埋在被子里缓了一会儿，才掀开被子起床往外走。

徐迟坐在客厅的沙发上看电视，他听到开门的声音，扭过头，笑道：“你醒了啊。”

林疏星点点头，声音带着刚睡醒时的沙哑：“你什么时候起来的？”

“我也刚起。”他收回搭在茶几上的脚，趿上拖鞋绕到她面前，伸手揉了揉她的脑袋，“洗脸了吗？”

她摇头：“我这就去。”

徐迟“嗯”了一声，跟着往浴室走。她进去他就站在门口，斜斜地倚着门，随口问道：“中午你想吃什么？”

林疏星挤着牙膏，说：“我都可以。”

“还吃昨天那家行吗？”

她嘴里含了水，鼓着腮帮子，朝他比了一个OK的手势。

徐迟犯了懒，叫了兰轩阁的外卖，直接送到客栈房间，依旧是三菜一汤，有荤有素。

两个人边吃饭边看电视，一顿饭吃了大半个小时。

吃饱后，徐迟把垃圾收了收，放到门外的架子上，林疏星不想动，躺在沙发上找节目看。

徐迟收拾好东西后，也跟着坐下来，她转头看过去：“我们下午都待在客栈吗？”

他摇摇头，懒洋洋地往后靠着，瞥了眼外面的大阳光，道：“等太阳小些了我们再出去玩吧。”

“去哪儿啊？”

“我带你去捉虾。”

她眼睛一亮：“真的有虾吗？”

徐迟轻“嗯”了一声：“这个季节有很多虾。”

林疏星对捉虾这件事兴致很高，甚至还上网搜了搜攻略。

三点多，小镇已经有了日暮西沉的痕迹，西边的天空浮着大片的云霞，日光斑驳而温柔。

徐迟带着林疏星从客栈后面的小道绕着走，沿途到处是成片的枫树林，还没到红叶的季节，枫林绿叶茵茵。

枫林后面是成群的四合小院，也是杉城的特色景点之一，每年都会有很多美术生来这里写生。

林疏星跟着徐迟从院子外面的羊肠小道穿过，一直往前走，在一大片荷塘前停下。

塘边停着好几艘小木船，岸边插着木牌，上面用黑墨写了一些大字——

租船：50 元 / 次

虾竿：20 元 / 次

鱼竿：40 元 / 次

饲料：5 元 / 份

……

徐迟把木牌上的东西都租了下来，拉着林疏星上了旁边的一艘小木船。

船夫解了绳索，载着他们从偌大的荷花塘里穿过，在湖中央停下，湖面有微微凉风吹过。

层层荷叶之外，也有别的游客。

徐迟支好鱼竿和虾竿，随手从旁边折了一片荷叶盖在她脑袋上，又从旁边折了几个莲蓬丢在船上的篮子里，问道：“你吃过生莲子吗？”

他伸手拿了一个莲蓬，掰开，拿出里面白生生的莲子递给她：“尝尝。”

林疏星接过莲子，嚼碎了，咂咂嘴道：“好甜啊。”

徐迟短促地笑了一下，弹了弹她脑袋上的荷叶，把手里掰开的莲蓬丢给她：“不能多吃。”

她伸手接过莲蓬，坐在木船的椅子上，脱了鞋，脚在水里荡着，时不时往嘴里丢一个莲子，吃得不亦乐乎。

徐迟觑着她，眼底晕开笑：“好吃吗？”

“还行，你要吃吗？”

他摇摇头，满不在意地笑了一下：“别掉下去了。”

林疏星笑道：“怎么会。”

两个人在荷塘待了一下午，只钓了一条鱼、五六只小龙虾，还采了一堆新鲜莲蓬和荷叶。

从荷塘出来后，徐迟没按原路回去，而是从旁边的田埂绕到了之前的四合院背面。

林疏星疑惑地问道："我们去哪儿啊？"

"去农家乐，"他晃了晃手里的鱼和虾，"这些总不能丢了。"

她没多想，跟着他在巷子里七拐八绕地走了几分钟，进了一家明显比别家大很多的四合院。

两人进了院子，看到正厅外的走廊上有位头发花白的老人坐在躺椅上。

旁边的厢房里有个阿姨迎过来，她看到徐迟，惊喜得不得了，朝厅里喊了声："老爷子，阿迟回来了！"

林疏星隐隐有不太好的预感。

果不其然，下一秒，站在她身侧的徐迟沉沉地开了口："外公。"

坐在躺椅上的周永龄闻声抬起头，看了眼站在门口的两个小孩，晃了晃手里的扇子，起身往厅里走。

他走了几步，又回头跟站在一旁的阿姨交代了一句："你得空把西边的厢房收拾收拾。"

张姨笑道："知道了。"

等他进了屋，张姨往前走了几步，站到徐迟身侧，接过他手里的东西，把它放到一旁的池子里，又折回来，笑意盈盈地看着林疏星，问道："阿迟啊，这是？"

徐迟别过头，看了看林疏星，伸手捏着她的手指，眼底晕开笑意，温声道："很好的朋友。"

他刻意咬重"很好"两个字，像带着些不同寻常的意思。林疏星不好意思地低了低头，声音软糯："阿姨好。"

"哎，好好好。"张姨笑得合不拢嘴，走过去拉着她的手，"坐了一天的车，累了吧？"

徐迟替她接了话："我们昨天到的，在镇上的客栈住了一晚，刚从荷塘那边过来的。"

张姨听到这话，似是愣了一下，随即又不乐意了，戳了戳徐迟的脑袋："家里有房间给你住，你还去那客栈做什么？"

他笑了一声，摸着额头，说了别的："我去书房找外公。"

张姨摆摆手，拉着林疏星往旁边的厢房走："你去吧，我带……”说到这儿，她顿了一下，目光亲切地看着林疏星，“小姑娘叫什么啊？”

林疏星眨了一下眼睛，眸子里带上几分笑意，一字一句道：“林疏星，阿姨叫我星星就好，我家里人都这么叫我。”

张姨笑着叫了一声，眼角眉梢漾开笑意。

林疏星看着她，心忽地软了一角。

她跟着张姨去了西边的厢房，徐迟在原地站了一会儿，收了收笑意，才抬脚往厅里走。

书房里，周永龄提笔刚写了一个徐字，徐迟便从外面走了进来，站在桌旁，默不作声地磨着墨。

他冷不丁哼了一声，执着笔一撇一捺将迟字写好，然后将手中的毛笔递给他，声音很醇厚：“家里人怎么样？”

“还好。”徐迟接过笔，站到老爷子身侧，弓腰摆弄了一下镇纸的位置，提笔在宣纸上写下一首诗——

“疏星淡月秋千院，愁云恨雨芙蓉面。伤情燕足留红线，恼人鸾影闲团扇。兽炉沉水烟，翠沼残花片，一行写入相思传。”

负手站在一旁的周永龄瞥了一眼，轻哼一声，道：“你一天到晚就知道学这些。”

徐迟将笔放回桌角的笔山上，抬头看着眼前故作生气的老人，微扬起唇角，语气有些无奈：“外公，我难得回来一趟，您还舍得给我脸色看啊。”

周永龄闻言，板着的脸缓和了些许，声音依旧低沉：“你带回来的小姑娘跟你是什么关系？”

徐迟抿抿唇，避重就轻道：“同班同学。”

老爷子听着就举起手边的拐杖，在他小腿处敲了一下，沉声道：“很欣赏人家吧？”

他低笑着，默默往后退了退，语气恢复以往的吊儿郎当：“那您这不是都清楚吗，还问我做什么？”

老爷子又哼了一声，望了眼放在桌角的全家福，嘴角稍微带了些笑意：“小姑娘叫什么？”

徐迟有些不自在，轻咳了一声："林疏星，双木林，'疏星淡月秋千院，愁云恨雨芙蓉面'的疏星。"

老爷子听到这儿，看了眼他刚刚写的诗，脸上的些许笑意消失得一干二净，复又举起手边的拐杖，作势要敲下去："你这浑小子。"

徐迟笑着往外走："我不跟您说了。"

书房里又只剩下老爷子一个人。

他坐在桌旁的木椅上，伸手将摆在桌旁的全家福拿在手里，垂眸看着照片上笑得意气风发的女人，叹了一口气，又似乎有些欣慰："女儿啊……"

徐迟出了书房，径直去了西厢，那里之前是他母亲的书房。母亲去世后，老爷子就一直保留着房间原有的样子。

他过去的时候，房间里并没有人，只是原先干净的床榻重新铺上了卧具，窗台点了两盘熏香。

房间里清香四溢。

徐迟站在门口，恍惚中好似回到许多年前的夏天。

母亲带着他来这里，他坐在床上玩闹，母亲坐在一旁看书，窗外的海棠树簌簌落了一地花瓣。

他抬起头，看到母亲朝他笑了笑，温柔地喊一声："小阿迟。"

厢房的另一侧，林疏星洗了脸从屋里出来，看到站在门口的徐迟，抿抿唇，走了过去："徐迟？"

他回过神，眼尾有些红。

她微愣，低声问道："你怎么了？"

徐迟摇摇头，静静地看了她几秒，声音低哑："我有点难过。"

林疏星听出他声音里的脆弱，心又酸又疼，默默陪他一同观赏院内的海棠树，什么也没问。

两人就这样站了一会儿，徐迟带着她进了屋，一同坐在桌边，介绍道："这是我妈妈的书房。"

林疏星抿了抿唇，说："张姨之前跟我说了。"

“是吗？”他侧过身，伸手拉开旁边的抽屉，从里面拿了一张照片，垂眸看了一会儿，给林疏星递过去，“这是她年轻的时候。”

林疏星接了照片。

照片里的周勤如身着旗袍，唇边漾开一抹笑容，看起来很温柔，是一种藏在眉眼间的温柔。

她抬起头，声音低沉：“伯母很好看。”

徐迟低声笑着，对上她温柔的视线：“你也好看。”

两个人坐在屋里闲聊，到了吃饭的时间，张姨过来喊他们：“阿迟，星星，出来吃饭了。”

徐迟应了一声：“来了。”

老爷子家规严，食不言寝不语，在吃饭前和林疏星讲了些话，等拿起筷子后便没再开口。

林疏星倒不介意，毕竟在家里的时候，林婉如差不多也是这样，她早就习以为常。

一顿饭吃完，张姨把碗碟撤下去，又端上泡好的茶和果盘。

老爷子喝了一口热茶，从口袋里摸出一样东西，递给林疏星，语气和蔼：“你第一次来，徐迟也没跟我们说，礼物都来不及准备，这块印章是我刻的，也值不了几个钱，你要是不介意就收着。”

林疏星看着老爷子手里的玉石印章，通体青中带绿，骨里隐有浅色线纹，底端用正楷刻了“平安”二字。

她哪怕不懂这行也能看出来，这块玉石印章的价值肯定没他说的这么随意，一时有些犹豫：“外公……”

老爷子的眼眶虽然深，但黑眸却炯炯有神：“阿迟从不带人回来，你是他第一个带回来的朋友，又叫我一声外公，这块印章就是给你的，快拿着。”

她抿着唇，看了眼坐在身旁的徐迟。

老爷子笑道：“我给你东西，你看他做什么？”

徐迟扬了扬眉，手臂搭在她身后，歪头凑到她耳边说：“拿着吧，这是外公的一番心意。”

林疏星攥紧了手又松开，她沉默了几秒，站起身接过印章：“谢谢外公。”

周永龄笑着摆摆手：“你们玩吧，我出去转转。”

他说完，拿起放在桌旁的拐杖，起身往外走，张姨闻声从厨房出来，跟着他一起出了门。

林疏星和徐迟去了客栈拿行李。

两个人回来后，又待在一起闲聊。

接近九点，老爷子和张姨从外面回来，林疏星听到动静，推了推坐在一旁的徐迟：“外公回来了。”

他“嗯”了一声，没在意。

过了一会儿，张姨走过来，她站在门口没进来：“阿迟，你出来，老爷子叫你过去一趟。”

徐迟这才缓过神，立马爬起来：“知道了。”

他低头在床边趿上拖鞋，搓着脖颈慢悠悠地晃出了门。

林疏星在床上躺了一会儿，就被张姨叫去洗澡。

她洗完澡回来，坐在床边擦头发，摸出手机给林婉如打电话，第一次没通。

她又打了一次电话，这次通了，接电话的是林婉如的助理：“星星，你妈妈在开会，你有什么事情吗？”

林疏星没怎么在意，语气淡淡的：“没事，你帮我跟她转达一下，我在外面玩几天就回去，不用找我。”

“好，那你注意安全。”

“嗯。”

挂了电话后，她继续擦头发。徐迟从外公那里回来，站在窗外和她说话：“你怎么不用吹风机？”

“我不想用。”她放下毛巾，“你不进来吗？”

他摇头道：“站这儿就可以。”

林疏星也没在意，随口问道：“外公找你做什么？”

提到这个，徐迟忽地笑了，手肘搭在窗棂上，微微弓腰凑到她面前，一字一句道：“秘密。”

林疏星愣了一下，没明白他话里的意思，抬头对上他戏谑的目光，似乎明白了什么，红着脸把毛巾丢到他脸上。

随即她把窗户也关了。

徐迟站在原地没动，手拿着毛巾，笑声隔着木窗传进屋里："外公说得也没错啊。"

林疏星："……"

林疏星在杉城待了一个星期，回去那天是个阴天，天空乌云密布，隐隐有下大暴雨的迹象。

徐迟送她到了车站，又买了站台票送她进站，后来还想着买张票跟她一块到平城。

林疏星把他拦了下来，哭笑不得地看着他："你怎么了？我又不是小孩子了。"

他抿着唇没作声，盯着她看了一会儿，叮嘱道："那你回去注意安全。"

他说完，列车广播响起。

徐迟目光微动，伸手把立在旁边的行李箱递到她手里："走吧，火车快开了。"

她轻"嗯"了一声，接过行李箱往车厢里走，找到座位坐下后，扭头看着窗外，看着那道熟悉的身影，挥手告别。

火车依旧咣当咣当走了五个多小时才到平城，中途林疏星迷迷糊糊睡了一觉，醒来下意识想扭头和徐迟说话："徐……"

等她看着坐在旁边的陌生人时，忽地噤了声。她抿抿唇，揉了揉眼睛，头靠着窗户看车外的景色。

到了站，林疏星直接打车回了家，家里空荡荡的，餐桌上摆着的百合花已经枯了。

看样子好几天没有人回来。

她长舒了一口气，拎着行李箱回了房间，什么也没收拾就直接躺在床上，摸出手机给徐迟发了消息。

没一会儿，他就回了电话，道："到了？"

她把脸埋在枕头里，声音有点闷："嗯，我刚到家。"

徐迟低笑着，懒洋洋地靠在床头，手里转着打火机，窗外传来淅淅沥沥的雨声。

他看着这化不开的雨雾，低声道："杉城下雨了。"

"是吗？"林疏星有些困，眼皮耷拉着，心不在焉地接着话，"平城还没有下雨。"

"嗯。"

两个人有一搭没一搭地聊了一会儿，林疏星撑不住，沉沉地睡了过去，呼吸平稳绵长。

徐迟静静地听了一会儿，没舍得挂电话，把手机放在一旁，跟着躺下来，对着电话那端的人说了句："晚安。"

林疏星从杉城回来后，期末考试成绩也出来了。林疏星在年级、班级排名都是第一，而徐迟虽然没什么飞跃性的进步，但好歹总分从一开头变成了三开头，成功从班级倒数十名里跨了出来。

林疏星知道这是他努力的结果，为他高兴了好长一段时间。

暑假过了三分之一，林疏星从英语老师那里咨询了辅导班的事情，在家里休息了两天就去报了名，顺带报了一个数学竞赛班。

辅导班的上课时间跟学校差不多，早上三个小时英语下午三个小时数学，一周休息三天。

林疏星早出晚归，晚上回来和徐迟打视频电话，两个人在电话两端各忙各的，偶尔累了，就停下来聊两句。

她白天忙着学习，徐迟在家也没闲着，成天待在屋里看高一的书。他的底子虽然差，但胜在脑袋灵活，再加上肯下功夫，一个暑假下来，他差不多将高一上学期的书学完了。

他想着，总有一天，他能和她站到一样的高度，而这一天也不会很迟。

第八章　未来甚可期

两个月转瞬即逝，开学前一天晚上，林疏星才知道徐迟要陪外公去一趟他外婆的老家，过一阵子才能回来。

这让她对即将到来的新学期有点失望。

开学后，高一（5）班搬到了高二的教学楼，变成了高二（5）班。

新学期的生活平淡如常，唯一不同的是，林疏星因为参加学生会组织的活动给高一军训的新生送水，引起了好几个男生的注意。

高一新生军训结束后，她的桌子上经常放着三四杯奶茶，抽屉里的信也是一封接着一封。

林疏星虽然拒绝了几次，但总有人锲而不舍。

升入高二的第二个星期一，林疏星和同学在广播台值班。

这学期学校给广播台开通了听众投稿环节，每周从中选取五封优秀稿件，由写稿人来广播站读稿。

这个环节不是林疏星负责，她把位置留给了前来读稿的同学，和一起值班的伙伴打了声招呼后，就去外面透气。

“今天的第一封信来自高一（2）班的周程程同学，这是她写给父母的一封感谢信，我们欢迎她。”

广播放了音乐，女生深情的读稿声夹在其中：“大家好，我是来自……”

每封信只有三分钟朗读时间。

林疏星在走廊上站了一会儿，估摸着时间走了进去，正好到了最后一个人，她抱臂站在门口等着。

“接下来，我占用大家几分钟时间说一件事。”

林疏星愣了一下，还没反应过来，就看到眼前的男生忽地站起来，手扶着话筒大喊了一声。

“高二（5）班的林疏星同学，我是高一六班的常州，我想和你交个朋友！”

林疏星：“……”

旁边一起值班的同学也愣住了，半天才想起来关掉话筒，随便插播了别的内容。

教学楼外面，隐隐传来各种尖叫声和欢呼声。

林疏星有些头疼，把人揪了出去，还没来得及说什么，他就被匆匆赶来的教导主任张阎拽走了。

临走前，他还不怕死地喊了声：“学姐，我真的很想和你交朋友！希望你能答应我！”

张阎怒火中烧，吼了句：“大过！我要给你记大过！”

林疏星既无奈又好笑，扶了扶额，转身准备进去，余光瞥见站在走廊旁边的一群人，愣住了。

过了一会儿，她回过神，对上徐迟意味不明的目光，莫名有些心虚。

徐迟怎么也没想到，自己才刚回学校，就收到了这么大一份惊喜，还是那种差点把他吓死的惊喜。

他拎着校服，慢悠悠走到林疏星面前，垂眸觑着她，语气不咸不淡：“高二（5）班的林疏星同学。”

林疏星：“……”

“我是高二（5）班的徐迟，我想和你交个朋友。”

林疏星：“……”

“同学，我是真的很想认识你，希望你能答应我。”

林疏星被他一本正经的模样逗乐了，忍不住笑出了声，温和道：“你什么时候回来的？之前不是说要半个多月吗？”

徐迟看到她眼里的笑意，板着的脸也缓和了些许，懒洋洋道：“我不早点回来，怎么会看到如此精彩的一幕。”

他说完，眉头微皱，迟疑道：“你是不是长肉了？”

林疏星不乐意地嘟囔：“没。”

他低笑一声，抬手揪着她的肩膀前后左右看了一遍，眉头舒展开，一本正经地重复一遍：“确实是胖了。”

林疏星差点动了粗。

但她转念一想，两个人这么长时间没见，她也不想把温馨的久别重逢弄得比较血腥，忍了忍，还是好脾气地问道：“外公最近怎么样啊？”

“他老人家好着呢。”徐迟斜斜靠着门栏，抱着臂，左手搭着右胳膊，气定神闲地敲着，“相比较而言，我就不是很好了，整天饭吃不下，觉也睡不着，精神也不大好。”

林疏星被他说得一愣一愣的，迟疑地问：“那你没事吧？”

“问题不大，”徐迟眉眼低垂，黑眸里有着异样的情绪，“也就是一个不留神就能断气的事。”

林疏星：“……”

林疏星的嘴角抽搐了一下，估摸出他话里的意思，故意揶揄道：“你年纪轻轻，体质这么差啊？”

他哼了一声，低头凑过去：“刚刚那个男生是谁？”

“常州，是高一的学弟。”林疏星解释道，“之前他们军训的时候，学生会组织大家给他们送水，估计是他那时候认识我的。”

两人来不及多说，跟林疏星一起值班的同学便在一旁提醒：“那个……可以继续下个环节了。”

林疏星连忙应道：“哦，我马上就来。”

“好的。”

她说完话，又看向徐迟，眉眼带着笑：“你先回去吧，我等会儿结束回去找你。”

林疏星话音刚落，木门嘭的一声在他面前关上。

徐迟：“……”

徐迟的舌尖顶了顶上颚，摸着被磕着的脑袋，无奈地笑了一会儿，他刚离开，就听见广播里传来熟悉的声音。

“今天的第一首歌是一位陌生同学送给高二（5）班徐迟同学的，她说这首歌的歌名很符合徐迟同学的为人。”

不知怎的，徐迟的右眼莫名地跳了几下。

“这首歌是——”广播的人顿了一秒，继续道，“《无良》。”

徐迟：“……”

教学楼里响起一阵更加疯狂的尖叫声和欢呼声。

徐迟抄着手站在走廊上，闭着眼在心里默默背了一遍《静心经》，然后一脚踢翻了旁边的水桶，里面的水哗啦哗啦全部洒在走廊上。

他从流水上走过去，稳健的步伐中隐隐带着怒气。

去他的《静心经》吧。

林疏星瞎扯完后也有点儿心慌，毕竟广播是当着全校师生播出的，而徐迟也不是不知名的学生。

他在平城高中，甚至是平城大大小小的高中里，都是小有名气的人，他就这么当众被她出了丑。

林疏星觉得她很有可能要见不到第二天的太阳了，甚至可能连今天晚上的月亮都见不到了。

但她没有想到的是，先让她见不到月亮的不是徐迟，而是陈儒文。

广播结束后，她就被陈儒文叫去了办公室，至于是什么原因，彼此都心知肚明。

她到办公室的时候，教导主任张阎也在，之前在广播里扬言要跟她交朋友的那个叫常州的男生也在。

这让林疏星觉得有些意外，但她没敢多说什么，毕竟不管是她被人恶搞，还是她在广播里戏弄徐迟，这两件事在陈儒文这里都可大可小。

她依旧乖乖地敲了门，站在门口打了招呼：“陈老师，你找我？”

陈儒文闻声抬头，“嗯”了一声：“进来吧。”

常州依旧不怕死，朝她龇牙咧嘴笑了一下：“学姐。”

张阎一巴掌拍在他的脑袋上：“笑笑笑，笑什么笑！等会儿你的家长过来，看你还笑不笑得出来！”

常州：“……”

林疏星抿着唇角，忍住笑意。

走廊外吵吵闹闹走过一大群男生。

陈儒文敲了敲桌子，语气不大好：“关于常州的处分会在下周一的升旗仪式上宣读，我和张主任商量过，给他记大过、留校察看的处分。”

他看向林疏星，目光有些意味不明：“学校的校规，你们竟然不当一回事，你们现在都还小，我希望你们少弄点歪门邪道，学生要以学习为主。”

林疏星愣了一下，点头道：“我知道。”

陈儒文和张阎又说了别的，直到接到常州父亲的电话，张阎才带着常州离开办公室。

林疏星默了默，试探性地问道：“陈老师，您还有什么事吗？没事的话我——”

陈儒文见她这样，语重心长地说道：“我之前跟你说了多少次，你现在的主要目的是学习。再说了，徐迟他是什么样的学生，我们老师清清楚楚，你说你一个好学生为什么要和他做朋友？”

林疏星听到这里，眼皮一跳，攥紧了手，下意识替他维护道：“陈老师，徐迟他没有你们想象中那么不好。”

“你——”陈儒文隐隐有了怒气，“你不要觉得自己成绩好就开始降低对自己的要求。”

他叹了一口气，说：“你们现在的任务就是学习，考一个好大学，才能对得起养育你们的父母，对得起学校这些老师对你们付出的心血。”

林疏星咬着唇沉默了一会儿，手握得更紧，在心里做了决定：“陈老师，我知道你说这些都是为了我好，我回去会好好考虑的。”

陈儒文见她妥协了，脸色稍微缓和了些：“老师也是为了你们好，唉，算了，你回去好好想想吧。”

她“嗯”了一声，别的没再多说，出了办公室，转身看到站在外面的人时，停下了脚步。

徐迟从广播站出来后直接回了教室，一路上受到了来自各个班级学生的注目礼，他忍着脾气到了班级。

教室里的同学看他脸色不好，又想到刚才的广播，再怎么想笑都硬生生地憋了回去。

唯有林嘉让不怕死，在他身旁笑个不停。

他一脚踢过去，语气冷淡：“你再笑？”

林嘉让抿着唇角，连忙摆手：“不笑了不笑了。”

周围安静了。

林嘉让跑出去和别班的男生说话，徐迟在教室里坐了一会儿，也起身走了出去。

过了一会儿，周一扬带着几个文科班的男生从楼上下来，朝他抬了抬下巴：“我刚路过四楼，看到你们班长还有阎王都在你们班主任办公室，她是不是因为广播的事受处罚了？”

徐迟闻言，脸色沉了沉：“你没看错？”

“那么大个人，你当我瞎？”周一扬走过来，嗤笑了一声，“不过，你们班长胆子真大。”

徐迟没心思跟他开玩笑，抬手拍拍他的肩膀：“谢了，我上去看看。”

“说什么废话。”周一扬推他一把，转过身和林嘉让说话。

徐迟直接上了四楼，正好碰到张阎揪着常州从办公室出来，他往旁边躲了躲，等他们走了才站过去。

办公室的窗户没关，里面人的说话声清清楚楚地传出来。

他静静地听着，脸色却是一点点沉了下去，搁在口袋里的手无意识地攥紧了又松开。

大概过了八分钟，林疏星从办公室里出来，他站直了身体，对上她的目光，两个人隔着一扇窗户，静静地望着彼此。

两人明明近在咫尺，却又像隔了千万里。

林疏星怕陈儒文发觉异样，脚步只停了一瞬，便重新抬脚，朝他走过去，什么也没说，带着他直接去了教学楼背面的长廊。

临近上课，长廊周围几乎没有人。

林疏星垂着脑袋坐在一旁，手指揪着旁边冒出来的草，声音有些低："你都听见了？"

他"嗯"了一声，往前走到她面前，他不敢想象她会做出什么样的决定。

林疏星也有些惊讶，抬头看着他，抿了抿唇角，语气低沉："不管你信不信，你对我来说是很重要的朋友，是不管未来会怎样，都不会影响到我们感情的朋友。"

徐迟听到这话，积攒在心头的不安与紧张通通消失殆尽，他收紧手指，滚了滚喉结，再开口时，声音有些嘶哑："好。"

她"嗯"了一声，在他身旁坐下。

暮色渐深，鎏金色的光芒铺满整个校园。

长廊这里静谧无声，时不时走过的学生朝里面看过来，只能看到两个模糊的人影。

林疏星揉了揉眼睛，盯着地上的光影，沉默了一会儿，才轻声道："徐迟，你以后别逃课了，可以吗？"

他"嗯"了一声。

这天后，徐迟没有再逃过课，违纪的事情也几乎没做过，只有偶尔上课实在困得不行时，才会趴在桌上睡一会儿，等醒了之后，又开始埋头学习。

一段时间下来，他整个人消瘦了一圈。

林疏星看着不忍，晚上两人待在一块的时候，她和他暗示了几次再怎么学习也要注意休息。

可他始终是口头上认真地应着，转过身又自己学到凌晨一两点，第二天顶着两个黑眼圈到学校。

林嘉让他们几个男生周末叫他出来玩，他也不怎么出去，只有某些晚上他们喊他出来打球，他才会出来。

周一扬笑他这样发了疯地学习，迟早把自己的身体拖垮，他也不在意，抬手把球往篮圈里一砸，挥挥手继续回去学习。

他们就搞不懂了，一个玩世不恭的校霸怎么活生生被逼成了废寝忘食的学霸。

徐迟懒得跟他们解释，在他眼里，什么都没有和林疏星站到同样的高度来得重要。

就这么过了一个月，他们迎来了高二的第一次月考。

在考场座位安排表上，林疏星依旧在第一考场。不同的是，徐迟因为之前期末考试进步，考场号往前进了好多。

考试前那天的晚自习，徐迟站在那张考场座位安排表前看了好久，回去的时候收到了林疏星的短信："早点休息，明天加油。"

他回道："你也是，考完在第一考场等我。"

林疏星隔了半个多小时才回消息："知道啦，晚安。"

徐迟也回了一句晚安。

他坐在桌边，翻了翻两人的聊天记录之后便把手机放下，又拿起一张新的数学卷子开始做。桌角的时钟一圈转过一圈，窗外的天空蒙上一层雾气。

小区里阒寂昏暗，唯有他这扇窗里一直亮着灯，直到天色将明。

分完科后，文理科各只有六门课程，考试时间只有两天，考试成绩也在放完国庆假期后公布了。

林疏星依旧是年级班级第一，她的英语也是头一回上了一百三十分，为此英语老师在课堂上夸了她好几次。

另外，让五班一众同学惊讶的是，成绩一向垫底的徐迟在这次月考里冲进了班级前二十，各科成绩也都达到了及格线，数学成绩甚至能在班级排到前十。

不仅是他们感到吃惊，连陈儒文看到成绩单的时候也愣住了，还特意找了跟徐迟同个考场学生的成绩。

没承想，他却是那个考场的第二名，第一名是上学期期末缺考了三门的重点班学霸。

不了解的人都以为他作了弊，或者是撞上了大运气，只有林疏星知道，他在背后下了多少苦工夫。

当林疏星在班级群里看到成绩单的时候，她下意识扭头去看徐迟，正好他也往这边看。

两个人的目光不偏不倚地撞上。

他愣了一下，随即弯着唇角，会心地朝她笑了一下，眼角眉梢都是温柔。

林疏星也笑了。

她想，上天总是不会辜负努力的人。

他们未来可期。

月考结束没多久，学校开始筹备秋运会，要求每个班级各个项目最少有两个人参加，男女皆是。

陈儒文把这项报名的任务交给了体育委员秦风和班长林疏星负责，两个人分工合作，成天撺掇着同学报名秋运会。

但是效果并不显著，只有寥寥几个人报名秋运会。

就这样到了周五，学校临时通知大扫除。

劳动委员开完会回来，按着平时值日的分组安排事情，林疏星和许糯加上另外四个女生负责擦窗户，以及教室前后的两块黑板。

林疏星有点儿畏高，没敢上桌子，她主动揽下了换水和擦黑板的任务。

她从教室后面翻出一个没怎么用过的塑料桶，提着它去了厕所，装了大半桶水。

女厕所对面就是男厕所，几个男生在那里洗拖把。

林疏星没在意，费力地提起桶，慢吞吞地往回走，胳膊绷得紧实，手掌心也被勒得通红。

她走了几步，把桶搁在地上，甩着手腕，头发松散地垂在脸侧。

她身后有脚步声传来，刚刚在厕所洗拖把的几个男生嬉笑着走过去，手里的拖把不断地滴着水。

片刻后，一个人在她身旁停下，随即略微弯腰，提起她脚边的水桶，轻轻松松地往前走去。

林疏星愣了一下，弯唇跟了上去。

到了教室后，徐迟和林嘉让坐在四组的桌子上聊天，他提回来的水桶放在一组的过道中间。

他看到她，微不可察地挑挑眉尾，动了动唇瓣，又别过头和旁边的人说话。

等大扫除结束，陈儒文来教室检查了之后，他大手一挥，道："好了，大家早点回去吧。"

班里顿时响起一阵欢呼。

几个男生拎着书包，抱上篮球，吆喝着去了球场。女生三两结伴，有说有笑地出了教室。

没一会儿，林疏星去厕所洗完手回来，发现偌大的教室里人走得一干二净，只剩下风扇还在呼呼地转着。

她回了座位，收好书包，走到教室前面关了灯和风扇。

徐迟不知道什么时候折了回来，单肩背着包站在教室后面，暮色笼罩着他。

他斜斜地靠着门，定定地看了她几秒，忽地笑了出来："你还不过来？"

林疏星捏紧了书包的带子，犹豫了三秒后快步走了过去，在他面前站定，嘀咕了一句："你好像瘦了。"

"瘦了吗？"徐迟摸摸自己的脸，"没吧。"

她又看了看，肯定道："瘦了。"

他低笑道："那也没有瘦很多，我自己都没感觉到。"

过了一会儿，走廊外面传来一阵脚步声。

热风从未关严的窗户吹进来，卷起窗台边的帘子，帘摆在空中漾开。

林疏星盯着地上的影子说:“徐迟,我有点饿,想先去吃饭了。”

他“嗯”了一声,低声道:“那走吧,正好我也饿了。”

两人从学校出去时,天色还没有完全暗下来,西边是大片的云霞,夕阳藏在云层里。

徐迟和林疏星骑着自行车,一前一后出了校门。他们朝着两个方向走,最后在他家门口的奶茶店碰了头。

旁边的书店门口有音乐声传出来。

徐迟骑在自行车上,一只脚踩在地面上保持平衡,手扶了扶背在肩上的书包,问她:“晚上想吃什么?”

林疏星有点饿,也没了自己买菜回去做的念头,于是指了指街角的一家面馆:“我吃面,你吃什么?”

他无所谓地耸耸肩,长腿一跨,从自行车上下来,一只手支着车把站在一旁,神色温柔:“我不饿,跟你吃一样的就可以。”

林疏星微微皱眉,说:“你是不是晚上经常不吃饭?”

徐迟看着她的表情,唇角一弯:“没有,我平时都会吃晚饭的。”

其实并没有,有时候他只顾着做试卷,等做完了才想起来饿,时间都晚了,他就随便弄了点面包和泡面垫肚子。

只不过这些事情他是不可能跟她说的。

他推着自行车往前走,语气冷淡:“走吧。”

“好。”

等两人吃了面出来,夜色降临,繁星密布,高悬的弯月也比往常亮堂许多,衬得周围的星光都黯淡了些许。

两个人站在路边,周围来往的车辆络绎不绝,先前昏暗的巷口亮起了灯,底下摆着各式各样的小吃。

徐迟踢开脚边的石子,声音一如既往温柔:“逛逛?”

林疏星笑了一声,说:“好啊,我们去前面那个超市看看吧,买点吃的。”

他低笑一声,笑声如同夹了暮春的风,丝丝入耳:“行。”

还没到八点,超市里的人不是很多。

他们俩推着车,在超市里面慢悠悠地逛着,也不急着回去。

林疏星拿了好几样水果，路过冷藏区时又拿了两盒酸奶。

最后，两人买了一堆小零食。

准备去买单的时候，她顺手从旁边的货架上拿了两个果冻放到推车里，抬头看他：“你要买什么吗？”

徐迟摇摇头，说：“没有。”

“那走吧。”她推着购物车向收银台走去。

到了收银台，徐迟摸出钱包准备结账，林疏星拉住他，语气不容置疑：“这是我给你买的。”

他唇角一弯，也没跟她抢着买单，收起钱包往旁边让了让，拿起一旁的袋子往里面装东西。

回去的路上，徐迟一只提着袋子，另一只手推着车，林疏星走在他内侧，两个人有一搭没一搭地说着话。

到家后，徐迟开了空调，把袋子里的两盒果冻拿出来塞给她，然后自己提着袋子进了厨房。

不一会儿，哗啦啦的水声从里面传出来。

林疏星拿着果冻走到茶几旁，直接坐在地板上，把桌上的东西收了收，从书包里拿出书和卷子摊在面前。

她回头看了看厨房的方向，眼底晕开笑意。

大概过了六分钟，徐迟从厨房里出来，手里端着洗干净的水果，青的红的紫的，好几种颜色凑在一起。

他也在茶几旁的地板上坐下，微微弓腰把果盘放在桌子的空处，骨节分明的手指搭着膝盖，手背沾着水。

林疏星抽了一张纸巾递给他：“擦擦。”

徐迟“嗯”了一声，接了纸，漫不经心地擦着手，背抵着沙发，眼睛看向她手里晶莹剔透的果冻，问了句：“好吃吗？”

“你自己尝尝，”林疏星把另一个还没拆开的果冻拿过来，用乌黑圆亮的眼睛看着他，“给。”

他抬手刮了刮眉毛，接过果冻，将它握在手里转了几下，才撕开上面的包装膜，拿起旁边的塑料勺子舀了一块果肉。

甜腻腻的味道在嘴里漫开，他细嚼了两下，吃到了里面的水果碎屑，口感并不是他所喜欢的。

林疏星盘着腿，手搭着腿，抬头看他：“好吃吗？”

他抿抿唇，咽下那一点水果，神色自如地瞎掰：“还可以。”

“真的吗？”她的眉头微微皱着，“可我觉得有点太甜了，跟我以前吃过的味道不大一样。”

他轻咳一声，把握在手里的果冻放到一旁，语气自然道：“不好吃就不要吃了，吃点水果吧。”

她点点头：“好。”

墙上的时钟刚转过八点。

林疏星吃了几个草莓后，站起来去洗了洗手，回来后依旧坐在原位，别过头看他：“写作业吗？”

徐迟点点头，起身去拿书包。

客厅里只开了一盏灯，空调的凉风从四面八方吹过来。

他们俩并肩坐在茶几旁，各自写着作业，也不怎么说话，只偶尔徐迟起身去倒水时，会问她一句。

墙上的时钟嘀嗒嘀嗒转过一圈，窗外的夜色更深了。

林疏星写完数学作业，伸了伸懒腰，拿起手机看了眼，发现班里的体育委员半个多小时前给她发了一条消息。

——下周二就要交运动会的报名表了，你那边的报名情况怎么样？

她抓了抓脸，从包里翻出报名表，回了消息：“我只剩下八百米和铅球没有人报名，其他的都差不多了。”

秦风立马回了三个哭脸，紧跟着发了两条消息。

一条是：“你看我这边，”另一条是一张图片。

她点开图片。

是男生项目的报名表，表上的十二个项目里，秦风一个人报了四项，也有别的男生报了几个项目，但大部分项目还是缺人的。

秦风：“我问了一圈，都没人报名，我一个人报了四项也不管用。”

林疏星还没想好怎么回，他又说："算了，我再想想办法。你忙吧，不打扰你了。"

她回了个"嗯"字，想了想又添了一句："我帮你问问。"

秦风回道："谢了。"

她没回了。

聊完天，林疏星放下手机，若有所思地看着坐在一旁的徐迟，她想了一会儿，拿手指戳了戳他的胳膊："那个。"

"嗯？"他没抬头，手里的笔也没停，随口问道，"怎么了？"

她凑到他眼前说："过阵子就是运动会了，你有没有想要展示的东西？"

徐迟挑眉："比如？"

"比如拿个长跑冠军或者是跳远冠军，不是冠军也可以，亚军季军都没问题。"

他唇角一弯："没有。"

林疏星撇了一下嘴角，往后退了点。

过了一会儿，徐迟补完物理笔记，见她捏着手机趴在桌上，歪头靠了过去，盯着屏幕念："你运动会报名了吗？如果没有，可以……"

他还没读完，林疏星倏地直起身，脑袋磕到他的下巴，又缩了过去，护着手机，回头觑他一眼："你干吗偷看我发消息？"

他揉着下巴，问了句："你给谁发消息呢？"

她撇嘴，故意道："会参加运动会的人。"

徐迟："……"

"有项目展示的人。"

徐迟："……"

徐迟低笑一声，趁她不注意，长臂一伸，把她的手机抢了过来："我倒要看看是哪个人。"

"你把手机还给我！"林疏星作势去抢手机。

他举着手机往旁边躲，一只手在屏幕上点了点，边笑边道："班长，这人不给面子啊，居然说他没有时间。"

她脸一热，喊了声他的名字，又羞又无奈："徐迟！"

徐迟见她这样，也歇了笑，把手机递到她眼前，妥协道："给你。"

林疏星拿回手机回完消息，微微支起脑袋，瞥见他眼眶下的一圈青色，心忽地就软了，顺手拿起沙发上的毯子搭在他身上。

房间静谧，林疏星低声喊他的名字："徐迟。"

"嗯？"

她软声道："辛苦你了。"

如果不是因为她，他根本不用这么拼了命地学习，可以一直过着逍遥自在的生活。

哪怕他无所事事，也比现在要轻松许多。

他低笑道："你是不是果冻吃多了，把脑袋吃坏了？"

林疏星不满地抱怨道："你才把脑袋吃坏了。"

徐迟看着她，语气认真："我没觉得辛苦。"

"徐迟……"林疏星的眼睛有点酸，她没再说什么，坐在一旁，拿起手机看了看消息。

之前她问的几个男生，都给她回了消息，说不想参加运动会。

她轻叹了一口气，歪头看着躺在地上的人："组织需要你。"

徐迟低声笑着，双手交叠垫在脑后，漫不经心地说道："组织跟我又没有关系。"

林疏星抿了抿唇，小心推开旁边的木茶几，挪到他眼前："那班长需要你，行吗？"

他睁开眼，对上她的目光，顶上的灯光照亮他漆黑的眼睛，林疏星在里面看到模糊的自己。

她盘着腿，手臂抵着腿根，又问了一遍："行吗？"

徐迟抬手搓了搓鼻梁，不紧不慢地说道："我帮你找一个人，你答应我一件事，具体什么事以后再说。"

林疏星："……"

这还是人吗？

林疏星忍不了了，伸手拍了他一下，不满地抱怨道："你怎么这样啊，你这是趁火打劫。”

他笑声清朗，也不在意：“嗯，我就是趁火打劫了。”

两个人打闹了一会儿。

徐迟支着腿坐起来，手臂搭着膝盖，垂下眼帘，盯着她气鼓鼓的脸看了几秒，忽地轻笑出声。

林疏星不乐意地觑了他一眼：“你笑什么？”

他摇摇头，抬手揉了揉发红的眼睛。

林疏星觑着他，又气不过，在他胳膊上掐了几下，嘟囔：“浑蛋……”

她一个人嘀嘀咕咕说了一堆话。

徐迟也不管，懒洋洋地靠着沙发，等她说完了停下来，才侧身从旁边摸出自己的手机，垂着眼眸看她，漆黑的眼底晕开笑意：“你怎么不说了？”

她撇着嘴，道：“我累了，歇一会儿。”

他轻轻笑着，手指点开屏幕，给林嘉让发了消息后，把手机丢给她：“自己聊。”

林疏星接过手机，翻开一看，是他和林嘉让的聊天界面，几秒前，他发过去一条消息：“运动会报名。”

她抿抿唇，戳戳他的胳膊：“谢谢。”

徐迟垂眸觑着她，语气冷淡：“刚刚你不是还骂我？”

“啊……刚刚那不是我。”

他轻斥一声，手掌盖着她的眼睛，温声道：“自己玩吧，别吵我。”

“成。”

林疏星笑眯眯地拿着手机躺到一旁的沙发上，林嘉让正好回了消息：“啥玩意？你要参加运动会？”

她抿着唇，点开输入栏，学着徐迟的语气回消息：“嗯。”

他回得很快：“那你参加呗，跟我有啥关系。”

林疏星想了想，回道：“你也一起，叫上那几个男生。”

林嘉让不知道做什么去了，隔了两三分钟才回消息：“妹妹，你给阿迟喂迷魂汤了？能让他参与这么无聊的事情。”

林疏星愣了一下，仔细地看了看手机，迟疑道：“你怎么知道是我？”

林嘉让直接发了语音：“那个家伙，回我消息从来不会超过三个字，接我电话永远说不过一分钟。”

徐迟：“……”

林疏星对上他的视线，忍住笑意：“你们俩是怎么走到今天还没分开的？”

徐迟：“……”

他抿了抿唇角，拿起手机按下语音，回道：“怎么，你有意见？”

林嘉让说：“没有没有，我哪敢对您有意见。”

隔了一秒，他又发过来一条语音：“你真的要参加运动会啊？你要是真参加我也参加。”

徐迟回了个“嗯”，又把手机丢给林疏星：“你自己跟他说吧。”

林疏星点点头，接着他那个“嗯”字，又回了一条语音：“你能不能再找几个男生？还有好多项目缺人。”

他回道：“成，那回头我再叫上张子浩他们几个人。”

林疏星长舒了一口气，敲下几个字：“谢谢你啊。”

“客气啥。”

手机安静了几秒，又振动了一下。

是林嘉让发来的消息：“妹妹，我偷偷跟你说，阿迟的手机里有个用你的名字命名的文件夹，你可以去看看，有惊喜。”

林疏星愣了一下，抬头看了看徐迟，莫名有些心虚，打字的声音都小了些：“是什么啊？”

他故意卖关子：“你自己去看，我不跟你说了，朋友喊我打游戏。”

“哦，好。”

林嘉让没再回复。

林疏星拿着手机，一副若有所思的表情。她沉默了一会儿，抿抿唇，用脚丫子碰了碰徐迟的后背：“你的手机我能看看吗？”

他“嗯”了一声，头也没回。

他同意了的话，应该就不算侵犯隐私了吧？

这样想了想，林疏星心底那一点点不好意思被好奇心完全压了下去，她伸手点开桌面的文件管理。

她往下翻，果然在最底端看到一个用她名字命名的文件夹。

她点开文件夹，里面全是照片，手机反应了几秒，照片才一张张显示出来。

林疏星愣住了，照片里上的人全是她。

睡觉的、吃饭的、说话的、笑着的、哭着的、闹着的，她的喜怒哀乐，她生活里的千姿百态，她的所见所触都被他收录在这里。

每张照片都被他标记了时间，暮春盛夏寒秋凛冬，一年四季里与她有关的所有都在这里。

徐迟见她许久没有动静，扭头去看她，却见她红着眼咬住唇角，不知道在看什么。

他放下笔，起身坐了过去：“你看什么——”到嘴边的话倏地没了。

林疏星没有看他，随便点开一张照片，声音有些沙哑：“看这张照片我都记不得我当时在做什么了。”

照片里的她穿着夏季的短袖校服，坐在位子上，不知道当时提到了什么，她脸上带着笑意。

徐迟接过手机，看了眼时间，垂眸想了一会儿，轻描淡写地说道：“下午课间，你吵着热，好像是许糯给你说了好几个冷笑话，说要给你降温。”

他又往下翻了一张照片。

她拿着试卷站在走廊上，身体瘦削。

“快期末的一次英语测试，你只考了九十多分，英语老师找你去办公室谈了话，你回来之后就站在外面。”

林疏星抬头看他，感动地抹掉眼泪，瓮声瓮气道：“徐迟，你怎么对我这么好。”

徐迟笑了笑，看着她一字一句道：“你值得。”

林疏星听到这里，眼泪又忍不住掉下来。

她这样子小声克制地哭，徐迟反倒有些不自在和不知所措，低声哄道：“好了，别哭了，我又没欺负你。”

他轻笑着，起身去浴室拿了湿毛巾出来，让她擦脸。

林疏星拿回他的手机，接着翻照片，有些记不得的，他就自然地接了话，墙上的时钟嘀嗒嘀嗒转着。

“这张照片……”林疏星看着照片周围的环境，“好像不是在学校吧？”

徐迟歪头看了一眼，没怎么想就记起来了，是很久之前周一扬在奶茶店拍完发给他的。

几个男生打赌找她要手机号码，她故意给了错的，他却记着了，断断续续发了好几个星期短信，才知道号码是错的。

他的神色有些不自然，想混过去：“是吗，我记不太清楚了。”

没什么印象的林疏星盯着照片看了一会儿，反而有了记忆：“我想起来了，当时好像是周一扬他们在吧，你后来也过来了，李建还跟我要了手机号码。”

她眉头舒展，完全回忆起来，唇角一弯：“偷偷告诉你，我当时给的是张阎的号码。”

徐迟比谁都清楚她给的是谁的电话号码。

他当时把号码存在手机里，连着几个星期给那个号码发了早安和晚安，还有一些无聊的事情。

最开始，号码的主人还会追问他是谁，也会打电话过来，他没回消息，电话也没接。

久而久之，他被对方拉入了黑名单。

徐迟为了继续发消息，还特意办了好几张不记名的电话卡，对方拉黑一张他用一张，乐此不疲。

直到有一天，他在她家小区门口等了大半个上午都没见她出来，没怎么多想，就给她打了电话。

他用的是最开始被拉黑的号码，电话没接通，他直接在小区附近的营业厅办了一张新卡，重新给她打了电话。

这次电话通了，但让他没想到的是，接电话的是一个男人。

再后来，兜兜转转知道了电话号码真正的主人是张阎。

给教导主任发了大半个月的短信，这件事要是提起来，大概是他人生中最大的污点了。

林疏星没注意到徐迟不对劲的神色，还在念叨着这件事："也不知道李建后来有没有给那个号码发消息，他要是知道接收人是阎王，估计都要恶心死了。"

徐迟："……"

他捋着头发，往后靠着沙发，每听她讲一个字都觉得往自己心口扎了一刀，忍不住掐了一下她的胳膊。

林疏星叫了一声，不乐意地推开他："你掐我做什么？"

"你没事把张阎的号码给人家做什么？"他语气冷漠，脸也黑着。

"那我当时跟他们又不熟，"林疏星有些不明白，"你生气什么啊，我又没有把你的号码给他。"

她说完，顿了一下，略一思索，脑袋里冒出一个大胆的想法："你该不会给那个号码发消息了吧？"

"怎么可能，"他的语气又急又快，像急着撇清什么一样，"我像做这种事的人吗？"

他越是这样，林疏星越觉得有鬼，语气也更加笃定："像啊，怎么不像了，你那时候就开始存我的照片，给我发消息又有什么不可能。"

徐迟的心口痛得慌，他搓了搓脸，伸手将她拎开，起身趿上拖鞋往厨房走："我不跟你说了。"

林疏星鲜少看到他这个样子，穿上鞋，紧紧地跟在他身后，语气有些欠打："你看你看，你心虚了，你肯定给我发消息了。"

"没发。"

"发了。"

"没。"他拉开冰箱，从里面拿了一瓶纯净水，拧开瓶盖，仰头喝了两口，重复了一遍，“我没发消息。”

林疏星咂咂嘴，靠着旁边的桌子，气定神闲地看着徐迟：“那行呗，我去找李建问问，他后来给那个号码发消息了没。”

徐迟：“……”

徐迟把水放在她手边，伸手捏住她的脸颊，语气有些咬牙切齿：“我看你就是欠捶。”

她丝毫不介意，唇边笑容狡黠，依旧不依不饶地追问道：“那你到底发没发啊？”

徐迟垂眼觑着她，也没说话。

两人就这样静静地对视了一会儿，林疏星看到他微不可察地点了点头，语气有些无奈，还有些不情愿：“发了。”

她眼睛一亮：“发了什么？”

他松开手，往后退了一步，拿上水往外走，不咸不淡地吐了一句话：“女士，中国人寿要了解一下吗？”

林疏星：“……”

林疏星自然不相信他的话，不依不饶地缠着他一直问，他被她闹得不行，直接闭嘴不再说话。

至于他给张阎发了什么短信，他是不可能告诉她的，死也不会告诉她的，这辈子都不可能告诉她的。

十月过得很快，转眼就到了月底的运动会，整个校园都热闹了起来，平日里空旷的操场人山人海。

运动会有开幕式，到时候，每个班级都穿着自定的班服绕着操场跑道走一圈，走到看台底下，还要喊口号。

五班定的是民国服装，女生是蓝色学生装搭着黑色的民国裙，男生是统一的黑色中山装。

班服一早就发下来了，林疏星和徐迟早上到教室的时候，部分同学都已经换好了衣服。

林嘉让难得来得早，也换好了衣服，挂着相机负责给班里的人拍照。

林嘉让见到他俩，笑眯眯地凑了过来："哎，你们怎么还不换衣服？等会儿就要去集合了。"

"这就去了。"林疏星放下包，从里面拿出洗干净的中山装递给徐迟，"你先去换吧，我等下跟许糯一起换。"

徐迟"嗯"了一声，接过衣服，低头嗅了一下："你放了什么？好香。"

"就洗衣液啊，很香吗？"她凑过去闻了闻，"还好吧，没有特别香，不仔细闻都闻不到了。"

他低笑道："我能闻到。"

站在一旁的林嘉让："……"

我又做错了什么呢？

过了一会儿，许糯也到了教室。

林疏星跟她一起去厕所换衣服。

等她们换好衣服回去，班里的同学都来得差不多了，有几个女生坐在位子上，拿着小镜子往唇上抹口红。

林疏星在教室里找了一圈没找到徐迟，刚想问林嘉让，他反倒先开了口："阿迟接电话去了。"

她"哦"了一声没再多问。

许糯回了座位上后，从包里翻出自己的秘密武器，开始捯饬。

林嘉让好奇地凑了过去，翻了翻她的化妆盒，像一个好奇宝宝一样："这根铅笔怎么这么粗？"

许糯说："这是眉笔。"

"你往眼睛下面抹了什么？"

"遮瑕膏。"

过了一会儿。

"你又在眼睛下面弄什么呢？"

"画卧蚕。"

"那你刚刚遮的是什么？"

许糯："……"

我选择死亡。

林疏星在一旁听得乐不可支，眼睛都笑弯了，耳侧忽地传来一道温热的呼吸："你笑什么呢？这么开心。"

她吓了一跳，回头看到他，眼睛一亮。

他已经换好衣服，只不过穿得比较随意，黑色的中山装外套敞开，露出里面的白衬衫，修长的颈脖埋在领口里面，脊背挺直，双肩侧缝的线条合着他身体的线条。

底下黑色的长裤衬得他的长腿笔直，线条流畅得不得了。

林疏星脸上的笑意更甚："你真好看。"

他笑开了，借着桌上的书掩饰，温声道："你拿我寻开心呢。"

她摇摇头，说："你就是好看，比他们都好看。"

这话没有一点夸张，他本就长相清俊，加上肤色比平常男生要白很多，穿着暗冷的黑色还比平时多了一丝矜贵。

仔细看看，他不笑的时候，还真有点像那个时期某个豪门贵族里的少爷。

一旁的林嘉让被逼疯了的许糯赶走，他重新捧着相机在教室里转来转去，不经意间他看到坐在角落里说话的徐迟和林疏星。

男生靠着桌子，微微弓腰，低头看着坐在对面的女生，侧脸的弧度柔和，窗外的阳光正好照进来，整幅画面像添了一层滤镜，斑驳又温暖。

他举起相机，正准备拍下这一幕，恰好此时教室里不知道谁大喊了一声，说话的两个人扭头看了过来。

"咔嚓。"他按下快门。

窗外阳光正好，两个人脸上都带着未褪去的笑意，乍一看过去，仿佛真的回到了那个传奇年代。

九点钟，运动会开幕式开始，广播里响起国歌和校歌。

全校学生按着高一、高二、高三的顺序站在跑道上，班长举着班牌站在队伍前面，依次绕场走一圈。

等学生列队结束，校领导站在看台上慷慨激昂地说完开幕词，运动会才正式拉开帷幕。

上午的项目是男女一百米、五十米短跑，外加立定跳远跳绳跳高三个项目。

徐迟报了两个项目：五十米短跑和跳高。

开幕式一结束，有比赛项目的人都忙着去厕所换衣服，他和林疏星没说两句话，就被林嘉让催命一样叫走了。

他忙着比赛，林疏星也没闲着。

她和几个广播站的同学是运动会的播报员，负责播报每个班级递上来的稿子。

“高一（4）班的运动健儿们，此时此刻，跑道便是你们精彩的舞台，声声加油是你们最高的奖项！高一（4）班全体同学预祝参加男子五十米短跑的李正飞、殷成育、宋辉同学在比赛中获得佳绩！”

“高二（3）班……”

广播里传来声音：“请参加高二年级男子五十米短跑的选手马上到检录台登记信息，比赛即将开始。”

坐在看台上整理稿件的林疏星闻声，顺势往台下看了过去，检录台那儿到处是人，她找了一圈才在最外层找到徐迟。

他换了身衣服，黑色的T恤，黑色的运动中裤，额上戴着同色系的发带，此刻他正扭着头和林嘉让说话。

他站在那里，阳光落在他肩上，明明是漫不经心的姿态，林疏星却觉得他异常耀眼。

有不少女生站在他周围，目光投向他身上，皆是一脸兴奋，像发掘了什么宝贝一般，急着和同伴分享。

林疏星的心像被小钩子钩了一下，又像被使劲摇晃过的可乐，瓶口打开，冒出酸涩的泡泡。

旁边的同学又塞给她一沓稿件：“星星，你发什么愣呢，快点读啊，还有好多份稿子呢。”

她匆忙回过神，随手拿起一份稿件读，目光却依旧投向台下某处。当她在看到有胆大的女生凑上前给他递东西时，眉头忍不住蹙了一下，语气有些急：“高二（5）班的徐迟同学！”

高二男子五十米短跑检录台附近挤满了人，徐迟和林嘉让还有几个别班的男生懒得往前挤，就站在跑道旁有一搭没一搭地说着话。

学校为了让学生感受到三百六十度全方位立体音，在操场四周都装了音箱和喇叭。

离徐迟他们五十米远的围栏上就装了一个音箱，此刻里面传来阵阵激昂的音乐。

林嘉让揉了揉耳朵，说话声不自觉放大："我去，学校这是装的什么音箱，声音这么大。"

旁边的男生接了话："中国制造了解一下。"

林嘉让："……"

徐迟站在一旁，神态慵懒，他静静地听他们几个吐槽，眼睛不经意间掠过站在一旁盯着他窃窃私语的几个女生，眉头微不可察地皱了皱。

他往旁边走了一步，脚尖掉了个方向，只把背影对着那几个女生。

检录台的老师又在广播里喊了一声："请参加高二男子五十米短跑的选手尽快到检录台签名，比赛马上就要开始了！"

他抬手刮了一下眉毛,收手的时候顺势拍了拍林嘉让的肩膀，语气淡淡的："走了。"

林嘉让正说得起劲，回头应了声："哦，来了。"

几个人收了话，往人群里走。

旁边站着的几个人里走出来一个女生，她穿着水手服，露出细长的腿，妆容精致含羞带怯，手里拿着一瓶水，犹犹豫豫叫住他们："学长，请等一下。"

他们几个男生停住脚步。

女生趁机走到徐迟面前，把水递过去："学长，这是我给你买的水，祝你比赛成功。"

周围男生暧昧地起哄。

徐迟垂眸觑着她，手插着兜，没说话也没去接水。

林嘉让拍拍他的肩膀，打着商量："接一下吧，这么多人呢，给人家妹子一个面子。"

他拒绝的话刚到嘴边，耳旁的音响忽地响了。

"高二（5）班的徐迟同学！"声音又快又急，尾音似乎还带着一点怒气。

徐迟还没缓过神，就听见广播里又传来明显底气不足的后半句话："高二（5）班全体同学预祝你在接下来的比赛中获得佳绩。"

仔细听听，这底气不足中隐隐带有火气。

他站在原地，抬头往看台上望过去，隔空对上林疏星警告的眼神，眼底晕开笑意，动了动唇瓣。

两人隔得有些远，林疏星没看清他的口型，只看见他在这之后，手抄着兜，慢悠悠地朝检录台走过去，半点目光也没留给旁边的女生。

她抿了抿唇角，心底那一点小别扭瞬间荡然无存，黑眸弯了弯，拿起旁边的稿件，下意识就开口读道："高二（5）班的徐迟同学……"

旁边坐着的同学："？"

林疏星回过神，脸一热，脑袋往稿件里埋了埋，声音压低了："你的汗水挥洒在跑道上，浇灌着成功的花朵，你的欢笑飞扬在跑道上，为班争光数你最棒……"

口袋里的手机振了振，她拿出来，发现是徐迟发来的消息。

"加油稿写得挺好。"

林疏星："……"

男子五十米短跑很快开始。

徐迟在第三组，第二组开始后，他往前一步站到了三号跑道上，风吹起他的衣角，阳光落在他身后，轮廓分明的影子倒映在塑胶跑道上。

裁判员吹响预备哨。

他蹲下身，微微弓着腰，小腿往后绷直，胳膊垂在身体两侧前方，骨节分明的手指扣着跑道，他抬头看了看某处，黑眸里全是笑意。

“准备，嘟——”

短促的哨声响起，跑道上的人如离了弦的弓箭，猛地冲了出去，操场上的气氛更加热闹，尖叫声从四面八方传过来。

林疏星站在看台边上，目光紧盯着三号跑道的黑色身影，手指抓着栏杆，用力到指尖都在发白。

徐迟的速度很快，五十米的距离，他一眨眼就到了终点，甩了第二名一大步，整个人因为惯性往前冲了几米。

周围欢呼声炸开，林嘉让走过去把水和手机递给他。

徐迟大口喘着气，伸手接过水，拧开瓶盖，仰头喝了一半，颈间凸起的喉结上下滚了几次。

他旁边站着别班的女生，她们看到他这副撩人的模样，都一脸激动地说些什么。

徐迟没在意，接过林嘉让递过来的手机，拧上瓶盖把水丢给他，摘下额上的发带，对折套在手腕上，自顾自往前走。

林嘉让手忙脚乱地接过水，看着他的背影，喊了声：“你去哪儿啊？”

他脚步未停，径直朝看台旁边的楼梯走过去。

林疏星老远看到他朝这边走过来，就站在原地没有动。

过了一分钟，徐迟没过来，倒是之前跟她表过白的常州不知道从哪个角落窜了出来。

他带着几个男生，凑到她身旁：“学姐学姐，你刚刚是不是给人读加油稿了？我等会儿也有比赛，你能不能给我读一下加油稿？”

他似乎是怕她拒绝，又匆匆补上一句：“我的稿子都写好了，你给我读就行了，我第一次参加比赛有点紧张。”

林疏星抿抿唇，几乎没有犹豫：“我等会儿还有事，不去读稿了，你把稿子交给广播站别的学长学姐，他们也会读的。”

“可我就想你给我读稿子。”

林疏星有些无奈，揉揉额角，余光忽地瞥见站在楼梯口的徐迟，眼皮跳了跳，莫名有些心虚。

周围都是来往的学生，唯独他站在那个阴影处，懒洋洋靠着一旁的墙壁没有动，意味不明地觑着她，也觑着她身后的常州。

林疏星：“……”

旁边站着的常州拿纸戳了戳她的肩膀，迟疑地喊了一声：“学姐？”

她回过神，心不在焉地应了一声，垂下眼睫仔细想了一会儿，接着抬头看着他，道：“你叫神州是吧？”

他的脸一黑，说：“是常州。”

林疏星被噎了一下，刚刚装出来的冷硬一秒破功，抿抿唇忍住笑意：“对不起啊，常州同学。”

小学弟忍住怒气，好脾气地应了道：“没关系，记不住名字不重要。”

林疏星默了默，继续道：“那个，你刚刚说的加油稿，对不起啊，我还是不能帮你读。”

常州不打算放弃：“没关系的，我下午还有比赛，你忙好了再读也可以。”

她摇摇头，说：“不管我忙不忙，都不能帮你读稿件的。”

“为什么？”男生嘟囔着，“那你刚刚还帮别人读。”

林疏星笑了一声，声音压低了：“那是因为他不是别人。”

常州的神情有些落寞。

她犹豫了一下，还是伸手拍了拍他的肩膀，安慰道：“抱歉啊。”

他的脸色有些差，说：“所以你真的不能给我读加油稿吗？”

林疏星点点头，也没多说别的，就静静地站在原地，由着他自己去消化这个事实。

大概过了四分钟，常州什么也没说，带着人走了。她抿抿唇，刚转过身，脑袋倏地撞上一个温热的胸膛。

风里有淡淡的薄荷味，散发着男性荷尔蒙的气息。

她还未回过神，就听见头顶传来一道不咸不淡又有些咬牙切齿的声音：“你们聊什么？笑得这么开心。”

林疏星扑哧笑出声，她往后退了一步，对上他的目光：“聊你啊。”

她故意打趣道：“你怎么有空来这儿？那位学妹怎么没来？”

徐迟知道她说的是检录时有女生给他递水的事情，拧起眉峰，语气淡淡的：“我没接水。”

她的眼睛清澈明亮，突然笑道：“我逗你呢，瞧你那点出息。”

第九章　年年有今日

两天半的运动会结束后，全年级的文理班有一场篮球友谊赛，队伍都是各个年级的男生自发组成的。

高二年级理科班的队长是林嘉让。

原本队长定的是徐迟，但他不喜欢和陌生人打交道，又懒得出这个头，就没答应，把职务丢给了林嘉让。

文科班的队长是周一扬。

比赛开始前，文理班的女生自发组成了啦啦队，偌大的球场人潮如海，尖叫声几乎要冲破地表。

第一场是高一年级的比赛，由于他们还没分班，直接抽签定的文理。

徐迟他们是下一场，此刻他们也都穿着球服站在场内看比赛。

林疏星原本打算跟许糯在观众席那边站着，结果直接被男生们安排到了选手席。

比赛是在露天篮球场进行的，里面是橡胶地，没有板凳，最内圈的观众都直接坐在地上，方便给后面的人留出观赏空间。

一场比赛四十分钟，分为四节，单节十分钟，中场休息十到十五分钟。

林疏星才看了两节就有些站不住了，她瞅瞅周围，看大家都是直接坐在地上，也准备直接席地而坐。

她忽地被人阻止，徐迟弯腰从旁边拿起自己的包，随手便丢在她屁股底下，轻描淡写地说道：“脏，垫着。”

旁边稀稀拉拉坐着的队员：“……”

林疏星低头看了看他的黑色书包，犹豫了三秒，坐了下去，他跟着在她旁边坐下来。

他什么也没垫，直接坐在橡胶地上。

旁边稀稀拉拉坐着的队员：“？”

中场休息了十五分钟。

高一那边的球员重新走上台，两边各自换了几个球员，代表理科班的那边换了一个前锋。

林疏星一开始没注意到，直到那个刚换上去的前锋第三次运着球，往选手席这边晃的时候，她才认出来。

那个穿着十一号白色球服，剃着寸头的男生，竟然是常州。

他什么时候把头发剃了？

不过，这个时候她想的不该是这个问题。

林疏星抿着唇角，偷偷去打量徐迟，他正微眯着眸子看着场上，侧脸轮廓棱角分明，神色如常。

她微微松了一口气，刚想收回视线，就听见他开口：“你要是问我有没有认出十一号那个家伙，就别费口舌了。”

“他这么明显，我要是还没认出来，明天我就得去看看眼科了。”

林疏星：“……”

他别过脸看她：“你要是敢再多看他一眼，我等会儿就在比赛时把他打哭。”

她咽了咽口水，默默举起袖子捂住了脸。

徐迟收回视线，盯着场上。

平心而论，常州的球技还是很棒的，自从他上场后，原先文理拉开的大比分逐渐被拉平。

最后，比赛结束前十秒，他站在三分线外，抬手扣臂，投了一个完美的三分球，成功将分数反超，替理科班拿下第一分。

场上响起震彻天空的尖叫声。

刚刚成为功臣的常州在沸鼎的人声里朝选手席这边走来，在离林疏星一步远的地方停下。

场上的赛况比之前高一组的比赛要激烈很多。

文理班的队员都是熟人，之前也在一块打过球，对彼此的套路和防守方式都无比熟悉。

两边你来我往，比分咬得很紧，稍不留神就被对方反超。

林疏星坐在台下，目光紧盯着场上那道红色的身影，拿在手里的矿泉水瓶被她捏得啪啪响。

赛场上的徐迟比平时严肃很多，褪去了散淡懒慢，运着球在人群里奔跑，时不时和队友打着手势。

进球后，他和队员击掌，唇边会露出淡淡的笑容，边跑边卷起衣摆擦汗。

每当这个时候,露天的篮球场就会爆发出震耳欲聋的尖叫声。

很快，中场休息的哨声吹响。

男生们一窝蜂地从场上散开，徐迟走在人群后面，和林嘉让说话，红色的发带被他当作发箍往后捋了捋，白皙的额头完全露了出来，剑眉星目，整张脸看起来比之前硬朗了许多。

没等他们走到选手席，一大群女生就从观众席跑出来，手里拿着水和纸巾，十几个大男生被堵在包围圈里面。

面对这突如其来的热情，他们都有些不知所措地搓着脑袋，脸上带着羞赧又灿烂的笑容。

相反地，徐迟身旁的女生都碍于他的脾气，拿着水和纸巾站在离他一步远的地方，犹犹豫豫不敢给他递东西。

有大胆的女生凑上前，还没说话，他冷淡的眼神就扫过去，女生到嘴边的几个字又咽了回去。

他径直回了选手席，居高临下地看着坐在地上的林疏星，拿脚尖踢了踢她的鞋，吐了一个字："水。"

林疏星仰头看着他，又看了看他身后一群蠢蠢欲动的女生，几乎没有犹豫的动作。

她迅速拧开手里的水。

在他开口之前，她又把水递了过去，抬头对上他疑惑的目光，有底气道："我就是想帮你一下，没别的意思。"

徐迟闻言，蓦地轻笑出声，在她面前蹲下来，脸上带着清浅的笑容，汗水顺着下颌线滑落在地上。

他的眼睛漆黑发亮，语气轻描淡写："全世界都知道我和你的关系很好。"

后来，那场篮球赛，理科班以一分之胜赢得了比赛，徐迟在最后一秒力挽狂澜，成了全校女生为之疯狂的原动力。

那一段时间，贴吧空间论坛上都是关于他的帖子和说说，甚至还有些外校女生也会穿偷偷溜进来给他递东西。

徐迟对这些仿佛习以为常，运动会结束后，他又回到了以往的学霸生活，为接下来的考试做准备。

时间不知不觉地溜走，转眼就到了十二月。平城的冬天来得早，才刚刚入冬，气温连着下降了七八度。

月末那一个星期是考试周。

高二月考结束的那天正好是平安夜，学生们喜气洋洋的，食堂和小卖部门口都摆了圣诞树，林荫道上的梧桐树上也挂了小彩灯。

林疏星考完试回到教室，班级里也是闹哄哄的，前面的黑板上用粉笔画满了乱七八糟的图案，座椅都还是考试时的样子，被打乱了顺序，排成了五列。

她没去找自己的桌子，随便在后门那片找了一张空桌子坐下，然后从包里翻出保温杯，拧开喝了几口热水。

过了一会儿，徐迟也从考场回来，坐在她对面的空位上，脚尖抵着她的脚尖，温声问道："晚上出去玩？"

林疏星抿了抿唇，摇摇头，软声道："不去了，我有点不舒服。"

最近降温得太突然，她晚上睡觉没注意，好像受了凉，考试的时候脑袋都是昏沉沉的。

徐迟闻言，抬手摸了摸她的额头，问了句："吃药了吗？"

她点点头："在吃。"

只不过药的效果不怎么明显，如果周末病情没有好转的话，她就要去医院挂水了。

班里的同学陆陆续续从考场回来。

林疏星拧紧杯盖，把水杯塞回包里，见坐在对面的徐迟仍旧皱着眉，忍不住笑出声："我没事的，晚上你跟林嘉让他们出去玩也可以啊。"

他抬起头，目光投向她脸上，语气有些不确定，又问了一遍："晚上你真不出来吗？"

林疏星抿抿唇，装作听不出他话里的另外一层意思，依旧摇了摇头，笑着道："真不去了。"

徐迟沉默了几秒，才怏怏地垂下眼睫，妥协道："那好吧，我送你回去。"

他送她回去？那可不行。

林疏星匆忙拒绝，语气温软："不用了，我上完自习打车回去就好了。"

他抿了抿唇角，眼睫毛垂着，有些不情愿地说道："那你晚上到家了给我发一条消息。"

林疏星看着他这个样子，又想到接下来的安排，就没有多说什么，应了句："好。"

两人正说着话，周一扬他们几个从楼上下来，站在教室门口喊了声："阿迟，你们走不走？"

教室后面，林嘉让拿上包，应道："走走走，这就走。"他朝后门这边走来，招呼一声，"阿迟，班长，走了啊。"

林疏星闻声回头，对上林嘉让的目光，瞎掰道："晚上我有事就不去了，你们去吧。"

林嘉让故作惊讶："你不去了啊？你不知道今天是——"

"走了。"徐迟突然出声打断他的话，站起身，垂眸看着林疏星，叮嘱道，"你记得给我发消息。"

她笑道："知道了。"

几个人出了教室。

林疏星默不作声，在位子坐了一会儿，等许糯回来后，两个人讲了一会儿话，也出了教室。

今晚徐迟有点不高兴，吃饭的时候闷头喝了好几瓶气泡饮料，旁人和他说话，他都是一副爱答不理的样子。

等到了 KTV 的包厢，他也是一个人坐在角落的沙发上，包厢里斑斓的光线在他脸上分割出斑驳的光影，深邃的眼窝里情绪不明。

正在玩桌游的周一扬踢了踢他的脚，笑道："你是今晚的主角啊，搞成这个样子算什么？"

徐迟不乐意地睨了他一眼，没吭声，手机恰好亮了一下。

一条短信滑进来："我到家了，祝你们玩得开心啊。"

他的唇瓣抿出一道直线，他敲了几个字过去："知道了，你记得吃药，早点休息，晚安。"

那边的人没再回复。

他收了手机，长腿往前伸直，人往后靠着沙发，漆黑的双眸盯着天花板上的光点，静静地看了几分钟。

他心里还是有点遗憾和不愉快。

临近十二点，林嘉让接了一个电话，包厢里很吵，他放大了嗓门："对对对，就在六楼，你把东西放在前台就好了，有人会去拿，行行行，谢了啊。"

挂了电话，他把手里的卡牌丢在桌上，说道："收拾收拾，订的蛋糕到了。"

他说完，又回头看了眼坐在角里闭目养神的徐迟："哎，寿星，你快去洗把脸清醒一下，等会儿可要切蛋糕了。"

徐迟睁开眼，眼睛有些泛红，起身出了包厢。

等他出去，包厢里的人瞬间忙碌起来，林嘉让摸出手机发了一条消息："好了，你们过来吧。"

那边的人回得很快："知道了。"

林嘉让发完消息，把手机随手丢在一旁："快快快，大家赶快把这桌上的东西收拾了。”

徐迟去洗手间冲了把脸，刺骨的凉水散去些许困意，他抹了把脸才回去。

林嘉让站在包厢外，见他过来，把手里的眼罩递给他，一脸兴奋道：“戴上，我们给你准备了惊喜。”

徐迟垂眸看了看手里的东西，眉头微不可察地皱了皱，有些不大乐意：“你们搞什么呢？”

他轻“啧”了一声：“我叫你戴上就戴上，怎么废话这么多。”

徐迟：“……”

等徐迟戴上眼罩后，林嘉让把他推进包厢，周一扬迎面给了他一个拥抱：“生日快乐。”

紧跟着好几个男生都上前给了徐迟一个拥抱，附带一句生日快乐。

徐迟唇边有了淡淡笑意，懒洋洋地说道：“刚刚那谁，你揉我脑袋做……”

他的话还未说完，耳旁突然响起熟悉的声音：“生日快乐。”

他唇边的笑意一僵，似是有些难以置信，立马抬手摘下眼罩。当他看清眼前的人时，唇瓣动了动，好半天都没说出话。

林疏星看着他，乌黑的眼睛里映着他模糊的面容，唇边笑意盈盈：“徐迟，生日快乐。”

他心底翻涌起各种各样复杂的情绪，惊喜中还有些不知所措，声音喑哑：“原来你记得。”

她点点头。

之前她跟他一起去杉城那次，偶然间看过他的身份证，上面有他的出生年月，也就顺便记下了。

“我想让你过一个不一样的生日，就和林嘉让他们说好了，晚些时候再过来。”

徐迟笑开了，之前的遗憾和不舒坦全都散得一干二净。

他的身后，林嘉让他们拉开之前买的彩炮，砰的一声响起，五彩斑斓的彩条从里面蹦出来，从空中洋洋洒洒地落下。

一大群人围着寿星走到桌边。

桌上放了一个两层奶油蛋糕，最上面的那一层恶趣味十足。

林嘉让故意推卸责任："哎，这蛋糕谁订的啊，这么不靠谱啊，我们迟哥是这样子的人吗？这不是闹笑话吗？"

徐迟："……"

他嗤笑一声，抓起桌上的小零食就朝林嘉让丢过去："就你花样多。"

林嘉让笑着躲开，气氛瞬间热闹起来。

徐迟被他们推到桌旁，闹着戴上了帽子，又在脸上抹了两撇奶油，起哄让他许愿。

其实徐迟很少过生日，自从徐母去世后，徐家那边他基本上不过去，每年过生日也只有家里三个老长辈给他打电话问问，到晚上几个朋友在一块吃吃饭就算完事。

他这么正式过生日还是头一回，再加上重要的人都在身旁，平日里无所求的他还真的有了几个想要实现的愿望。

徐迟像模像样地闭上眼睛，规规矩矩地许了愿望，花了一分多钟才睁眼："得，愿望许好了，切蛋糕吧。"

周一扬把刀递给他，笑着问："迟哥许了什么愿望啊？"

旁边的男生接了话："高考顺利！"

包厢里哄笑一片。

徐迟低头在她耳边低语，声音染上笑意："你知道我刚才许了什么愿望吗？"

她摇头，猜了一个最普遍的愿望："身体健康？万事如意？"

他淡淡地笑着，在喧杂的声音里，林疏星听见他在自己耳边说了一句话："我希望年年有今日，岁岁有今朝"。

切完蛋糕，包厢里的灯光被人切换成柔和模式，斑斓的光晕映在墙壁上。徐迟刚拿了一块蛋糕递给林疏星，转身就被林嘉让扣了蛋糕在脸上。

房间里响起他的大笑声："迟哥，生日快乐啊！"

紧跟着他们几个男生像商量好了一般，拿起桌上的蛋糕就往徐迟身上招呼。

成堆的蛋糕丢过来，他身体一偏，手臂撑在沙发扶手上，微微弓腰挡在林疏星面前，身上的黑色外套很快就沾满了奶油。

林疏星也是头一回碰上这样过生日的，露在外面的手背也不可避免地溅到些许奶油。

徐迟抹了把脸，露出黑漆漆的眼睛，低声交代："等会儿你坐远点。"

"啊？"她还没反应过来，眼前人忽地站起身，脱了身上的外套，回身端起桌上还剩一半的蛋糕，直接进入战场。

奶油在半空中乱飞，人群里不停传来哀号声。

"哎哟，迟哥迟哥我错了！"

"现在你知道错了？"

"知道了知道了……"

"迟了。"

"徐迟，你大爷的！"

包厢里的人闹作一团。

林疏星听了他的话，往旁边挪了挪，人群里被压制的林嘉让注意到她，费力挣扎开，举着蛋糕就朝她走来，脸上挂着不怀好意的笑容："妹妹，对不起了啊。"

林疏星："……"

林嘉让刚举起蛋糕，身后的徐迟猛地冲过来，掐住他的胳膊往他脸上一盖，笑声清朗："你欺负谁呢？"

被盖了一脸蛋糕的林嘉让听到这话，更来劲了："你管我们欺负谁，反正我们抹谁都没差，是不是啊？"

"是是是！"

包厢里的男生本就打不过徐迟，现在发现了他的软肋，自然是不会放过的，个个手里抓着两把奶油，朝门边的林疏星走过去。

徐迟笑着低骂："你们这群……"

他长腿一跨，将林疏星牢牢护住，任凭他们将奶油抹在自己身上。

在笑闹声里，林疏星看到他脸上肆意张扬的笑容，伸手握住他的胳膊，也跟着弯了弯唇角。

奶油大战持续了大半个小时，原先占了上风的徐迟因为后面全程护着林疏星，略输一筹，浑身上下没有一处是干净的。

被他护着的林疏星也不可避免地沾到了不少奶油。

另一边，林嘉让他们几个人虽说凭借着人多胜了，但也没占到多少好处，几个大男生的头发都被奶油糊成了条，外套和T恤也都黏腻得没眼看。

林疏星从包里翻出湿纸巾，让他擦了擦眼睛，两个人因此对上目光，默契地笑了一下。

一群人从KTV出去的时候，已经很晚了。

街头空荡荡的，马路上时而有车飞驰而过，徐迟的家离这里不远，他和林嘉让他们告别后，各自回了家。

平安夜过去没多久，元旦紧跟着就要到了。

平城也在新年来临前，迎来了第一场雪，整座城市都被白茫茫的雪花覆盖，枯树的枝头上压着沉甸甸的雪。

早上林疏星和徐迟一起在学校外面吃了早餐，进校园的时候，已经快要到上课时间，路上也没多少学生。

两人并肩走着，雪花扑簌簌落在身上，徐迟无意间碰到她的手。

他挑起眉，看了看她的穿着，揶揄道："你怎么穿这么多，手还这么凉？"

林疏星把脸从围脖里露出，说话时有白雾在嘴边飘开："我也不知道。"

她每年冬天都是这样，不管穿多少衣服，只要离了空调暖气，浑身就冒不出热气。

她的手跟脚一天到晚都是冰的。

徐迟抿了抿唇角，抬手将她的脑袋往围脖里按了按，笑着道：

“你快缩进去，别冻着了。”

她不满地觑了他一眼，乌黑的眼睛清澈明亮。

徐迟盯着她看了一会儿，没忍住笑了起来。

早读预备铃打响。

林疏星和徐迟分开上楼，她到教室的时候，班里已经开了暖气，同学们待在里面都穿着单薄的衣衫。

她推门走进教室，干燥温热的气息扑面而来。

班级里的气氛有些不同寻常。

林疏星回了座位，摘下围脖放到抽屉里，这才碰了碰许糯的肩膀：“今天怎么了，这么安静？”

“今天出了月考成绩，”许糯放下手里的豆浆，“我们班考得很差，老陈刚刚过来了一趟，把班里闹腾的几个学生都训了一顿。”

林疏星皱了皱眉头：“出成绩了吗？我怎么没在班级群里看到？”

“还没有公布，我们也是早上听老陈过来说才知道的。”许糯眼睛瞟着外面，压低了声音，“这次班里就只有你一个人考进了年级前十，第二名在年级里排到六十多名。”

林疏星咋舌：“还好我来得晚。”

月考成绩下午班会课的时候才出来。

这一天，班级里的同学都太敢闹腾，连说话都刻意压低了声音，平常几个爱闹的男生也都乖乖坐在位子上睡觉。

到了班会课，他们连觉也不睡了，随便拿了一本书摊在桌上装样子。

没一会儿，陈儒文黑着脸从教室外面进来，把手里的一沓东西放在桌上，故意弄出很大的声音。

班里的同学大气都不敢出。

林疏星也默默地把手机塞回了抽屉，她趁着陈儒文不注意，扭头看了看坐在教室后面的徐迟。

他没有抬头，趴在桌上不知道在做什么。

她也没多想，静静收回了视线。

讲台上，陈儒文沉着声音开始报成绩：“林疏星，总分697；陈于尔，总分603；何开宇，总分584……”

成绩是按着从高至低的顺序公布的。

陈儒文报了二十名，都没有到徐迟。

林疏星抿着唇角，拿起手边的笔，在草稿纸上写下徐迟的名字，随后又提笔画掉。

陈儒文的声音没有停，她默默跟着数数，21，22，23，24……一直到“徐迟，397。”

她跟着老陈停下。

徐迟，班级32名，总分397。

比上次月考下降了十几名，总分少了将近两百。

陈儒文报完成绩后，又点名批评了班级里退步最明显的几个同学，也包括徐迟。

上次月考他才刚挤进班级前二十，这次又掉回了三十名开外，这样大的差距，不得不让陈儒文开始怀疑他上次月考成绩的真实性。

毕竟在他眼里，徐迟是压根不可能向好学生这边靠拢的。

“我希望某些同学能清楚，你一次投机取巧不代表以后每一次都可以，你自己的真实水平该是多少分就是多少分，不要想着在考场上弄一些歪门邪道，这到头来害的还是你自己。”

“等到了高考，你还指望抄谁的。”

陈儒文说这些话时，眼睛总是似有似无地看着徐迟，有心的同学一眼就能看出来他在说谁。

林疏星当然也清楚。

她回头朝教室后面看过去。

徐迟就那么静静地坐在位子上，后背挺直，抵着椅背，眉目冷淡，除此之外，脸上也没什么多余的情绪。

她抿抿唇，收回视线，拿出手机给他发了一条消息。

她等了几分钟，也没收到回复。

过了一会儿，陈儒文交代完事情，走出教室，徐迟跟着拿上外套走了出去。

林嘉让在后面喊了他几声，他也没应，自顾自往前走，开门的时候，冷风争先恐后地扑过来，他在门口停了几秒，又重新关上门。

嘭的一声，声音巨大。

林疏星回过神，压下心头的不安，和许糯说了一声之后，拿上外套和手机也跟着跑了出去。

外面大雪纷飞，整个地面白皑皑一片。

她从教室跑到一楼，在教学楼旁边的空地上看到徐迟的身影。

大冬天的，他却只穿了一件黑色的薄衫，夹克外套拿在手里，背影瘦挺直。

扑簌簌的雪花落下来，接二连三地盖在他的脚印上，像要把他的踪迹没在这白茫茫的天地里。

林疏星喘了一口气，拎着羽绒服的衣摆，大步朝他跑过去，张口喊他的名字，冷风吹过来，她的牙齿忍不住打了战。

“徐迟——”

两个人都还没有完全走出教学区，附近有不少走动的学生，他们听到熟悉的名字，都投来好奇的目光。

这时候林疏星也顾不得什么，只想着快点拦住他，只好又喊了一遍他的名字：“徐迟！”

她的声音又急又快，隔着冷冽的寒风送到徐迟的耳朵里。

他停下脚步，安静地站在原地，没有回头。

林疏星大口喘着气，快步跑过去，拽住他的手腕，成团白气在嘴边漫开，声音急促：“你要去哪儿？”

徐迟抿着唇没说话，神情冷峻，头发上落满雪，化开之后凝成水珠。

“你要去哪儿？”林疏星又问了一遍，只不过这次带了点不知所措。

隐隐听着，她说话似乎都有了哭音。

徐迟这才掀起眼皮看她。他沉默了片刻，开了口，妥协道：“我只是出去透透气。”

他把胳膊从她手里抽出来，弯腰替她将羽绒服的拉链拉好，低声道：“过一会儿我就回去了，你先回教室吧。”

不知道是什么原因，林疏星的眼尾微微泛着红：“我跟你一起。”

他摇摇头，动了动唇瓣，又什么都没说。

雪花扑簌簌落下来。

林疏星舔了舔唇角，舌尖碰到一片雪花，整个人的神经似乎都被这寒意感染：“你不要听老陈的话。

“我知道，不管好坏，这些都是你自己努力的结果，你没有投机取巧，也没有弄一些邪门歪道，这些我都知道，你不要听别人的话，成吗？”

她的眼睛红红的，声音有点闷，带着点不知所措。

徐迟的心仿佛被人敲了一棍，勉强扯了下唇角。

还没说话，林疏星又道：“我会一直相信你的。”

徐迟喉间发涩，语气里藏着颓丧：“我有点累。”

他以前没什么想要的，人生也没什么追求，也许一辈子就那么浑浑噩噩地过下去。

可现在不同了，徐迟发了疯想要追上她的步伐，想成为和她一样的人，但无论他怎么努力，好像永远差了那么一步。

周围所有人都在告诉他俩，不是一条路上的人。

要是放在以前，徐迟可以肆无忌惮地驳回去，可到了如今，他也不敢再说自己究竟能不能走到她的路上去。

徐迟是头一回，对人生有了无能为力的挫败感，这是真真切切的，从心底涌出来的挫败感。

·

这天之后，林疏星觉得徐迟变了很多，心里好似装了许多事。

虽然两个人还是保持之前的相处模式，但她就是觉得不对劲，要是再往深处一想，她又没法说出到底哪里不对劲。

这种股古怪的情绪一直被她埋在心底，谁也没有告诉。

这天傍晚，林疏星和许糯吃完饭回来，没像往常那样坐在位子上聊天，都是埋头在写作业。

林疏星上一次月考时，英语分数又是年级前十里唯一没有上一百二十的。

为此，英语老师找了她好几次。每次她从办公室出来，都带回来好几张强化训练的卷子。

这会儿，她花了十多分钟做完一道完形填空，一对答案，又是半边红，忍不住抱怨："英语怎么这么难啊……"

她的声音也不大，坐在她左手边的陈于尔刚好听到，目光投了过来，盯着她摊在桌上的英语试卷，笑道："英语老师又给你拿卷子了？"

林疏星勉强地扯了扯唇角："是啊。"

他点点头，指了指她手边的地方："你的卷子，我方便看一下吗？"

"没问题。"她随手把卷子递给他，语气有些无奈，"差不多错了一半。"

陈于尔接过她的试卷扫了几眼，温声道："其实做完形填空时，你不用把每个不认识的词汇都圈出来，重点是文章的第一句话，还有要填的那个空，前后文的句子。"

"你这样把每个单词都弄明白，很浪费时间的。"

林疏星抿着唇，其实道理她都懂，可是一到考试，她就感觉每个单词都是没见过的，有些无可奈何："我也没办法，好多次考试阅读理解我都没做完。"

陈于尔捏着试卷，身体往她那边倾斜了一点："你看这里，其实没必要看的，平时时间富余还好，要是考试，这些其实都是废话，弄清大概意思就可以了。"

"那我以后多注意。"林疏星虚心接受着他的建议。

教室后面，徐迟吃完饭回来，看到讨论得热火朝天的两人，眸光沉了沉，把手里的矿泉水瓶用力砸进垃圾桶里。

“咣当！”声音很响。

林疏星下意识往后看了一眼，正好对上他的目光，愣了几秒后又收回视线，和陈于尔说了声谢谢。

他温和地笑着，没再多说什么。

她捏着试卷，心不在焉地看了几秒，然后拿起桌上的水杯起身往后走。徐迟抄着手堵在后门口，校服松松垮垮地套在身上，里面是一件黑色的薄衫。

两个人的目光不偏不倚地对着。

安静了两秒，林疏星晃了晃手里的杯子，明亮的眼睛里映着他的身影：“我去接水，你要一起吗？”

他沉着脸，没吭声。

林疏星突然就不想跟他讲话了，她捏紧了水杯，撞开他的肩膀往外走。

他沉着脸回了座位，踢开脚边的椅子坐下，弄桌椅的时候发出的声音刺耳响亮。

林嘉让正玩着游戏，听到声音，回过头瞥他一眼，随口问道：“你怎么了？谁又惹到你了？”

他的唇角向下压着，烦躁地搓了搓脖颈，眼睛看着后门口，没接茬儿。

林嘉让自讨没趣，无所谓地耸了耸肩膀，继续玩游戏。

过了好一会儿，林疏星从楼上接水回来，进门的时候看到徐迟投过来的视线，脚步顿了顿，随即更加快速地回了座位。

她现在一点儿也不想跟他说话。

徐迟见状，脸色彻底变了，眉头皱起，拧出眉峰，想了想，还是忍不住骂了一句脏话。

徐迟第一节自习结束后就离开了教室，去哪里去做什么，谁也没告诉，一个人就走了。

林疏星想给他发消息，准备发送的时候犹豫了一会儿，又一个字一个字删除了。

他走都没有说一声，她凭什么要先给他发消息。

她把手机往抽屉里一塞，重新埋头做试卷。

剩下的两节自习课转瞬即逝。

放学的时候，许糯要去校外的书店拿了快递再回家，林疏收拾好书包陪她一起过去。

路对面有卖烤红薯的，许糯去书店拿快递，她过去买烤红薯，巧的是，陈于尔也在那边买，出于绅士，他顺便替她把钱付了。

她犹豫着，没好意思要烤红薯。

陈于尔笑道："我请班长吃个烤红薯也过分了吗？"

林疏星闻言，觉得再推脱就有点不合适了，她伸手接了烤红薯，低声道："说实话，应该是我请你才对。"

他仍旧笑着："以后吧，总有机会的。"

林疏星点点头，没想跟他多聊，准备去马路对面的书店找许糯："许糯在那边等我，我先过去了。"

"好，拜拜。"

"拜拜。"她拎着烤红薯的袋子，转过身，看到站在不远处的徐迟，脚步倏地停住了。

她只愣了几秒，随即快步跑了过去，在离他半步远的地方停下，声音低沉："你晚上去哪儿了？"

徐迟垂着眼，攥紧了手："我去哪儿了，你现在还会关心吗？"

她抿着唇，道："徐迟，你能别这样说话吗？"

"我怎么说话了？"他微微抬着下巴，目光投向远处，"我一直都是这样说话的，你又不是不知道。"

林疏星吸了一口气，不太想跟他吵架："你早点回去吧，我们明天再说。"

徐迟嗤笑了一声，心里情绪复杂，说话也开始不过脑子："怎么，你能和陈于尔一块买烤红薯，和我说话都要明天了是吗？"他讽刺地笑了一声，"对，反正你只会跟我保持距离，跟别人又不用。"

林疏星抬头看他，眼底有震惊，但更多的是失望。

她沉默了片刻，一字一句地说道："徐迟，你太让我失望了。"

这句话像给了徐迟当头一棒，打得他失了理智："你终于说出心里的话了？"

他将手里的小蛋糕往她脚边一扔，眼尾泛红，语气却是吊儿郎当的："是啊，我就是这么差劲的人，你现在知道了，觉得认识我后悔了是吗？"

包装精致的蛋糕砸下来，细腻的奶油从里面溅出来，渗进雪堆里，冬夜寒冷，不消一会儿它便和冰凉的雪花融为一体。

周围都是学生，三三两两结伴，有说有笑地往家的方向走。唯有路灯下站着的两个人，各自沉默着，气氛沉闷到要压得人喘不过气来。

黑漆漆的夜空又开始下雪，白皑皑的雪花落在两人身上。

林疏星垂着光看了看脚边脏乱不堪的蛋糕，伸手抹了一下眼角，深吸了一口气，抬头看着徐迟，乌黑的眼里泛着红色，语气平淡却又充满失望："一直以来，我都没觉得失望，可就在刚刚你说出这句话的时候，我失望了。"

她的心像被千万只手拉扯，带来一阵又一阵刺骨的痛，他说出来的话如同尖刀般锋利："徐迟，我失望了。"

最亲近的人永远会把利刃插进对方身体最深的地方，让彼此痛不欲生。

徐迟定定地站在原地，冰天雪地里的寒气仿佛从身体的四面八方钻进了心底深处。

他的眼睛红着，脸不知道是冻的还是怎么着，没有丝毫血色，唇角紧抿着，声音低哑："是吗？"

林疏星没接话。

过了一会儿，徐迟自嘲地笑出声，眼尾处有晶莹的东西滑落。

他伸手在脸上极快地抹了一下，大步往前走了几步，站在她肩侧，冷冽的声音像凭空挥出的利刃，刺得她遍体鳞伤："我应该是疯了，才会想和你成一路人。"

林疏星的脑袋嗡的一声，她无法思考了。

没等她说什么，徐迟已经重新跨步从她身侧走过，夹克的衣角从她手背上擦过，带来轻微的痛感。

冬夜里，他的影一如既往瘦削挺直，脚踩在雪地上，留下一串串脚印。

林疏星愣在原地，定定地看着他离开的身影，心底某个角落轰然倒塌，声势浩大，压得人喘不过气。

她蹲下身，大口地呼吸着，手指紧揪着胸口的衣服，想要缓过这阵酸楚，可无论她怎么努力，眼泪都止不住，争先恐后地涌出眼眶。

空旷的街头，寒冷的风从四面八方吹过来，钻进她身体的每个角落，卷走她所有的温度。

林疏星无声地呜咽着，手臂紧紧环着胸口，她看到雪地上脏乱的蛋糕，伸手拿起包装盒，将里面的蛋糕拿出来。

蛋糕已经不成型，黏腻腻的奶油沾得到处都是，露出藏在里面的卡片。

她伸手抽出卡片，用指腹擦去卡片上的奶油，就看到写在上面的字。她的呼吸倏地一窒，更多的眼泪滴下来落到雪里，很快便消失殆尽，留下一个个细微不易发现的小坑。

“星星，”许糯不知道什么时候过来的，蹲在她眼前，眼里满是担忧，“你别哭了。”

林疏星抬起头，声音哽咽：“糯糯……我该……怎么办……怎么办啊……”

她没想过会和徐迟闹成这个样子，也没想过两个人关系好的时候可以很好，难过的时候也会很难过。

许糯替她抹掉眼泪，低声安慰道：“没事的没事的。”

许糯不经意间看到她捏在手里的粉色卡片，上面写了三个字——对不起。

这三个字写得清隽有力，后面还画了一个笑脸。

这天晚上，林疏星并没有怎么睡着，总是在半梦半醒间拿起手机，屏幕惨淡的光照着她苍白的脸。

房间里黑漆漆的，只有手机这一点光亮。

手机里干干净净的，没有消息。

她点开和徐迟的聊天框，想了想也不知道该说些什么，犹豫了一会儿，又把手机放下了。

通知栏右上角显示着时间——五点零六分。

外面天还黑着，林疏星却没了睡意，她掀开被子下床，去楼下倒水的时候隐约听见隔壁林婉如的房间传来细碎的动静。

她习惯性屏蔽这些。

自从上次母女俩因为周昭阳的事情闹了矛盾后，林疏星便很少在家里见到林婉如，偶尔碰见了，也说不上几句话。

两人的关系变得更加疏远，而周昭阳不知是因为愧疚还是别的，没有再回过平城。

翌日一大早，林疏星因为没睡觉，很早就到了学校，班级里一个人都没有，光线昏暗。

昨晚她走的时候忘了关教室后面的窗户，一夜过去，窗台上堆满了雪。

她走过去，用扫帚把雪扫出去，然后关了窗户，把空调打开，在徐迟的位子上坐了一会儿，随手翻着他桌上的书和笔记。

她翻着翻着，忽然从书里掉出来一张纸，纸在空中荡了几秒后掉在了地上。

林疏星放下书，弯腰捡起纸。

纸上用黑色的水笔写了好几个数字，有高有低，但平均在六百九十上下，除此之外，也没别的了。

教室里陆陆续续来了同学，她也没多在意这个，把纸重新夹进书里，回了座位。

临近七点，教室里吵吵闹闹的，男生在过道中间跑来跑去，林疏星回头看了眼教室后面。

那里空荡荡的，徐迟还没有来。

七点五十分，早读结束，他还是没来。

林疏星问了林嘉让，他也是一脸茫然："不知道啊，昨晚他不是提前走了吗？他没跟你说去哪儿了吗？"

她摇摇头，也没多问。

林嘉让看她神色不对，又想到昨晚徐迟莫名其妙发怒，想问又不敢问，于是反过来安慰她："没事，估计睡过头了，我回头给他打个电话，实在不行我等会儿去他家看看。"

"你也别太担心了，你又不是不知道阿迟，睡起觉来家让人搬了都不会醒。"

林疏星知道他是在安慰自己，扯了扯唇角，笑容勉强："我知道了。"

两个人也没有多说话。

林疏星回了座位，拿着手机趴在桌上，整个人看起来疲惫不堪。许糯无意间看了她一眼，轻叹了一口气，什么也没说。

一天转瞬即逝，徐迟一直没来上课，林疏星给他发了消息打了电话，通通像石沉大海，没有任何回应。

紧接着，第二天，第三天，第四天……一直到期末考试，徐迟都没有来上课，他像从人间蒸发了一样。

也是到了这个时候，林疏星才真的意识到，徐迟对于她来说，已经是像空气一般的存在。

期末考试结束后，平城又下了几场大雪，积雪压垮了好几个电压箱，市中心的交通一度陷入瘫痪，整个城市白皑皑一片，没有一点烟火气。

林疏星放假后就一直待在家里，日子过得寡淡无味，她给徐迟发的消息已经从三四条变成了几百条。

电话她也打了几百通，从一开始的无人接听变成关机，到最后再也没打通过。

后来，她放弃了，消息没再发过，电话也不再打，日子不咸不淡地过着，转眼就到了大年三十。

这一天早上，林疏星跟往年一样，跟林婉如一起去了周昭阳的爷爷奶奶家，跟那边的长辈一起过年。

似乎每年都是这样。

吃完年夜饭，长辈们坐在一起聊家常等春晚，小辈们领了红包，欢欢喜喜地去外边放烟花。

林疏星跟着几个小孩子在外面溜达。

她没去放烟花，坐在一旁看手机，班级群里大家在聊天，消息刷得很快，隔几分钟就已经是99+。

过了一会儿，许糯私信她："星星，新年快乐，晚上有时间吗？要不要一块出来去江边看烟花跨年呀？"

不知道他们几个是不是约好的，许糯发完消息没多久，林嘉让、周一扬还有班里几个经常一块玩的男生都给她发了消息。

内容差不多，都是约她出来一块跨年。

林疏星哑然失笑，既然盛情难，她却只好应下，给许糯回了消息："好，我先回去和家里人说一声，过一会儿去找你们。"

许糯也很快得回复："好的！"

她笑了笑，没再回许糯的消息，而是点开聊天页面置顶的聊天框，手指敲着键盘，打下几个字。

"徐迟，新年快乐。"

一如既往没有任何回复，林疏星已经习惯了这样。她把手机揣回兜里，喊住几个正在放烟花的小孩子，一块带了回去。

客厅里传来阵阵笑声，她没进去，看着那几个小孩进了屋，才摸出手机给林婉如发消息："同学找我有事，我先回市区了。"

林婉如那边隔了几分钟才回消息，只有冷冷淡淡的三个字："知道了。"

林疏星没再回复消息，静静地站在外面，听着里面的欢声笑语，仿佛自己是一个外人。

这斑斓的万家灯火，没有一盏是为她点的。

车子上了市区的高架桥，林疏星给许糯发了消息。片刻后，许糯发过来一个定位，地点是步行街的一家KTV。

她把地址报给了司机。

大年夜，高架桥上的车堵成长流，出租车停停走走，缓慢挪动，用了比平常多一倍的时间才到达目的地。

KTV 里歌声嘈杂，空气中弥漫着烟草和酒精的味道。

林嘉让他们在三楼的包厢，林疏星过去的时候，隔着一扇木门都能听见他们的说话声。

“我还有一张牌，哎，我就不给，你们还能翻盘？”

“滚蛋。”

林疏星：“……”

林疏星轻笑了一声，推开包厢的门走了进去，靠门边的林嘉让回头看过来，唇边笑意明显：“哎哟，我的大班长，你终于到了，你再不来，我们几个可是要开飞机去接你了。”

包厢里哄笑一片。

她摸了摸耳朵，有些不大好意思：“路上有点堵。”

“没事没事，你来了就成。”林嘉让把手里的牌往桌上一丢，起身伸了个懒腰，“你们玩，我去上个厕所。”

“你能不能玩完这把再去？”

“不好意思，不能。”

一大群人在包厢四周坐下。

林疏星和许糯坐在一旁的小沙发上聊天。

过了几分钟，服务员进来送新的果盘和饮料，她笑着道：“祝大家新年快乐，玩得愉快。”

包厢里几个男生嘻嘻哈哈地应道：“小姐姐，新年快乐。”

服务员笑着走了出去。

张子浩吃着水果，往门口望了一眼，随口道：“林嘉让怎么还不回来？”

他正说着话，门外传来林嘉让的声音。

“死耗子，你又背着我说什么坏话呢？”

林疏星笑了一声，别过头朝门口看去，倏地对上熟悉的目光，整个人都愣住了。

包厢里灯光明亮，空调的热风呼呼地吹着，他站在那里，没挪过视线。

大半个月杳无音讯的人突然出现在这里，出现在她眼前，她心里哽着，有什么东西从里面冒了出来。

包厢里安静得过分。

她不知所措，咬着唇瓣，呼吸变得沉重，去拿杯子的手微微发抖，一下没拿稳，饮料洒了出来。她手忙脚乱之中，又碰倒了别的东西。

尖锐刺耳的声音像压死骆驼的最后一根稻草。

林疏星垂着头，极快地抹了抹眼睛，她站起来的时候，动作很急，像是落荒而逃："不好意思，我去一下卫生间。"

谁也没有说话，包括徐迟。

他紧抿着唇，压抑着情绪，等她走过来的时候，低声说了句："对不起。"

林疏星抬头看他，眼泪不受控制地流下来，声音嘶哑："你让开。"

徐迟的心紧揪着，呼吸似乎都变得困难。

他没有听她的话，反而带着她去了走廊尽头的阳台，关上玻璃门，嘈杂的声音被隔断。

徐迟上前一步，声音低哑："对不起。"

大年三十，市中心高楼大厦鳞次栉比，灯光五彩斑斓，马路上的汽笛声此起彼伏，路灯和车灯相应交织。

远处的夜空中烟火绚烂，整座城市亮如白昼，大家喜气洋洋。

林疏星垂着头，几滴滚烫的眼泪滴在他的手腕上，灼烧着那一块肌肤。她小声地哭着，像被人欺负的小兽，发出呜咽声。

他沙哑着嗓子，安抚般拍着她的肩膀，嘴里不停地重复着："对不起……"

林疏星糊里糊涂地摇着头，哭得上气不接下气。

徐迟眼眶湿润，心里酸涩。

她虽然哭得伤心，但还是很委屈地控诉道："你知不知道，你真的很过分。"

“我不想跟你吵架，我想跟你道歉，我给你发消息给打电话，我说只要你回来，我以后都不跟你吵架……”

“可我找不到你了。”

第十章　你的小太阳

徐迟深深地呼吸着，大团的白雾在嘴边氤氲开，他压低声音解释这段时间为什么消失：“之前我骑车车速太快，不小心撞到了路边的大卡车，摔下来的时候脑袋磕了一下，在医院躺了一阵子。”

他尽量用最直白最简单的词汇去描述当时的场景，不给她描述太过难以接受的画面。

即使是这样，林疏星的心也颤了颤。她往后退了几步，定定地看了他一会儿。

难怪呢，大半个月不见，他的头发剪短了，人也瘦了很多，脸部的轮廓变得更加突出。

车祸，脑袋，昏迷……

林疏星不停地想象着当时的场景，如果他的车速再快一点，如果大卡车不停下来，如果他没有及时被送到医院，如果……

他能平安归来，只不过是这千般种结果之一，概率微小得令人恐慌。

她咬着下唇，眼泪不受控制地涌出来，拳头捶打在他身上，神情有些崩溃：“你怎么不等你死了再来通知我……”

“你怎么能这样。”

徐迟站着没动，任由她一拳一拳砸下来，他别开眼，唇角紧抿，漆黑的眼眸里像在压抑着什么。

夜空里，烟花璀璨。

她微微垂下头，轻微地抽噎着，眼泪顺着滴到地上，漾起微不可察的水花。

气氛沉默了一会儿，冷冽的寒风从四面八方吹过来。

徐迟深呼吸着，胸口微微起伏，声音低哑："对不起。"

林疏星低着头，闷闷地说道："你知不知道，你真的很讨厌。"

他"嗯"了一声，长叹一口气："我知道。"

她摇摇头，对上他的目光，声音很小："你不知道，你一点都不知道我有多担心你。"

徐迟喉间微微发涩，像有什么东西哽在那处。

两个人静静地对视了一会儿，他抬手抹去她眼角的泪痕，温和开口，声音被风吹散了些许："我们和好了。"

林疏星低低地"嗯"了一声，一字一句道："徐迟，我们和好了。"

两个人在阳台站了大半会儿才回去，包厢里没有很闹，几个男生坐在一旁玩游戏。

周一扬跟许糯在角落里说话。

他们俩开门进去，一群人听到声音，都扭头看了过来，相对无言，又各玩各的。

林嘉让从桌上拿了一听可乐丢给徐迟，彼此交换了目光："好了？"

徐迟背抵着沙发，点了点头，手钩着拉环打开可乐，将它递给一旁的林疏星。

林嘉让耸了耸肩膀，松了一口气，又恢复以往嬉皮笑脸的模样："不玩了，我点几首歌唱唱。"

张子浩毫不给面子地笑出声："你那能叫唱歌吗？"

他眉头一皱，怼了回去："滚蛋，你行你唱啊！"

"唱就唱，我还能怕了你不成。"

气氛瞬间被挑了起来，靠门边的男生抬手换了灯光模式，包厢里灯光闪烁，斑斓的光晕不停转动。

林疏星拿着可乐抿了一口，凉意顺着舌尖漫到心底，整个人忍不住打了个冷战，指尖抖了一下。

徐迟察觉到她的动静，伸手将她手里的可乐拿了过去。

她扭头看过去，声音低沉：“你干吗？”

包厢里很吵，说话声被切得断断续续，徐迟隔了一会儿才说：“凉的，你少喝点。”

林疏星叹了一口气，说：“好吧。”

林嘉让和张子浩一人点了一首春晚金曲，两道鬼哭狼嚎的声音不停在他们耳边回荡。

林疏星听着听着就忍不住笑了，别过头和徐迟说话：“你怎么都不唱歌啊？”

他懒洋洋地靠着沙发，微微往前倾身：“你想听吗？”

她点点头：“想听。”

“好啊，那我给你唱。”徐迟脱了外套放在沙发上，长腿从旁边跨过去，站到点歌台旁边。

变换的灯光恰好落在他身上，衬出他侧脸的轮廓，像加了一层旧时光的滤镜，显得温柔又朦胧。

林疏星唇角一弯，心里暖暖的。

林嘉让看到他在点歌，拿着话筒凑了过去。

两个人不知道提到了什么，林嘉让的表情一瞬间变得很难开口，还带着点难以置信。

徐迟没太大的反应，伸手推开他的脑袋，把话筒放在一旁，回到沙发这边坐下。

林疏星歪着头看他：“你点的什么歌？”

他摇摇头没说话，一副神秘的表情。

大半分钟后，包厢里响起熟悉的前奏，紧跟着林疏星看到徐迟拿起话筒，唇瓣微微动着，浑厚的声音传了出来。

晚上十一点多，一行人从 KTV 出来，直接去了江边，每年大年三十，市政府都会在江边组织烟花晚会，今年也不例外。

江对岸是林立的高楼大厦，灯光倒映在江面上，随波荡漾，犹如美好的海市蜃楼。

他们来得有些晚了，江边人群乌压压一片，即使寒风阵阵，也抵不住每个人对新年的期盼。

旁边还有很多临时搭起来的小摊，各种各样的东西都有，徐迟和林疏星跟着人流慢悠悠地逛着。

他们路过一家小摊时，林疏星停下脚步，从摊子上拿了一个发箍，戴在脑袋上，问他："好看吗？"

发箍上面有两颗星星灯，闪闪发光。

他弯了弯唇角，温声道："好看。"

林疏星满意地笑了笑，正准备付钱，他又从摊子上拿了一个小太阳灯发箍，懒洋洋地说道："我要这个。"

她的眼睛睁大了些，有些惊讶："你要这个做什么？"

他勾着唇，不紧不慢地说道："自然是成为太阳照耀你。"

你是我黯淡岁月里的一颗璀璨耀眼的星星，那我便要成为你人生道路上的小太阳。

你予我星辰，我赠你万丈光芒。

伴随着即将敲响的新年钟声，江边的气氛愈加高涨热闹，江面上时而驶过的游轮发出沉闷的笛声，它仿佛也在庆祝这即将到来的新年。

徐迟和林疏星站在岸边的栏杆旁，周围人来人往，每个人脸上都带着对新年的期许。

夜空中又开始下雪，雪花散落在整个江岸。

林疏星看着对面大厦上的时钟，视线跟着转过一圈后，扭头看向站在身旁的人，神情多了几丝认真："徐迟。"

徐迟看过来，漆黑的眼眸里透着温柔："怎么了？"

"我们以后不要吵架了，好不好？"

她抿着唇角，垂下视线，头顶上的发箍闪闪发光，倒映在他眼底是一个小小的光点。

"作为好友，我们总是争吵，我不喜欢这样。"

徐迟漆黑的眼眸里漾着复杂的情绪，他抿了抿唇角，微不可察地轻叹了一口气说："好，我答应你，以后不会再吵架了。"

她抬起头，细长的眼尾泛着红色，她还未说话，耳旁突然响起雷鸣般的声音。

"10，9，8，7，6，5，4，3，2，1！"

"新年快乐！"

新年的钟声紧跟着敲响，一下又一下。悠远低沉的钟声在整个江岸边回荡，庆祝着已经到来的新年。

黑夜里，璀璨烟火一朵跟着一朵，照亮了整个夜空。

林疏星抬起头，卷翘的眼睫毛轻颤，圆亮澄澈的眸子里映着他的笑容："新年快乐。"

徐迟轻轻笑开了，说："新年快乐。"

两个人和好之后，又恢复到以前的相处模式，白天林疏星带着作业和笔记去徐迟家里，和他一起学习。

到了晚上，他带着林疏星去市区里找吃的，吃完饭两个人也不急着回去，有时会去看一场电影，有时就绕着江边一圈一圈地走，也没有什么目的性。

两个人聊了很多话题，包括彼此不曾了解的过去，当下，还有一切不可知的未来。

有彼此的陪伴，这冬夜的寒意好像也散去不少。

这一天早上，平城又开始下雪。

整座城市银装素裹，大街小巷的廊檐上挂着晶莹剔透的冰锥，枯败的枝头压着厚实的雪，像是不堪重负一般微微颤抖着，有大团的雪花从枝头滑落。

林疏星早上出门的时候，马路上的积雪已经被铲除干净，车辆在微滑的路面上小心翼翼地行驶着。

今天她和徐迟约好了去市中心的图书馆看书。

前阵子在他家看书，他总是动不动就来打扰她，闹起来就没了心思看书，效率实在太低了，寒假都快要结束了，作业还剩下三分之一没完成。

林疏星便提出白天去图书馆学习的请求，正好结束了还能在附近逛逛。

对此，徐迟还有一点儿不乐意，但又不能不听，只好答应了。

两个人约好了早上在林疏星家附近的公交站台碰面。

徐迟早上出门，穿了一件黑色长款的羽绒服，拉链一如既往没拉，露出里面单薄的灰色低领毛衣。

他一路走来没撑伞，额前的碎发被雪水打湿了些许，五官硬朗立体，走路时背挺得很直，当他看到站在人群里的林疏星时，冷淡疏离的目光忽地有了温度，紧抿的唇角也松开，声音爽朗："等很久了？"

林疏星怕冷，早上出门的时候几乎是全副武装，围脖帽子手套应有尽有，整个人都裹在里面。

她听到他的声音，抬起头，下巴没在柔软的围脖里，软声道："没有，我也刚到。"

徐迟又问："吃早餐了吗？"

林疏星点了点头："吃过了，你吃了吗？"

"吃了，"他往前走了几步，看着旁边的站牌提示，随口问道，"坐几路到市中心？"

林疏星正准备说，余光里瞥见熟悉的车号，拉住他的胳膊往人堆里挤："车来了。"

这边到市中心只有一路公交车，隔五分钟一班，每次都能坐满一车人，车厢的过道里还能站着一拨人。

林疏星站在靠门边的栏杆旁，徐迟站在她身后，一只手钩着上面的拉环。

早晨，车厢里人挤人，肩膀后背撞在一起。

沉闷的空气里隐隐含着某种食物的味道，混在常年没清洁过的空调风里，气味难闻。

再加上路面湿滑，公交车司机时不时停车，车厢里的人不受控制地倒来倒去，又吵又闹。

林疏星被徐迟护着，没怎么受到波及，只是鼻子前萦绕的难闻气息让她忍不住皱起了眉头，她歪着脑袋和徐迟吐槽：“想吐。”

徐迟垂眸看她，睫毛卷翘纤长，像一把小扇子，语气冷淡：“你带口罩了吗？”

“没有。”

徐迟敛着眸想了几秒，忽地抬手盖住她半张脸，温声道：“这样会不会好点？”

他的手上似乎抹了护手霜，带着淡淡的香气。

林疏星歪着头，在他眼里看到自己的笑容：“你一个男生怎么活得比我还精致。”

他挑起眉头，有些不明白。

“护手霜啊，”林疏星抬手戳了戳他的手背，“比我的还香。”

徐迟弯了弯唇，忽地低下头，唇瓣凑到她耳边，气息温热。

他的语气漫不经心，带着点戏谑：“我的护手霜送你，你要不要？”

林疏星：“……”

假期的图书馆人山人海，一楼的读书开放区到处是人。

林疏星和徐迟直接去了六楼的自习室，那里人也不少，他们俩在里面走了大半圈，才在角落的书架后面找到几张空桌子。

“这是数学笔记，”两人坐下后，林疏星从包里拿出两个黑色包装封皮的本子递给徐迟，“上面都是我自己整理的重点，后面的题目是常出的题型。”

她坐在徐迟对面，看着他的时候眼眸清澈明亮：“你看看它，有不懂的可以问我。”

林疏星似乎怕他觉得自己看不起他，抿抿唇，又添了一句：“每个人不是生来都会学习的，谁都会有短板，我也有。”

徐迟听到这话，微微弯了弯唇角，随手翻开她的笔记，语气轻描淡写：“那你最好祈祷等会儿不要被我的短板吓到。”

林疏星眼底晕开笑意，她从包里拿出试卷摊在桌上，右手转着笔，看过题目后，迅速地在空白处写下解题过程。

两个人各忙各的，徐迟偶尔会开个小差，懒洋洋地靠着椅背，敛眸盯着她认真的样子，心里暖洋洋的。

林疏星有时不经意间抬头，刚好撞上他的视线，很小声地问道：“怎么了？”

他也不说话，长腿往前伸，踢到她的脚尖，才轻声道：“没事。”

每当这个时候，她总会故意踢回去，毫无威慑力地警告道：“你好好看书。”

他耸耸肩，消停几分钟，腿又伸了过来。

久而久之，林疏星也懒得管他了，抬脚踢了踢他的小腿后，埋头认真地做着题目。

他轻咝一声，弓着腰在腿上揉了揉，也没敢再闹。

过了一会儿，徐迟做完一章题目，停下笔往后伸着懒腰，目光不经意间掠过草稿纸上乱七八糟的图案，眼睛倏地亮了亮。

他重新拿了一张空白的草稿纸，提笔在纸上写着东西。片刻后，他起身拿着草稿纸坐在林疏星身旁的空位上。

林疏星扭头看他，还没说话，他反倒先把草稿纸往她眼前一递，一本正经地说道：“这四个方程的抛物线怎么画？”

她默了默，拿起草稿纸看了一眼，脸顿时一黑，有些难以置信地看他：“y=1/x 的抛物线你都不会？”

他丝毫不觉得有什么不对劲，手指搭在桌沿轻轻敲着，语气淡淡的：“我跟你说了，我的短板很短的。”

林疏星撇撇嘴，捏着笔飞快地在草稿纸上按顺序画出四个方程的抛物线。

徐迟弯着唇，凑到她身边，彼此的呼吸都能听见：“你看出来了吗？”

她故意装傻：“什么？”

他轻啧一声：“你真没看出来？”

林疏星顾忌着场合，无奈地妥协道：“我看出来了。”

他步步紧逼，不依不饶地问着：“是什么？”

她抿抿唇，对上他的目光：“抛物线。”

徐迟："……"

到了下午，外面的小雪突然变成了大雪，路面上的积雪还来不及铲除就又堆了一层，街头的汽笛声此起彼伏，市中心内环的交通几乎陷入了瘫痪。

徐迟和林疏星吃完饭都不是很想再去图书馆看书，又考虑到下大雪后的安全问题，两个人索性回家了。

半道上，徐迟接到大院的电话，也不知道怎么了，老爷子就一句话，今天他必须回家一趟，否则以后就没他这个孙子了。

老爷子从来没发过这么大的火气，徐迟也不敢不听。他把林疏星送到小区门口，直接拦了一辆出租车就走了。

等他的车开远了后，林疏星才折身往家的方向走。

口袋里的手机振了振，一条消息跳进来："别担心，晚上我给你打电话。"

她回道："知道了，你注意安全。"

手机没再振动。

林疏星走在雪堆里，深一脚浅一脚，在雪地上留下长长的一串脚印。等她到了家，听到客厅的动静，才意识到林婉如回来了。

她换了鞋，脱了外套拿在手里，走了过去："妈妈。"

林婉如忙着工作，头也没抬，只淡淡应了一声，随口道："外面下这么大的雪，早上还出去做什么？"

林疏星愣了一下，下意识攥紧了手指："我去图书馆看书了。"

林婉如这才停下手里的动作，摘下眼镜，抬头定定地看了她几秒，问道："那和你一起的那个男生跟你是什么关系？"

林婉如的话犹如当头一棒，敲得林疏星心里一沉，她下意识攥紧了手，后背冒了一层虚汗。

她低着头，不知道也不敢开口。

林婉如将捏在手里的眼镜放到桌上，然后看向她，不带任何情绪："早上你三伯母给我打电话，说在市中心看到你和一个男生走在一起，他是谁？"

林疏星紧紧掐着手指，压下心头的恐慌，努力找回自己的声音：

“他是一个对我来说很重要的朋友。”

窗外纷飞的大雪来势汹汹，像要把这整片天地都覆盖掩埋。

客厅里静悄悄的，气氛沉闷到压得人喘不过气来。

林婉如听了她的话，表情没有丝毫变化：“重不重要我不关心，我就问你一句，你现在过得开心吗？”

林疏星垂着头，沉默了一会儿，抬头对上她的目光，讲出了心里的想法：“开心。”

林婉如点了点头，也没再多问，只是在收回视线时，淡淡地说了句：“好，我知道了。”

林疏星愣了一下，唇瓣微动：“妈妈……”

“你长大了也懂事了，有些事不用我操心，更何况交朋友不是犯法的事情，你觉得开心就可以。”林婉如重新戴上眼镜，拿起手边的文件夹，道，“你这么大了，考虑事情该有自己的想法，只要你觉得是对的，妈妈就不会干涉。”

林疏星听到这话，有些愣怔。

她原以为林婉如会大发雷霆，然后逼着自己和徐迟断了联系，又或者逼着自己转班甚至是转学，不管怎么样，结果都不会像是现在这样平静。

“妈妈，”她的声音干涩暗哑，“谢谢你。”

哪怕她曾经对自己做过很可怕的事情，可在这件事情上，她确实给了自己很大一个安慰。

也只有在这一刻，林疏星才真真切切体会到那久违的，属于一个母亲给女儿的安全感，强大又温暖，比这世上任何一样东西都要坚固。

林婉如听着她的话，长叹了一口气，变了语气：“妈妈虽然不反对你交朋友，但你是女孩子，要学会保护自己，有些界限现在是不可以逾越的。”

她抬头看着站在眼前的人：“你明白妈妈的意思吗？”

林疏星“嗯”了一声，说：“我明白。”

林婉如闻言，点点头：“好，没事了，你去忙自己的吧。”

“嗯。”

林疏星回了房间，她如同打了一场硬仗般，疲惫从心底深处席卷到身体的每个地方。

她整个人趴在床上，脸埋在枕头里，眼皮耷拉着，呼吸低缓，没一会儿就睡着了。

林疏星这一觉睡得并不安稳，她做了一个梦，梦里面的场景断断续续的，很凌乱。

但她隐约记得，她好像回到了小时候。

那时父亲还没有去世，母亲还在大剧院跳舞，他们一家三口其乐融融，过着幸福的生活。

场景不停变换着，也是这样一个下雪天，父亲外出有事，临走前答应她回来后陪她堆雪人。

后来，那个冬天，父亲再也没有回来，雪人也没有堆成，大雪好像一夜之间带走了所有关于父亲的痕迹。

梦里的林婉如还是很多年前的模样，温柔娴静，脸上总是带着浅浅的笑容。

林婉如会亲昵地叫她小阿星，在不忙的时候给她扎小辫，会和父亲一起带她去公园玩，会在睡前给她读故事书。

她没有歇斯底里的模样，也没有令人绝望的哭泣。

林疏星真的太眷恋这样的场景，久久不能醒过来，直到一阵急促的电话铃声响起，才将她从这美好的梦境里拉出来。

她醒过来的时候，眼睛湿漉漉的，枕巾湿了一小半。

房间里光线昏暗，窗帘没有合上，暖黄的路灯照进来，林疏星看到外面纷飞的雪花好似变得更密了。

搁在床头的手机亮了片刻又暗下去。

林疏星揉了揉眼睛，伸手拿了手机过来，屏幕上有时间显示——晚上七点零五分，她竟然睡了这么长时间。

通知栏里有两通未接电话和一条短信，都来自同一个人。

徐迟说：“忙完了。”

林疏星没有回信息，直接回了电话过去。

徐迟接电话接得很快，熟悉的声音顺着电流传过来：“刚才你怎么没接电话？”

房间里的温度有点高，她掀开被子坐起来，腿垂在床沿，声音带着刚睡醒时的喑哑：“我在睡觉啊。”

“睡好了吗？”

她的声音逐渐缓过来：“嗯，好了，你那边没事吧？”

“没事，”徐迟看了看屋里的人，起身回了自己的房间，“这几天家里有点忙，我可能没时间陪你去图书馆了。”

林疏星“嗯”了一声没再说话，过了一会儿，她小声叫他的名字：“徐迟。”

“嗯？”

林疏星她握着手机，抿了抿唇角，跟他提了下午的事情：“我妈妈知道你了。我有个伯母，今天她在市中心看到我们走在一起，她把这事告诉了我妈妈。”

话音刚落，电话里突然传来一阵重物落地的声响，紧跟着是徐迟有些着急的声音：“你还好吗？你妈妈说什么了？”

林疏星低低笑了一声，说：“没有啦，我妈妈她尊重我的意见。”

“真的吗？”他扶起掉在地上的台灯，穿上拖鞋走到浴室，洗着手上的伤口，殷红的血掺着水流下来。

林疏星坐在床边，垂头看着地上的影子，低声说道：“我妈妈其实是一个很好的人。我爸爸去世之后，她嫁给了周叔叔，后来周叔叔因为生病也去世了，她受不了打击，性格就变了。”

徐迟关了水龙头，站在那里静静地听着她说话。

“她第一次打我的时候，是我初三那年。那天晚上我回家，听到她在房间里砸东西。没过多久，她突然从房间里出来，看到我站在那里……”

林疏星合上双眸，她仿佛回到了那个夜晚，令人绝望又无助。

她从来没有想过，那双曾经温柔抚摸她脸颊的手，拍打在身上也会这样疼。

“一次两次，渐渐地，我就习惯了这样的生活。再后来，她的情况好了点，也没怎么再打过我。我知道她想和我重新亲近起来，想弥补她犯下的错，可是她不知道，那些事情已经在我心里留下了很深的阴影，我每次见到她，心里只有恐慌。”

“我发了疯般想要逃离这样的生活，我努力去学习，就是想着有一天能够离开她，离开这里，再也不回来。”

“可我今天听到她说的话，就有点难过。”

眼泪不知道什么时候流了下来，滴在裤子上，留下一小块印迹，林疏星抹着眼睛，哽咽道：“原来我潜意识里一直在渴望她对我好。”

只不过这点渴望都被那些可怕的经历掩盖住了，她没有意识到，也不敢这样想。

林疏星哭得很小声，不停地抽噎，电话那端的徐迟从未想到在她淡然的背后会有这样的经历。

他滚了滚喉结，找回自己的声音，故意揶揄道：“你别哭了，这么冷眼泪都要冻住了。”

她没有说话，哭声也没有停下。

徐迟听着哭声攥紧了手指，刚刚止住的伤口重新冒了血，声音低哑道：“别哭了。”

徐迟回了大院才知道，老爷子要叫自己回来是因为他生了病，他年轻的时候残留在脑袋里的小碎片随着时间的流逝，逐渐压迫到了神经。

老爷子年纪大了，说什么也不肯做手术，甚至还立好了遗嘱。

生命在死亡面前简直脆弱不堪。

这个时候，徐迟没有办法及时去她身边，只能在电话里听着她哭，这种无能为力的感觉让他很自责。

漫长的冬天终于过去，平城迎来了冰雪消融春光乍现的时刻，新的学期也在逐渐回暖的天气里到来。

开学后，林疏星明显感觉到班级里的学习氛围更加浓厚了，兴许是因为这学期一过就到了高三，每个人都铆足劲开始学习，徐迟也是。

新学期第一次月考，他考回了班级前二十名，这一次他的数学成绩已经在年级里排到前十五名。

林疏星为此高兴了好久。晚上放学后，她还特意夸了他好多遍："徐迟，你要是很早之前就这样学习，现在肯定是我最大的竞争对手了。"

徐迟低低地笑着："你这么吹捧我？"

她摇摇头，声音更温柔了："我没有吹捧你，你就是很厉害啊，才这么短的时间，就能够考到这么好的成绩。"

"那我得谢谢你，"徐迟看着她，"你就是我最大的动力。"

林疏星扭头看着他，西边的晚霞瑰丽璀璨，余晖透过枝叶的罅隙落在他脸上，温暖又柔和，他的神情更温柔。

她心里突然有一种难以言说的力量，使得说出口的话都显得格外郑重："徐迟，我们一定会有很好的未来。"

——上册完